Herbert Pelzer
Es wird jemand sterben

Herbert Pelzer geb. 1956, lebt und schreibt auf dem platten Land vor den Toren Kölns. Zuletzt hat er bis zum Frühjahr 2020 in der Film- und Fernsehausstattung gearbeitet, daneben widmete er sich seit einigen Jahren dem Schreiben.

Seit 2008 verfasste er Beiträge zur Regionalgeschichte, 2017 dann erschien mit *Durch die Jahre* sein Debütroman. Seine Bücher beschäftigen sich vordergründig mit der Nachkriegsgeschichte seiner Heimat. Schon auf den zweiten Blick entpuppen sie sich als Familienromane, in denen er sorgfältig und schonungslos die gesellschaftlichen Verwerfungen und Abgründe des nicht immer idyllischen Landlebens offenlegt.

HERBERT PELZER

ES WIRD JEMAND STERBEN

Roman

Originalausgabe
© 2021 KBV Verlags- und Mediengesellschaft mbH, Hillesheim
www.kbv-verlag.de
E-Mail: info@kbv-verlag.de
Telefon: 0 65 93 - 998 96-0
Umschlaggestaltung: Ralf Kramp unter Verwendung von
© arvitalya - stock.adobe.com
Lektorat: Volker Maria Neumann, Köln
Druck: CPI books, Ebner & Spiegel GmbH, Ulm
Printed in Germany
ISBN 978-3-95441-561-8

Für Gaby

PROLOG

Goswin Pröll langweilt sich. Breitbeinig steht er in der gleißenden Mittagssonne und lässt seinen Blick über den staubigen Hof schweifen. Drüben, neben dem Holzschuppen, haben sich seine Hennen hinter einem rostigen Maschendrahtzaun im Schatten der Wand in tiefen Erdlöchern niedergelassen. Die Sonne brennt auf seinen nackten Schultern. Langsam geht er einige Schritte auf den Hühnerstall zu, sein Gang ist schleppend, schlurfend zieht er sein rechtes Bein nach. Schweißflecken zieren sein Unterhemd.

Rechts von ihm liegen die Bimssteine, die Else im vergangenen Winter organisiert hat, zu einem ungeordneten Haufen aufeinandergeworfen. Ständig hat sie ihn bedrängt, endlich das Loch in der Hauswand damit zu schließen. Hohe Triebe sattgrüner Brennnesseln sprießen schon zwischen den Steinen hervor, doch auch an diesem Tag wird Pröll nicht mit der Arbeit beginnen. Er wird gar nichts tun, nicht die Steine beim Haus aufschichten, nicht den Sand sieben, damit man einen feinen Mörtel daraus herstellen kann. Längst ist der Zement in den beiden Säcken, die Else ebenfalls herangeschleppt hat, bei den anhaltenden Regenfällen während des Frühjahrs hart geworden. Er wird auch nicht das wilde Wermutkraut ausreißen, das sich in ihrem kleinen Gemüsegarten ausgebreitet hat, und er wird auch kein frisches Wasser in die Tränke für die Hühner gießen. Nichts dergleichen wird er tun.

Desinteressiert an solchen Aufgaben bleibt er stehen, führt die Bierflasche zum Mund und trinkt sie mit wenigen Zügen aus. Dann fixiert er mit leerem Blick den Zinkeimer, der dicht vor dem Drahtzaun steht, nimmt die Hand aus der Hosentasche und versetzt dem Eimer einen derart heftigen Tritt, dass er mit Wucht gegen den Drahtzaun prallt. Während er scheppernd zu Boden fällt, stieben die Hühner laut gackernd auseinander. Noch einmal holt Pröll aus und tritt zu. Das Scheppern des Eimers und das Rasseln des Zaunes mischen sich mit dem aufgeregten Gegacker der wild umherlaufenden Hühner. Weder Freude noch Mitleid überkommen ihn, ohne die geringste Regung wendet Pröll sich ab, wirft die leere Flasche auf den Steinhaufen, wo sie klirrend zerschellt. Seit Else fort ist, trinkt er noch mehr als zuvor, sein Gang ist schwankend, als er jetzt hinüberschlendert zur Hofeinfahrt.

Hier verläuft die Straße vom Dorf heraufkommend weiter in die Felder hinaus. Jeden Abend mühte Else sich nach der Arbeit auf ihrem alten Fahrrad hierher. Abgekämpft und müde, einzelne Haarsträhnen klebten in ihrem verschwitzten Gesicht, das welke Fleisch schlackerte an ihren nackten Oberarmen. Manche Dorfbewohner benutzten die Bezeichnung Straße, doch tatsächlich ist es nichts anderes als nur ein holpriger Feldweg – übersät von tiefen Schlaglöchern, in denen im

Frühjahr und Herbst ausgedehnte Wasserpfützen stehen. Im Winter, wenn die eiskalten Ostwinde über das schneebedeckte Land tosen, ist sein Verlauf unter den Schneeverwehungen oft nur zu erahnen, an solchen Tagen bereitet es große Mühe, zum Haus der Prölls zu gelangen.

Goswin Pröll steht an die Mauer gelehnt und schaut über die sich vor ihm ausbreitende Ebene. Drüben liegt das Dorf in träger Ruhe unter einem wolkenlosen, leuchtend blauen Bilderbuchhimmel. Gerade eben ist die Kirchenglocke nach dem Mittagsläuten verstummt, nur das Trillern der hoch am Himmel flatternden Feldlerchen durchdringt die Stille in diesem Moment noch. Kaiserwetter an einem gewöhnlichen Werktag. Pröll kneift seine Augen zusammen und schaut zum Dorf hinüber. Sieht die Häuser unter blühenden Kastanienbäumen und hinter frisch geschnittenen Hecken stehen. Alle Schäden sind im Laufe der Zeit repariert worden, alle Einschusslöcher zugemauert, die Fenster verglast, die Dächer neu eingedeckt. Einige Neubauten sind im Dorf errichtet worden – mit Vorgärten, in denen Rosen blühen, und mit Garagen, in denen nagelneue Autos stehen. Neue Wände, neue Dächer, neue Häuser und neue Menschen gibt es nun im Dorf. Er denkt an Ursula Markwitz, die mit ihrer Mutter in einer der beiden Nissenhütten lebt. Keine dreihundert Meter entfernt liegen sie noch vor dem Dorf. Er sieht das Blech matt in der Sonne leuchten, nur ein paar schlanke Birken spenden ein wenig Schatten, und Pröll weiß genau um die unerträgliche Hitze, die sich bei diesen Temperaturen unter dem zum Halbkreis gebogenen Wellblechdach staut.

Um der Gluthitze im Inneren zu entkommen, halten sich die alte Markwitz und ihre Tochter im Sommer, so oft es ihnen möglich ist, vor der Hütte auf. Dann schleicht sich Pröll an das Buschwerk zwischen den Birken heran und beobachtet sie. Steht bewegungslos da, starrt Ursula an, und ihr junger, schlanker Körper verheißt ihm in diesen Momenten die Erfüllung seiner lüsternen Begierde.

Gleich bei den Nissenhütten tut sich eine kleine Senke auf, sozusagen direkt vor Prölls Haustüre. Angefüllt mit Bauschutt und anderem Unrat. Seit einiger Zeit laden manche Leute sogar ihren Hausmüll hier ab. Unbeweglich steht Pröll auf dem Feldweg, lenkt seinen Blick von den Hütten zu der Schutthalde, und plötzlich bemerkt er den blau und rot und gelb gemusterten Stoff. Er erkennt es sofort, es ist das Kleid, das Ursula schon so oft getragen hat. Übergangslos setzt er sich in Bewegung, schlurft über den staubigen Feldweg auf die Schutthalde zu, sieht das Kleid daliegen, zwischen all dem schmutzigen Unrat, und schließlich erkennt er einen Arm, ein Bein, und dann begreift er, dass Ursula dort liegt. Als ob der Schutt sie verschlingen wollte, so schlaff und so leblos liegt sie zwischen zerbrochenen Backsteinen und Resten von altem Bauholz. Ihre Glieder sind seltsam verdreht. Pröll tritt ganz nah an sie heran, ihre schulterlangen Haare bedecken ihr Gesicht, er kann nicht erkennen, ob ihre Augen geöffnet oder geschlossen sind. Eine dicke, smaragdgrün glänzende Fliege läuft über ihren Unterarm.

Goswin Pröll hebt sein verschwitztes Gesicht, blinzelt in die grelle Mittagssonne, tut einen tiefen Atemzug, und dann beugt er sich zu Ursula Markwitz hinab.

1. KAPITEL

Sofia Henschenmacher

Dicke Tropfen prasseln gegen die Fensterscheibe, in unruhigen Bahnen laufen sie an ihr herab und sammeln sich in einer Lache auf der hölzernen Fensterbank. Sofia Henschenmacher steht in ihrer Wohnküche und schaut hinaus auf das Dorf, das sich ein wenig unterhalb ihres Grundstücks erstreckt. Draußen liegt die Welt grau und verschwommen von einem dichten Regenschleier umhüllt, niemand ist auf den Straßen zu sehen. Ein schmutzig brauner Sturzbach fließt den Schotterweg vor ihrem Haus hinab, überquert in breiten Wellen die Straße und versickert dann auf der Weide neben Theodor Schopps Hof.

Behäbig richtet sich die Henschenmacher auf, um zurückzugehen an den Herd, auf dem sie ihren Kräutertee warm hält. Vier Löffel Zucker häuft sie in die Tasse, sie trinkt den Tee gerne stark gesüßt, dann kehrt sie zurück zum Fenster und blickt noch einmal hinaus. Als hätte ihr jemand ins Gesicht geschlagen, so abrupt schreckt sie zurück beim Anblick der hässlichen Fratze, die ihr von draußen entgegenstarrt. Mit weit aufgerissenen Augen und Mund schält sich das verquollene Gesicht aus dem dichten Regen. Völlig durchnässte Haare hängen wirr durcheinander an dem unförmigen Schädel. Die Hälfte des Tees verschüttet Sofia Henschenmacher auf den Fußboden, so ruckartig bewegt sie sich weg vom Fenster. Draußen schüttelt das Wesen den Schädel, dass die Haare nur so fliegen, und stößt dabei unartikulierte Laute aus.

Die Henschenmacher fasst sich an die Brust, wie wild pocht ihr Herz, doch dann stellt sie die Tasse auf die Kommode und reißt die Tür nach draußen auf: »Warum tust du das? Du unnützer Bengel! Sieh zu, dass du nach Hause kommst, sonst sage ich es deinem Vater.«

Sofort hört Martin Schopp auf mit der Hampelei, bleibt bewegungslos stehen und verzieht das Gesicht zu einem vieldeutigen Grinsen, bei dem er seine ungepflegten Zähne entblößt.

»Verschwinde!«, ruft die Henschenmacher noch einmal und hebt drohend den Zeigefinger.

Da trollt sich der Junge, trottet mit hängenden Schultern den Schotterweg hinab, durch den immer noch rauschenden Regen, als ob es ihn gar nicht gäbe.

Als Martin vor achtzehn Jahren drüben auf dem Hof der Schopps geboren wurde, hat die Hebamme lange auf den Säugling herabgeschaut, dann einen besorgten Seufzer getan und den Eltern geraten, das Kind zu verstecken. »Sonst kommen sie, und nehmen es euch weg.«

Martins Mutter hatte einen Nervenzusammenbruch erlitten und war drei Wochen lang nicht in der Lage, das Wochenbett zu verlassen. Der Vater hatte bei einem Tobsuchtsanfall den Kleiderschrank zertrümmert. Später versuchte er, dem Jungen die Blödheit mit Schlägen auszutreiben. Bis Martin in die Pubertät kam ging das so, dann schickte der Amtsarzt nach der Polizei. Martin Schopp wurde in eine Nervenheilanstalt eingewiesen, wo er nächtelang an ein rostiges Eisenbett gefesselt dalag und seine Wut herausbrüllte. Vor zwei Jahren dann hatten Theodor Schopps Bemühungen endlich Erfolg, sie durften den Jungen zurück nach Hause holen. Seither verbringt Martin die Tage ohne sinnvolle Beschäftigung und ohne die geringste Zuwendung, völlig sich selbst überlassen. Die Kinder des Dorfes rennen schreiend davon, wenn er sich ihnen mit heruntergelassener Hose nähert und schamlos onaniert. Ihre Väter drohen ihm Schläge an, die Mütter bedrängen den Pfarrer, dafür zu sorgen, dass Martin zurück in die Anstalt gebracht wird. Nach jeder Beschwerde schlägt Theodor Schopp seinen Jungen grün und blau, während seine Frau nebenan in der Küche sitzt und den Rosenkranz betet. Dann bleibt Martin zwei Tage lang in seinem Bett liegen und jammert und brabbelt wie ein kleines Kind vor sich hin, doch sobald er wieder aufrecht zu gehen vermag, streift er durch das Dorf und sucht sich ein Tier, das er quälen kann. Mit seiner Steinschleuder aus haltbarem Haselnussholz, in das er feine Riefen und Muster geschnitzt hat, schießt er dann auf Vögel und räumt deren Nester aus. Oder er zertritt die Frösche, die er im Dorfweiher fängt. Einmal hat er dem alten Hofhund mit der Heckenschere den Schwanz abgeschnitten. Und im letzten Winter hat er eine trächtige Katze in einer Drahtschlinge auf ihrem Heuboden erhängt.

Sofia Henschenmacher sieht dem völlig durchnässten Jungen noch eine Weile nach, dann verschwindet er hinter dem Lebensmittelgeschäft an der Ecke, und sie kehrt zurück in ihr Haus. Hochbetagt, sie ist über achtzig, lebt sie inzwischen alleine in diesem Haus, das bereits ihren Eltern gehörte. Ihr Mann ist vor vielen Jahren bereits verstorben, ihre beiden Söhne sind im Krieg geblieben. Sie weiß, dass manche Dorfbewohner sie argwöhnisch beobachten, doch es macht ihr nichts aus. Auch dass die Leute hinter ihrem Rücken tuscheln, kümmert sie nicht. Dass man sie wegen ihres von tiefen Falten durchgezogenen Gesichts, ihrer schlohweißen, stets zerzausten Haare und ihres fast zahnlosen Munds als altes Hexenweib bezeichnet, weiß sie längst.

Und sie weiß, dass die Leute misstrauisch sind, weil sie trotz ihres hohen Alters immer noch in der Lage ist, ohne fremde Hilfe ein eigenständiges Leben zu führen. Doch das kümmert sie nicht im Geringsten. Gelassen beobachtet sie sehr genau, was um sie herum geschieht. Kaum etwas von dem, was vor sich geht im Dorf, bleibt ihr verborgen. Sie registriert, wie sich das Dorf verändert hat, seit der Krieg ihnen eine neue Zeitrechnung aufgezwungen hat. Sie sieht neue Menschen in den Ort kommen, die bleiben und hier einen Neuanfang wagen. Ihn wagen müssen, weil sie dort, wo sie zu Hause sind, alles verloren haben.

Unterdes ist hier alles besser geworden in den letzten Jahren, die Häuser schöner, die Kleider bunter und die Bäuche sind runder geworden. Es geht voran, immer nur nach vorne, ohne einen Blick zurück. Schon ist man wieder wer, redet lauter, lacht lauter, geht aufrechter, als man es vor dem Krieg getan hat. Und bei so viel aufgeregtem Getue verlieren diese Leute allmählich den Glauben an all die Dinge, die kein Gelehrter dieser Welt zu erklären vermag. Die jedoch so real existieren wie Tag und Nacht. Gefangen in ihrem Streben nach allem Neuen und Besseren verlieren die Leute die Fähigkeit, die unzähligen versteckten Zeichen zu deuten, die nur derjenige zu deuten vermag, der um ihre Existenz weiß. Diese Leute wollen oder können nicht mehr an die unzähligen Hinweise glauben, die das Leben für sie bereithält. Die Hinweise auf das, was falsch oder richtig ist. Oder auf das, was kommen wird.

Die Henschenmacher ist anders, sie erkennt und versteht diese Zeichen noch sehr genau, und nie käme es ihr in den Sinn, sich auch nur den geringsten Zweifel daran zu erlauben.

Sie bleibt ihrer Überzeugung treu; alles ist ein großes Ganzes und jedes einzelne Ding steht in Verbindung zu allem. Der Himmel und die Erde, das Feuer und das Wasser, die Dunkelheit und das Licht, die Lebenden und die Toten: Alles verbindet sich zu einem unendlichen Universum. Sie weiß um das Gute und ebenso um das Böse in der Welt. Der Krumme, der oben im Wald haust, ist gefährlich. Dort, wo der lichte Kiefernwald an eine dunkle Tannenschonung grenzt, dort lauert er bei Dunkelheit den unvorsichtigen Zeitgenossen auf, die sich allzu weit in den Wald hineinwagen. Die weiße Nonne jedoch, die draußen in den Feldern umgeht, dort, wo einst das versunkene Kloster stand; sie ist ein harmloses Wesen, das am hellen Tag zur Mittagsstunde am Wegrand hockt und mit durchdringendem Gewimmer um ein Gebet für ihr Seelenheil fleht. Und so weiß Sofia Henschenmacher auch, welche Bedeutung die Rufe haben, die der Steinkauz, der oben im Kirchturm sitzt, in den vergangenen Nächten erschallen ließ. Es sind die Rufe des Todes.

Jemand wird sterben, und es wird schon sehr bald geschehen.

Nachdem sie den Fußboden gewischt hat, befüllt sie ihre Tasse noch einmal mit heißem Tee, wieder gibt sie reichlich Zucker hinein, und setzt sich dann an ihren Küchentisch. Versonnen lässt sie den Löffel in der Tasse kreisen, ihr Blick geht nach draußen, wo der Regen aufgehört hat und am Himmel ein knallbunter Regenbogen erscheint. Süß rinnt der Tee durch ihre Kehle und entfaltet seine wohltuende Wirkung.

2. KAPITEL

Die Nissenhütte

In diesem Moment tritt auf der gegenüberliegenden Seite des Dorfes eine schlanke, hochgewachsene Frau vor eine langgestreckte, mit einem halbrunden Wellblechdach versehene Hütte. Sie schaut hinauf zu dem grellbunten Regenbogen vor einem schwarz-grauen Himmel und zündet sich eine filterlose Zigarette an. Ihre mondän anmutende Erscheinung steht im krassen Widerspruch zu der bescheidenen Behausung, vor der sie nun dasteht und den Rauch der Zigarette inhaliert.

Seit acht Jahren wohnen Metha Markwitz und ihre Tochter Ursula schon in der Nissenhütte, nie hätte sie geglaubt, so lange in dieser Blechbude festzusitzen. Als die amerikanischen Soldaten damals mit Sack und Pack abzogen, haben sie die beiden Nissenhütten am Dorfrand einfach dagelassen. Eine Zeit lang blieben sie ungenutzt, dann hat ein Bauer sie als Lagerraum hergenommen, bis schließlich die in großer Zahl auftauchenden Ostflüchtlinge irgendwo untergebracht werden mussten. Einen Fußboden aus gehobelten Fichtendielen ließ man verlegen und die vorderen und hinteren Öffnungen mit Ziegelsteinen zumauern. Diese Wände wurden mit einer Eingangstür und zwei kleinen Fenstern links davon versehen, auf diese Weise konnte man zwei Familien in jede Hütte einquartieren, jede mit einem eigenen Eingang und einer Trennwand aus Sperrholz genau in der Mitte der Hütten. Damals hat eine mürrische Mitarbeiterin der Amtsverwaltung Metha und Ursula Markwitz in eine der beiden Hütten gesteckt, in deren anderer Hälfte bereits eine Familie mit sechs Kindern hauste. Diese Enge, dieser Lärm bei Tag und bei Nacht, die grimmige Kälte im Winter und die stickige Hitze im Sommer ließen Metha fast verzweifeln, doch etwas Besseres gab es nicht für die mittellosen Neuankömmlinge.

Heute leben die beiden Frauen alleine hier, und Metha muss zähneknirschend akzeptieren, dass ihr Geld immer noch nicht ausreicht, in eine bessere Wohnung zu ziehen. Als die letzten Mitbewohner ausgezogen sind, ließ Metha eine Tür in die Zwischenwand ihrer Hütte einbauen, nun benutzen sie den vorderen Raum als Wohnküche und den hinteren als Schlafraum und Badezimmer ohne fließend Wasser. Durch die kleinen Fensterchen im Schlafraum schauen sie nach hinten raus auf die zweite Hütte, die jetzt leer steht und in der sich fette Ratten und anderes Getier zwischen dem Unrat tummeln, der sich mit der Zeit dort angesammelt hat. Metha tut den letzten Zug an der Zigarette und zerdrückt sie in dem Aschenbecher, den sie auf der Fensterbank zwischen den Blumenkästen deponiert hat. Ihr bereits mit grauen Strähnen durchzogenes Haar trägt sie zu einem festen Knoten am Hinterkopf gebunden, ihre markigen Gesichtszüge verleihen ihr den Ausdruck von Stärke und Beharrlichkeit. Noch einmal schaut sie hinauf zum Himmel, wo der Regenbogen allmählich verblasst. Dicke Tropfen fallen von den Blättern der Birken, unter denen ihre Hütte steht, auf sie herab. Metha Markwitz liebt diese Bäume, sie erinnern sie so sehr an Gumbinnen, wo sie als kleines Kind an die weißen Baumstämme gelehnt dasaß und dem Rauschen der Blätter im Wind lauschte. Vielleicht sind die Birken hier vor ihrer Nissenhütte sogar der wahrhaftige Grund, warum sie immer noch hier ist, manchmal ist sie sich dessen sicher, doch dann wieder erscheinen ihr diese Bäume hier so krumm und so schmächtig, so bescheiden im Vergleich zu den prachtvollen Exemplaren daheim, dass sie über sich selbst den Kopf schüttelt und sich eine Närrin nennt. Nichts von alledem hier ist wie in Gumbinnen. Dort war jedes Ding gut, wohingegen sie hier ihre Tage in dem elenden Dasein einer Bittstellerin verbringt. Mit kaum mehr als fünfzig Jahren lebt sie von einer äußerst geringen Rente; einer geregelten Arbeit nachzugehen, ist ihr nicht mehr möglich, denn ihre Gesundheit ist perdu. Verloren gegangen in den eiskalten Schneestürmen, durch die sie sich auf ihrem langen Weg in den Westen geschleppt haben. Zunichte gemacht von den Rotarmisten. Aufgesogen von den Parasiten, die sich über Monate in ihrer ungewaschenen Kleidung festgesetzt hatten. Dass es ihr in diesem Inferno gelungen ist, Ursula vor den russischen Bestien zu verstecken, erscheint ihr auch heute noch wie ein Wunder. Ihre Ursula, ihre wundervolle Ursula; sie ist der Grund, warum Metha noch nicht vor einen fahrenden Zug gesprungen ist. Für ihre Tochter lebt sie weiter, für sie erträgt sie diesen nagenden Schmerz in sich, und erst, wenn ihr Kind endlich das goldene Leben führt, das ihr zusteht, erst dann kann Metha Markwitz Ruhe finden und abtreten von der Bühne des Lebens, auf der von ihr verlangt wurde, die Rolle des Pechvogels in einem miesen Theaterstück zu spielen. Das Schicksal schuldet ihr ein versöhnliches Ende ihres grässlichen Lebens, darauf hat Metha Markwitz ein Anrecht, und sie ist nicht bereit, auch nur einen Deut von dieser Erwartung abzuweichen.

Als sie in ihre Nissenhütte zurückgehen will, sieht sie Martin Schopp den Feldweg entlangwackeln. Der Dorftrottel geht nicht wie andere Menschen, er zockelt vielmehr, mit ungelenken Schritten zockelt er seiner Wege, und nie weiß man bei ihm, was er im Schilde führt. Vom Dorf her kommt er näher, patscht in die Regenpfützen, ohne dass es ihm etwas auszumachen scheint. Metha Markwitz hegt ein tiefes Unbehagen gegen diesen Kerl, den einige Leute im Dorf einen armen Teufel nennen und bemitleiden, doch ihr gelingt es schon lange nicht mehr, Mitleid für Martin Schopp zu empfinden. Sie ist der Meinung, dass so einer wie er weggesperrt gehört. Unverhofft taucht er vor ihrer Wohnung auf, stiert durch das Fenster in ihr Schlafzimmer hinein und fingert dabei an sich herum. Wie oft schon hat sie sich zu Tode erschrocken, wenn er plötzlich in ihrer Küche steht und sie anglotzt. Dieser Teufel ist zu abscheulichen Dingen fähig, das weiß sie, und aus diesem Grund vertreibt sie ihn vehement, sobald sie ihn erblickt.

Argwöhnisch beobachtet sie, wie Schopp näher kommt. Geh nur weiter, denkt sie bei sich, geh nur weiter, geh hinüber zum Pröll und lass mich in Ruhe. Geh nur hinüber und lass dich wieder verhöhnen von ihm. Sie weiß, dass Goswin Pröll den Dorftrottel verlacht und beschimpft. Dass er ihn herumstößt, nach ihm tritt und ihm ein Bein stellt, damit Schopp in den Dreck fällt und Pröll ihn dafür verlachen kann. Am Anfang ist sie hinübergegangen, als sie beobachtet hat, was auf Prölls Grundstück geschieht, hat gerufen, er solle aufhören damit, doch Pröll hat nur gelacht und gebrüllt, sie solle verschwinden, sonst ginge es ihr genauso. Sie war bei Schopps Eltern, hat erzählt, was sie gesehen hat. Doch der Alte hat nur gelacht und gemeint, das gehe sie nichts an. Seitdem kümmert sie sich nicht mehr um die Sache. Gleich wird sich Goswin Pröll den Dorftrottel wieder gehörig vornehmen, und der wird dastehen und dämlich grinsen, weil er nicht versteht, was mit ihm geschieht.

Zurück in ihrer Küche, beginnt sie damit, das Abendessen für sich und Ursula zu bereiten. Sie führt den Haushalt, und Ursula verdient das Geld, das doch nicht ausreicht, um sie hier herauszubringen.

Ursula Markwitz ist eine Frau, nach der sich die Männer umdrehen. Sie hat die Gestalt ihrer Mutter, doch ihre Gesichtszüge sind harmonischer. Wo Metha mit schmalen, aufeinandergepressten Lippen ihre Mitmenschen verdrießlich anschaut, da lacht Ursula laut auf mit vollen Lippen und offenem Mund, der ihre makellos weißen Zähne entblößt. Ihr sonniges Gemüt wirkt ansteckend auf andere, und weil sie zu jedermann freundlich ist, sind ihr nahezu alle Menschen, die ihr begegnen, gleich zugetan. Sie ist anders als die Bauernmädchen mit ihren breiten Gesichtern und den dicken

Waden, sie ist etwas Besonderes, das ruft ihr Metha ständig in Erinnerung, und darum, sagt sie, werde sie es auf gar keinen Fall dulden, dass einer dieser kleingeistigen Habenichtse, die ihr beständig nachstellen, sie zur Frau bekommt.

Seit acht Monaten und zehn Tagen trifft Ursula sich mit Felix Siedemann, dem Sohn der im Dorf hoch angesehenen Apothekerfamilie. Felix hat an der Rheinischen Friedrich-Wilhelms-Universität in Bonn studiert und anschließend zwei Jahre lang in verschiedenen Apotheken in den Städten Aachen und Köln gearbeitet. Seitdem er wieder zurückgekehrt ist in sein Elternhaus, arbeitet er neben seinem Vater in der Apotheke am Marktplatz in der Dorfmitte, in der schon sein Großvater hinter dem Tresen gestanden hat. Beim Erntedankfest im vergangenen Herbst hat er Ursula zum Tanz aufgefordert, seither sind sie ein Paar, und Ursula spürt, dass Felix sich mit ernsten Absichten trägt. Eine Zeit lang konnte Ursula die Liaison mit Felix Siedemann vor ihrer Mutter geheim halten, doch dann hat sie es erfahren, und Metha war zunächst erzürnt darüber, dass sie die freudige Nachricht von jemand Fremdem erfahren musste. Doch Methas Verärgerung war nur von kurzer Dauer, zu groß war die Freude über diese wundervolle Wendung in Ursulas Leben. Die Siedemanns gehören zu den Honoratioren im Dorf, ihr Haus ist das größte und schönste am Marktplatz. Schon als die Markwitz' ins Dorf kamen, waren an dem Haus der Siedemanns keinerlei Kriegsschäden mehr zu erkennen. Heute zieren aufwendige Sockel und Gesimse aus kostbarem, weißem Marmor die Fassade. Über der eisenbeschlagenen Eingangstür hängt an einer schmiedeeisernen Halterung ein großes Schild mit dem Namen der Siedemanns, unter dem eine goldene, sich um eine Trinkschale windende Äskulapschlange in der Sonne glänzt. Felix' Vater kehrte schwer kriegsbeschädigt aus dem Ersten Weltkrieg zurück. Sein amputierter Beinstumpf schmerzt in der Unterschenkelprothese, das lange Stehen hinter dem Tresen macht ihm zunehmend zu schaffen, weshalb er sich mit dem Gedanken trägt, das Geschäft an seinen Sohn zu übergeben. Wenn da nur nicht diese junge Markwitz wäre. Er selbst hätte ja nichts dagegen, wenn sie als ihre Schwiegertochter ins Haus käme, doch seine Frau ist da ganz anderer Meinung. Sie weigert sich strikt, diese eigentlich doch so nette, junge Frau zu akzeptieren. Hermann Siedemann weiß, dass darüber noch lange gesprochen werden muss in seinem Haus.

Während ihre Mutter zu Hause damit beginnt, das Abendessen zu bereiten, geht Ursula in der Papierfabrik in den Waschraum für die Arbeiterinnen, um sich den Staub der hinter ihr liegenden Tagesschicht vom Leib zu waschen. Nachdem sie sich vor der Waschrinne vollständig entkleidet hat, reinigt sie sich gründlich. Der Waschraum in der Fabrik ist im Gegensatz zu den beengten Verhältnissen in ihrer Nissenhütte ein wahrer Luxus, gibt es doch fließend kaltes und sogar warmes Wasser. Sie ist dankbar für ihre Arbeitsstelle hier in der Fabrik, die Arbeit ist zwar monoton, aber nicht allzu anstrengend. Mit den Zulagen für die Überstunden, die von ihr verlangt werden, verdient sie hier ein, nach ihrer Meinung, recht erkleckliches Gehalt. Das Gejammer ihrer Mutter über ihre Geldsorgen ignoriert Ursula, sie ist zufrieden mit dem, was sie beide zum Leben haben. Wie man hört, sind die Auftragsbücher der Geschäftsleitung voll, es geht aufwärts in diesem Land, mit dieser Fabrik, und Ursula ist überzeugt, dass irgendwann auch sie von der positiven Entwicklung profitieren werden. Vor einigen Monaten sind die ersten Fremdarbeiter aus Italien in der Stadt eingetroffen. Im Westen floriert die Wirtschaft derart, dass es in allen Industriezweigen an Arbeitskräften mangelt. Einige von ihnen arbeiten jetzt in der Papierfabrik; von den Kollegen misstrauisch beäugt, bemühen sie sich darum, es allen recht zu machen, während ihre traurigen Blicke die Sehnsucht nach zu Hause verraten.

Gut gelaunt verlässt Ursula das Fabrikgelände. Ihre saubere Haut fühlt sich gut an, ein Duft von Seife umgibt sie. Sie trägt ihr Lieblingskleid, das ärmellose, taillierte Oberteil geht über in einen weit ausgestellten Rock, das kräftige Blau mit den fröhlichen, roten und gelben Mustern darauf passt ausgezeichnet zu ihrem dunklen Teint. Im Strom der anderen Fabrikarbeiter strebt sie der Straßenbahnhaltestelle zu, ihr Rock schwingt bei jedem ihrer federnden Schritte um ihre schlanken Beine.

Zu Hause angekommen, nimmt sie wie immer gemeinsam mit ihrer Mutter das Abendessen ein. Anschließend erledigt Ursula den Abwasch alleine, ihre Mutter schickt sie hinaus vor die Hütte. Ursula weiß, dass Metha nach dem Essen gerne raucht, und während die Mutter schon hinter der Hütte auf der kleinen Bank sitzt, eine Zigarette anzündet und in ihren Gemüsegarten blickt, den sie etwas abseits von dem Birkenwäldchen angelegt haben, wäscht Ursula fröhlich summend das Geschirr.

Dann sitzen sie nebeneinander auf der Bank. Nach dem Regenschauer am Nachmittag umgibt sie eine wohltuend kühle Abendluft. Schweigend sitzen sie da, Metha zündet sich eine weitere Zigarette an, und plötzlich spürt sie, dass er wieder da ist. Unmerklich stößt sie Ursula an und deutet mit dem Kinn auf die Holunderbüsche gleich hinter ihrem Gartenstück. Ursula bleibt ruhig, sie weiß sofort, was ihre Mutter ihr bedeuten will. So oft schon hat der Pröll ihnen aufgelauert, wenn sie an den Sommerabenden auf der Bank sitzend den Tag ausklingen lassen, während hinter ihnen die Hitze des Tages aus ihrer Hütte entweicht. Konzentriert fährt ihr Blick an dem Blattwerk entlang, bis sie ihn entdeckt hat. Nur nachlässig verborgen, gerade so, als ob er von den Frauen gesehen werden wollte, hockt er da hinter den Holunderbüschen und starrt zu ihnen herüber. Wie sie sich ekelt vor diesem primitiven Kerl! Gleichzeitig erheben Metha und Ursula sich von der Bank, auch an diesem Abend ist es ihnen lieber, sich in ihre Hütte zurückzuziehen und die Zeit hinter vorgezogenen Vorhängen zu verbringen, bis sie zu Bett gehen werden.

In der Türe stehend hält Metha inne, dreht sich noch einmal um und ruft hinüber zu den Büschen: »Verschwinden Sie von hier, Sie ungehobelter Kerl!«

Da tritt Pröll vor, sein Blick ist lüstern, in seinem verschwitzten Gesicht macht sich ein hämisches Grinsen breit. »Schon gut, Metha, schon gut«, flötet er ihr zu und hebt dabei abwehrend seine Hände hoch. »Es ist ja nichts passiert. Noch nicht ...« Dann verzieht er sein Gesicht zu einer hässlichen Grimasse, schiebt seine feuchte Zunge zwischen die geöffneten Lippen und lässt sie vibrieren, bis er sich abwendet und seelenruhig über die Schutthalde hinüber zu seinem Haus schlendert.

Hinter ihm fährt der auffrischende Abendwind in die Holunderbüsche und lässt seine Blätter rascheln.

3. KAPITEL

Die Liebenden

Das Pendel der französischen Kaminuhr tickt hörbar. Dunkle Eichenmöbel verströmen die Atmosphäre einer gutbürgerlichen Wohnung. Sie hatten Glück: Als sie im Herbst '45 aus Thüringen zurückgekehrt sind, fanden sie den überwiegenden Teil ihrer Wohnungseinrichtung mehr oder weniger unbeschädigt vor. Nur in der oberen Etage hatte es einige Schäden durch eindringendes Regenwasser gegeben.

Hermann Siedemann, seine Frau Hertha und ihr Sohn Felix sitzen um den ovalen Esstisch herum, dessen gerundete Beine in gewaltigen Klauenfüßen enden. Schweigend nehmen sie ihr Mittagessen ein. Salzkartoffeln dampfen auf weißen Porzellantellern, dazu gibt es bei Siedemanns, obwohl es ein Wochentag ist, einen krossen Schweinebraten mit dicker Soße. Hermann Siedemann isst mit Appetit, sein gewölbter Bauch spannt unter einer dunkelgrauen Anzugweste.

»Wie lange soll das noch weitergehen?«, will Hertha von ihrem Sohn wissen, ohne ihn dabei anzusehen. Das Ticken der Kaminuhr erfüllt den Raum. »Die Leute reden bereits über euch.«

Hermann sticht die Fleischgabel in eines der Braten-stücke auf der silbernen Fleischplatte und legt es auf seinen Teller. »Felix! Ich rede mit dir.«

»Damals haben die Leute auch geredet.«

Hertha stutzt, geräuschvoll legt sie ihr Besteck auf den Teller. »Was willst du damit sagen?«

Besänftigend legt Hermann Siedemann seine Hand auf den Unterarm seiner Frau.

»Sie hat nichts und sie ist nichts. Du könntest eine bes-sere finden.«

»Ich will keine andere, ich liebe sie.«

»Pah! Liebe!«

Jetzt wendet Felix sich seiner Mutter zu. Ihre Blicke treffen sich. Felix hält dem zornigen Blick seiner Mut-ter stand. »Bei Vater und dir war es doch genauso. Du selbst hast es mir erzählt.«

»Diese Leute sind evangelisch.«

»Das sagt gar nichts über ihren Charakter aus.«

»Sie hat ja noch nicht einmal einen Beruf erlernt.«

»Du hast auch nur als Haushaltshilfe gearbeitet.«

»Ohne Beruf, ohne Bildung, ohne vernünftiges Dach über dem Kopf.«

»Daran trägt sie keine Schuld. Du hast auch nur die Volksschule besucht und keinen Beruf erlernt. Sie ist fleißig und sauber. Was stört dich wirklich an Ursula?«

»Sauber! In ihrer Blechbude gibt es ja noch nicht ein-mal fließendes Wasser.«

»Habt ihr euch nicht auch am Brunnen hinter Großva-ters Haus gewaschen?«

»Was erlaubst du dir?« Hertha Siedemann richtet sich empört auf. »Wie redest du denn mit mir? Willst du meine Eltern beleidigen? Die alles getan haben, um uns Kinder zu anständigen Menschen zu erziehen!«

Hermann Siedemann erhebt beschwichtigend seine Hände. »Bitte! Hertha, Felix, bitte streitet euch nicht bei Tisch. Felix, ich erwarte Respekt von dir. Du bist zu weit gegangen …«

»Vater, ich versuche doch nur daran zu erinnern, wie es bei euch war. Habt ihr etwa vergessen, dass deine Eltern auch gegen eure Beziehung waren? Aus den gleichen Gründen, die ihr heute gegen Ursula anführt.«

Herthas Blick wechselt zwischen den beiden Männern hin und her. Sie atmet hörbar durch die Nase, ihre Lippen sind fest zusammengepresst.

»Junge, lass uns später noch einmal darüber reden. Es ist gleich zwei, wir müssen zurück in die Apotheke.« Damit erhebt sich Hermann Siedemann schwerfällig von seinem Stuhl und streicht mit beiden Händen über seinen runden Bauch.

Hertha beginnt das Geschirr zusammenzustellen, das Porzellan scheppert, das Besteck klappert, dann hält sie inne und sieht Felix böse an. »Das will ich dir jedoch noch sagen, Felix, und damit ist die Sache für mich erledigt: Niemals werde ich zu dieser Beziehung meine Einwilligung geben. Niemals!«

Goswin Pröll schlendert durch die Mulde hindurch zu seinem Haus zurück. Sein rechtes Bein schlurft über den unebenen Boden. Hier und da tritt er nach dem Unrat, den die Leute mit der Zeit zwischen dem Bauschutt abgelegt haben. Scheppernd prallt eine leere Fischdose gegen einen Stein. Dann verlässt er die zugemüllte Senke und geht den Rest des Weges bis zu ihrem Haus weiter auf dem staubigen Feldweg. Das Haus liegt außerhalb des Dorfes, noch weiter weg als die Nissenhütten, und es liegt alleine an dem Feldweg, der aus dem Dorf hinaus in die Felder führt, die gleich hinter dem Grundstück beginnen. Wer es erbaut hat, weiß Goswin nicht, auch nicht, wann es erbaut wurde. Else hat schon immer hier gelebt, zusammen mit ihren Eltern und den Brüdern, die bei den Bauern im Dorf gearbeitet haben. Mehr weiß er nicht über die Familie, sie haben nie darüber geredet. Lange vor dem Krieg sind Goswin und Else zusammengekommen. Er, ein alternder Junggeselle, bärenstark, arglistig und streit-süchtig, ein guter Schmied zwar, der es aber an keinem Arbeitsplatz lange aushält. Sie, eine alternde Jungfrau, sieben Jahre älter als er, die wie ihre Brüder beim Bau-ern arbeitet. Und die, weil sie unansehnlich und dumm ist, ohne Mann geblieben ist. Nachdem er einige Male nachts an ihre Türe geklopft und sie ihn in ihr Haus und in ihr Bett gelassen hatte, ist er einfach dagebl ie-ben. Heute ist sie ihm zuwider. Ihre Hässlichkeit, ihre Sprachlosigkeit, ihre willenlose Bereitschaft, alles, was ihm in den Sinn kommt, mit sich machen zu lassen – all das erfüllt ihn mit Abscheu.

Beim Betreten des Hauses empfängt ihn der durch-dringende Geruch von eingelegtem Fisch, wieder ein-mal werden sie Salzhering und Pellkartoffeln essen. Else steht in der Küche am Herd, und als er sich ihr nä-hert, riecht er ihren Schweiß. Blitzschnell packt er sie an den Armen, und noch bevor sie reagieren kann, stößt er sie grob zu dem abgewetzten Küchensofa hin. Sie wehrt sich nicht, als er ihr die Kittelschürze bis über die Hüfte hochzieht und den Schlüpfer vom Leib zerrt. Dann wirft er sich auf dem Sofa über sie, grunzt und stöhnt, und als er keuchend von ihr ablässt, spürt er es wieder: dieses Prickeln in seinem Gesicht, als wenn ihn Tausende Nadelstiche gleichzeitig treffen würden. Seit damals befällt ihn das Gefühl immer wieder, seit der Kopf seines Kameraden Weichsel, neben ihm in der morastigen Deckung liegend, von einem Granatsplitter getroffen zerplatzte und Prölls Gesicht über und über mit Weichsels Blut und Hirnmasse eingesaut wurde. Weichsel, ausgerechnet Weichsel, der beste Kamerad, den man sich vorstellen konnte. Der ihm stets den Vortritt ließ, wenn sich ihre Einheit wieder einmal ein Russendorf vornahm. Wenn sie in eine dieser verlotterten Bauernkaten im bolschewistischen Niemandsland eindrangen, um die Bewohner herauszuscheuchen, und Pröll und seine Kameraden die flüchtenden Greise und Kinder abschossen wie die Karnickel. Während dieser Zeit ist Pröll zu dem geworden, was er heute ist: ein gebrochener Mensch, den der Schmerz in seiner verkümmerten Seele allmählich um den Verstand bringt.

Nach dem Essen betrinkt er sich. Else zieht sich bald klammheimlich in das Schlafzimmer zurück, weil sie weiß, wozu er fähig ist, wenn er getrunken hat. Mehr noch als sonst fürchtet sie dann seinen Jähzorn. Ohne jede Regung sieht er, wie sie das Zimmer verlässt. Diese Frau interessiert ihn schon lange nicht mehr. Es ist unwichtig, was sie tut, unwichtig, wer sie ist. Ihre Lohntüte am Samstagabend auf dem Küchentisch, das ist das Einzige, was ihn noch hier in diesem Loch hält. Wieder trinkt er aus der bereits halbleeren Flasche Weizenkorn, als wäre sie mit Wasser befüllt. Dann steht er auf von seinem Stuhl, torkelt hinaus vor das Haus, wo er sich an den windschiefen Lattenzaun lehnt und trübsinnig hinüberstarrt zu der Nissenhütte. Langsam legt sich die Stille der Nacht über das vor ihm liegende Dorf, aus den beiden Fenstern dringt fahles Licht nach draußen in die blaugraue Dämmerung. In der Ferne ertönt das Bellen eines Hundes. Goswin Pröll setzt die Flasche erneut an und trinkt in tiefen Zügen, bis schließlich der letzte Tropfen durch seine Kehle geflossen ist. Das Rülpsen schallt weithin hörbar durch den lauen Sommerabend.

In der Nissenhütte sitzen Felix Siedemann und Ursula Markwitz an dem kleinen Esstisch in der Wohnküche. Den Platz auf der Bank draußen haben sie Metha überlassen, sie möchten alleine sein. Zärtlich halten sie sich bei den Händen, die einzige Lampe an der Decke in der Mitte des Raumes wirft blasse Schatten an die Wand. Mit keinem Wort erwähnt Felix den Streit mit seiner Mutter vom Mittag. Sie wird sich beruhigen, denkt er bei sich, wenn sie Ursula erst einmal näher kennengelernt hat, wird sie ihre Meinung gewiss ändern.

Eigentlich wäre jetzt ein schöner Moment, Ursula den Heiratsantrag zu machen, den er in Gedanken schon oft formuliert hat. Ein kurzes Räuspern, dann ist er bereit, seine Stimme zu erheben, aber dann bleibt er doch stumm. Im letzten Moment entschließt er sich zu warten. Bis zum Sonntag, fällt ihm jetzt ein, bis Sonntag wird er noch warten, denn dann will er mit ihr in die

Stadt fahren. Am Nachmittag werden sie in seinem neuen Wagen einen Ausflug in die Stadt machen, bei schönem Wetter könnten sie sogar mit geöffnetem Verdeck fahren. Zuerst wird er mit ihr an den Geschäften entlangflanieren und die Auslagen ansehen. Dann wird er sie zu einem Spaziergang durch den Stadtpark überreden, bis hin zu dem neuen Café werden sie gehen, das erst kürzlich in einem Pavillon nahe beim Fluss eröffnet hat. So hell und modern ist es, mit Fenstern, die bis zum Boden reichen, und einer roten Neonreklame auf dem Vordach. Drinnen sind kleine Tische mit blütenweißen Tischdecken und gepolsterte Armlehnstühle mit rot-beige gestreiften Bezügen aufgestellt, dort wird er den richtigen Moment abwarten und sie fragen, ob sie seine Frau werden möchte.

Als er ihr den Ausflug in die Stadt vorschlägt, schenkt sie ihm ein bezauberndes Lächeln, ihre Augen leuchten auf vor Freude, als sie sich zu ihm herüberbeugt und ihn auf den Mund küsst. »Ja«, sagt sie, »das ist eine wunderbare Idee, bestimmt wird es ein schöner Tag für uns werden.«

4. KAPITEL

Überstunden

Es ist Donnerstagvormittag. Zuerst halten die Männer noch Abstand, während sie den Lieferwagen des Molkereibesitzers begutachten. Ein nagelneuer Opel Blitz Pritschenwagen, hellblaue Lackierung, roter Stoßfänger vorne und ein fetter, verchromter Blitz auf der gewölbten Motorhaube. Ein imposanter Wagen, die Männer sind regelrecht begeistert von dem neuen, frischen Design. Mit tief in die Hosentaschen vergrabenen Händen drängen sie sich schließlich näher an den Wagen heran und nicken dabei anerkennend mit ihren Köpfen. Jetzt wagen sie sich noch weiter vor, bis sie ganz dicht vor dem Wagen stehen und – einer nach dem anderen – ihre Finger ehrfürchtig über die glänzende Karosserie gleiten lassen. *Behnkes Milch ist die beste,* steht in weißen Buchstaben auf beiden Türen des Fahrerhauses. Einer aus der Gruppe stößt mit der Spitze seines Arbeitsschuhs gegen die Bereifung, ein anderer steigt auf das Trittbrett und schaut in das Wageninnere.

»Das ist ein Wagen, Mannomann «, sagt er und schnalzt mit der Zunge, »etwas ganz anderes als diese verbeulte Amikarre.«

Im Nachbardorf hatte Adolf Behnke damals einen zurückgelassenen Willys-Jeep entdeckt, hat ihn nach Hause geschleppt, repariert und seitdem als Zugmaschine für seinen alten, gummibereiften Hänger benutzt, mit dem er zweimal am Tag, in aller Herrgottsfrühe und am späten Abend, die vollen Milchkannen bei den Bauern einsammelt. Nun steht der Willys unter einer großen Plane verstaut im Schuppen, wo sich unter dem Motor bereits ein großer Ölfleck im Staub gebildet hat, und der Opel Blitz ist das neue Aushängeschild des Unternehmens. So geht das nun schon eine ganze Weile lang, frische, bunte Farben und Formen ersetzen allenthalben das bisher vorherrschende Einheitsgrau. Erst kürzlich hat Siegfried Treller, er hat eine gut bezahlte Stelle als Arbeiter in der Metallwarenfabrik in der Stadt, seinen neuen Wagen bekommen. Seitdem parkt er die knallrote Isetta jeden Abend vorm Haus auf dem Hof der Familie, gleich neben dem grün und gelb gestrichenen Eisenzaun mit gemauertem Sockel, der neuerdings den Vorgarten der Trellers begrenzt.

Die Männer sind Bauern aus dem Dorf und der näheren Umgebung, mit spitzen Gesichtern und speckigen Kappen auf dem Kopf. Sie alle liefern ihre Milch an Behnkes Molkerei, und auch auf ihren Höfen steht mittlerweile bereits der ein oder andere neue Traktor im Schuppen.

Eine Weile noch geben sie sich der Bewunderung für den Opel Blitz hin, dann wechselt einer zu einem anderen Thema: »Habt ihr den Schopp gesehen, wie der bei dem Sauwetter gestern durchs Dorf spaziert ist? Ganz so, als ob es ihm gar nichts ausgemacht hätte.«

»Meine Frau hat es mir erzählt«, sagt der Kadenbach, »er sei mit Absicht durch die größten Pfützen getrampelt und habe dämlich gegrinst dabei.«

Sie alle kennen Martin Schopp, und sie alle verfolgen genau, was er treibt. Jeder von ihnen kann eine Geschichte über ihn erzählen, wie er den Hunden und Katzen auf den Straßen nachstellt, um sie zu ergreifen und sie auf niederträchtige Weise zu quälen. Wie er den Kindern auflauert und dabei schamlos an sich herumfingert. Wie er immer wieder auf den Höfen, in den Ställen und sogar in den Häusern auftaucht. Plötzlich und ohne jede Vorwarnung steht er da, sodass sich die Frauen zu Tode erschrecken, bis sie ihn endlich hysterisch anschreien und wild um sich schlagend vertreiben. Niemand traut diesem Kerl über den Weg, alle sind sie der Meinung, dass so einer weggesperrt gehört. In die Anstalt, hinter Schloss und Riegel gehört dieser Irre. Dorthin, wo er kein Unheil anrichten kann, aber, so sagen Polizei und Amtsarzt, solange nichts geschehen ist, so lange können sie nichts gegen ihn unternehmen.

»Aber eines sage ich euch«, fährt der Kadenbach fort, »wenn der Kerl nur ein einziges Mal meinen Kindern zu nahe kommt, nur ein einziges Mal, dann erschlage ich ihn wie einen räudigen Hund!«

Dabei tippt er, wie zur Bekräftigung, mit seinem ausgestreckten Zeigefinger auf die hellblaue Motorhaube des Opel Blitz, die den satten, hohlen Klang von dickwandigem Blech von sich gibt. Niemand erwidert etwas, alle schauen sie zu dem Kadenbach hin, und ihr starrer Gesichtsausdruck lässt nicht erkennen, was sie von dieser großspurigen Ankündigung halten.

Die Schicht in der Papierfabrik verläuft an diesem Tag völlig außerhalb der gewohnten Routine. Bereits seit einigen Wochen lastet ein deutlich spürbarer Druck auf der Belegschaft, doch heute kommt es in der Halle zu einem regelrechten Gehetze. Schon am Morgen eilen die Vorarbeiter von einer Maschine zur nächsten und rufen den Arbeitern lauthals knappe Anweisungen zu. Alle sind nervös, jemand will etwas von einer Lieferung erfahren haben, die bereits am nächsten Morgen bei einem Großkunden in Rosenheim sein muss. Die Italiener sind die Einzigen, die bei der ganzen Betriebsamkeit, bei aller Unruhe, die sich in der vom Getöse der Maschinen erfüllten Halle allmählich breitmacht, freundlich und gelassen bleiben. Sie bewegen sich mit einer erstaunlichen Leichtigkeit, die hohe Belastung scheint ihren drahtigen Körpern nicht das Geringste auszumachen. Mit ihren pechschwarzen Haaren, ihren sauber geschnittenen, schmalen Oberlippenbärtchen, ihren fröhlich blitzenden Augen und ihrem dunklen Teint wirken sie fast wie Fremdkörper in diesem Trubel aus Lärm, Staub und Hitze. Sie lachen oft, manchmal singen sie bei der Arbeit, und ihre Lieder klingen nach unbeschwertem Müßiggang an einem heißen Sommertag. Oft zwinkern sie Ursula zu, lächeln sie herausfordernd an, säuseln »bella Signorina« oder »schones Frollein«. Diese Worte haben sie schon gelernt, doch Ursula lacht nur fröhlich zurück und winkt dabei mit einer ausladenden Handbewegung ab. Am Nachmittag fällt dann eine der riesigen Stanzmaschinen aus. Der Vorarbeiter bekommt einen Tobsuchtsanfall, brüllt: »Scheiße noch mal«, und herrscht die Mechaniker an, sie sollen sich bei der Fehlersuche gefälligst beeilen. Bis die fieberhaft arbeitenden Mechaniker den Kabelbruch, der zur Unterbrechung der Stromzufuhr geführt hat, finden, vergehen endlos lange fünfundsechzig Minuten. Für die Reparatur benötigen sie noch einmal zwanzig Minuten, sodass, bis sich das stählerne Ungetüm endlich wieder in Bewegung setzt, nahezu eineinhalb Stunden vergangen sind. Der Hallenmeister erscheint, zusammen mit Herrn Böhnisch von der Betriebsleitung, auf dem kleinen Podest vor dem Kabuff an der Stirnseite der Halle, in der das Meisterbüro untergebracht ist.

»Herrschaften! Alle mal zuhören«, brüllt er in die Halle hinein, und nach und nach versammeln sich die Arbeiterinnen und Arbeiter im Mittelgang vor dem Podest. Herr Böhnisch ist ein hagerer Endfünfziger, der einen schlecht sitzenden Anzug und eine nachlässig gebundene Krawatte trägt. Sein Gesicht ist vor Anspannung gerötet, er wirkt etwas teilnahmslos, wie er da neben dem Hallenmeister steht und vor sich auf den Boden starrt. »Kollegen, wie ihr alle wisst, ist es zu einer unvorhergesehenen Verzögerung gekommen. Und das ausgerechnet heute, wo wir die verlangte Tagesleistung ohnehin nicht in der normalen Arbeitszeit geschafft hätten«, ruft der Hallenmeister den Arbeiterinnen und Arbeitern zu. »Das bedeutet, wir alle werden heute erst dann unsere Schicht beenden, wenn das Tagespensum erbracht ist.«

Damit ist alles gesagt. Böhnisch wechselt noch rasch einige Worte mit dem Hallenmeister, bevor er mit eiligen Schritten an seinen Schreibtisch im Verwaltungstrakt der Fabrik zurückkehrt, während die Belegschaft unter einigem Gemurmel wieder an ihren Arbeitsplatz zurückkehrt.

Dass sie heute Überstunden leisten muss, macht Ursula nichts aus. Im Gegenteil, sie ist froh, auf diese Weise ihr Gehalt ein wenig aufbessern zu können. Und auch um ihre Mutter braucht sie sich nicht zu sorgen, Metha weiß, dass es jederzeit zu Mehrarbeit in der Fabrik kommen kann. Wenn Ursula nicht zur gewohnten Zeit von der Arbeit nach Hause kommt, nimmt sie das Essen vom Herd, um es dann später für ihr gemeinsames Abendessen noch einmal aufzuwärmen.

Als schließlich alle Arbeit getan ist und das schrille Tönen der Sirene das Ende der Schicht ankündigt, da legt sich draußen bereits die violette Abenddämmerung über die Stadt. Auch heute reinigt Ursula sich wieder in gewohnter Weise vor der steinernen Waschrinne. Sie wäscht sich gründlich, lässt sich Zeit, eilt nicht, wie manche Kollegin, überstürzt aus der Fabrik. Dann cremt sie sich sorgfältig ein, zieht das blaue Kleid an, das während der Schicht ordentlich auf einen Kleiderbügel in ihrem Spind gehangen hat, und kämmt zum Schluss ihr rotbraunes Haar aus. Nachdem sie sich in dem kleinen Handspiegel, den sie in ihrem Spind aufbewahrt, betrachtet hat, legt sie sich ihre dünne Strickjacke über die Schulter. Draußen empfängt sie kühle Abendluft, am Himmel hat sich mittlerweile ein kräftiges Nachtblau ausgebreitet, vor dem hier und da erste Sterne aufblitzen.

Als Ursula vor das Werkstor tritt, quert eine weiße Katze mit raschen, kleinen Schritten die Straße. Ursula gehört zu den Letzten, die an diesem Tag die Fabrik verlassen. Sie ist bereits ein Stück weit Richtung Straßenbahnhaltestelle gegangen, da überholen sie die Italiener. Sie tragen abgewetzte Anzüge, einige haben kleine Hüte aufgesetzt, die sie leicht schräg in das Gesicht gezogen haben. Ein intensiver Duft von frischer Seife umhüllt sie. Fröhlich winken sie Ursula zu, rufen wohlklingende italienische Worte und werfen ihr Kusshände zu. Ursula winkt lächelnd zurück, lässt sie ziehen, bis sie an der nächsten Straßenecke abbiegen und bald aus ihrem Blickfeld verschwunden sind.

Sie hat Glück, als sie die Haltestelle erreicht, steht dort eine abfahrbereite Straßenbahn. Das letzte Stück legt sie im Laufschritt zurück, hinter ihr schließt sich die Tür, und die Bahn fährt los. Nur wenige Mitfahrer sind um diese Zeit noch in der Bahn, Ursula findet einen Fensterplatz und lehnt den Kopf an die angenehm kalte Scheibe. Draußen ziehen Geschäfte in Flachdachbauten, in denen das Licht in den Schaufenstern bereits ausgeschaltet ist, an ihr vorüber. Hier und da ist noch eine der modernen Neonreklamen eingeschaltet. Die Namen der Geschäftsinhaber leuchten in gelben oder roten Schriftzügen auf. Dazwischen immer wieder brachliegende Grundstücke, auf denen einst mehrstöckige, stattliche Stadthäuser gestanden haben. Dann verlässt die Bahn das Licht der Stadt und fährt in die Dunkelheit hinein, die sich über die Landschaft ausgebreitet hat. Ursula betrachtet ihr Spiegelbild in der Fensterscheibe. Noch zwei Haltestellen, an denen niemand aussteigt und niemand einsteigt, dann hält die Straßenbahn in Ursulas Dorf.

Nur drei weitere Fahrgäste verlassen mit ihr gemeinsam die Straßenbahn, man raunt sich einen knappen Abschiedsgruß zu, und gleich darauf strebt jeder für sich seinem Zuhause zu. Das Dorf liegt ruhig und friedlich vor ihr, wenige Straßenlaternen spenden spärliches Licht. Ursula geht vorüber an Wohnhäusern, in denen hinter zugezogenen Vorhängen noch Licht brennt, doch auf den Straßen ist niemand zu sehen. Gar nicht weit entfernt ertönt der warme Ruf eines Kauzes. Auch bei Siedemanns brennt im Wohnzimmer in der ersten Etage noch Licht. Gewiss sitzen Felix' Eltern noch auf dem Sofa und verfolgen das Radioprogramm des NWDR. Einen Augenblick zögert Ursula, sie denkt daran, die Schelle an der schweren Eichentür zu drehen und Felix noch einen kurzen Besuch abzustatten. Doch gleich verwirft sie diesen Gedanken wieder, sie will ihre Mutter nicht noch länger warten lassen. So setzt sie ihren Heimweg fort und passiert bald die letzten Häuser des Dorfes. Bei Kadenbachs kommt der Hofhund ans Tor gelaufen, ohne anzuschlagen, legt er den Kopf schief, steckt seine Schnauze durch das schmiedeeiserne Tor und gibt ein zutrauliches Winseln von sich. Die letzte Straßenlaterne wirft einen diffusen Schatten auf das Trottoir, er begleitet sie ein kurzes Stück und verschwindet, als Ursula aus ihrem Lichtkegel tritt. Kein Ortsschild zeigt dem Besucher an dieser Stelle den Namen des Dorfes an. Nach wenigen Schritten endet der Asphalt, danach ist der Weg staubig und mit Schlaglöchern übersät. Rasch gewöhnen sich Ursulas Augen an die hier draußen herrschende Dunkelheit. Sie kennt den Weg nur zu genau, weiß um jedes Schlagloch, weiß, wo die Brennnesseln bis dicht an den Wegrand stehen. Nur noch etwa sechshundert Meter Fußweg liegen vor ihr bis zur Nissenhütte, sie beschleunigt ihren Schritt ein ganz klein wenig, dabei fürchtet sie sich nicht, nie wäre ihr der Gedanke gekommen, dass ihr hier, so nahe vor ihrer Haustür, etwas zustoßen könnte.

Ein Geräusch schreckt sie auf. Es ist ganz nah hinter ihr, es klingt, als ob sie jemand verfolgte. Ursula bleibt stehen und dreht sich um. Sie kann nichts erkennen, es bleibt still um sie herum. Drüben bei den Bäumen erklingt eine Vogelstimme. Mit zusammengekniffenen Augen späht sie in die Dunkelheit, dann geht sie weiter. Nun kann sie bereits das Licht hinter den Fenstern in ihrer Hütte erkennen. Dann ist es wieder da, das Geräusch von vorhin! Jetzt bleibt sie nicht mehr stehen, dreht sich nicht mehr um, jetzt beschleunigt sie ihre Schritte, doch das Geräusch kommt näher. Ursula will rennen, einfach losrennen und schreien, als ihr plötzlich von hinten ein muffiger Sack über den Kopf gezogen wird, der ihr bis hinunter zu den Hüften reicht. Das raue Gewebe zerkratzt ihr die Haut im Gesicht und an den Armen. Ursula will schreien, sich aus der engen Hülle befreien, sie windet sich wie toll, als sie ein wuchtiger Schlag gegen den Kopf trifft. Benommen spürt sie, wie sie von zwei Armen umschlungen und mit Bärenkräften niedergerungen wird. Sie verliert einen Schuh, wieder trifft sie ein eisenharter Schlag gegen den Kopf, dann Schläge in die Magengrube und gegen den Brustkorb, die ihr die Luft zum Atmen nehmen. Der Geschmack von Eisen breitet sich in ihrem Mund aus, ihr Kopf schmerzt entsetzlich. Schließlich verlässt sie die Kraft zur Gegenwehr, bleischwer liegt sie von diesem stinkenden Sack umhüllt im Staub der Straße und gibt sich der Gnade einer tiefen Bewusstlosigkeit hin.

Um die Mücken von ihrer Wohnung fernzuhalten, hat Metha die Eingangstür in ihrem Rücken geschlossen. Mit vor der Brust verschränkten Armen steht sie an den Türrahmen gelehnt und schaut hinüber zu dem Weg, der vom Dorf her zu ihrer Nissenhütte führt. Sie kann nichts erkennen. Noch nie ist Ursula so spät von ihrer Arbeit nach Hause gekommen. Metha ist besorgt, sie zündet sich eine Zigarette an, geht einige Schritte auf und ab, dabei immer zum Weg hinschauend, rauchend, grübelnd, und dann macht sie sich auf, ihr Kind zu suchen. Im Küchenschrank findet sie die alte Dynamotaschenlampe, fummelt an ihr herum; sie funktioniert immer noch. Der schwache Schein der Lampe zittert vor ihr auf dem Weg, Metha erkennt Bodensenken, hier und dort zaghaft sprießendes Gras in der Mitte des Weges, doch wenn sie den Lichtschein anhebt, in die Richtung, aus der Ursula ihr entgegenkommen müsste, dann verliert er sich im dunklen Nichts.

Nach etwa der Hälfte der Strecke zum Dorf hin ruft sie Ursulas Namen, zunächst zögerlich, dann lauter. »Uursuula«, schallt es in die Stille der Nacht hinein. »Ursulaa!« Doch sie bekommt keine Antwort.

Der kleine Bahnhof liegt verlassen vor ihr. Wann trifft hier die letzte Straßenbahn ein? Metha weiß es nicht. Sie tritt vor bis an die Gleise, schaut in beide Richtungen, nur ein kurzes Stück weit lässt sich der Schienenstrang verfolgen, dann taucht er ein in die Dunkelheit, ohne dass irgendwo das ferne Licht einer sich nähernden Straßenbahn zu erkennen wäre. Einen Fahrplan gibt es nicht, die Holztafel, an der er einst hing, ist verwittert. Unruhig geht Metha ein Stück auf und ab, sie kann nicht stillstehen, sie muss etwas unternehmen, und so verlässt sie den Bahnhof und geht zurück ins Dorf. Wie eine Getriebene streift sie durch die Straßen, keine noch so schmale Gasse, keinen noch so engen Trampelpfad entlang der Gärten lässt sie aus. Ihre Wangen sind von der Anstrengung gerötet, Schweißperlen stehen auf ihrer Stirn. Nachdem sie in jedem Winkel des längst in tiefer Nachtruhe versunkenen Dorfes nachgesehen hat, bleibt sie unter einer Laterne stehen, um zu verschnaufen. Sie möchte rauchen, doch ihre Zigaretten liegen zu Hause auf dem Küchentisch. In dieser Sekunde wird ihr die Sinnlosigkeit ihres Tuns bewusst. Wie ein Schlag trifft sie die Erkenntnis, dass sie zu Hause sein sollte. Jetzt, in diesem Moment sollte sie zu Hause sein, um ihr Kind zu begrüßen, das vielleicht gerade ihre Wohnung betritt und sich fragt, wo ihre Mutter ist – beunruhigt, weil Metha doch noch nie um diese Zeit nicht zu Hause war.

Mehr laufend als gehend legt sie den Weg zurück. Sie gerät außer Atem, verlangsamt ihren Schritt, ein kurzes Stück nur, um gleich wieder schneller zu werden, und dann erkennt sie die Konturen der Nissenhütte im Dämmerlicht. Kein Licht dringt von drinnen nach außen, Metha spürt sofort, was los ist, als sie hastig die Türe öffnet.

»Ursula! Bist du hier?«, ruft sie in ihre dunkle Wohnung hinein, dann schaltet sie das Licht an und durchschreitet die Küche, das Schlafzimmer, schaut zur Hintertüre hinaus in den Garten, doch es bleibt totenstill um sie herum. Ursula ist nicht nach Hause gekommen an diesem Abend.

Langsam geht Metha zurück in die Küche, verharrt mitten im Raum, der ihr plötzlich so fremd und leer erscheint. Sie ringt um Fassung, ihr Atem geht stockend, bis sie auf einen der Küchenstühle niedersinkt, ihre Hände vors Gesicht schlägt und hemmungslos zu weinen beginnt.

5. KAPITEL

Im Versteck

Das Gesicht in dem kleinen Wandspiegel erschreckt sie. Die Nacht hat Spuren hinterlassen, verquollene, gerötete Augen, die Haut aschfahl, bedeckt von zahlreichen roten Flecken, die hinabreichen bis zum Hals. Zaghaft beginnt Metha mit der Morgenwäsche, das eiskalte Wasser auf der Haut tut ihr gut. Die ganze Nacht hat sie auf dem Stuhl in der Küche sitzend verbracht. Immer wieder von den schlimmsten Befürchtungen aus einem unruhigen Dämmerzustand zwischen Schlafen und Wachen gerissen. Nach endlos langen Stunden ist die Nacht nun endlich einem hellen Morgen gewichen, noch steht die Sonne tief über den Baumwipfeln, doch schon bald wird das Dorf wieder zu neuem Leben erwachen, und Metha wird erneut aufbrechen, um ihr Kind zu suchen.

Heute Morgen braucht sie echten Bohnenkaffee, stark und schwarz glänzt er in der Tasse. Metha trinkt, ohne Milch und Zucker, und spürt die belebende Wirkung. Warum nur ist Ursula nicht nach Hause gekommen? Wieder drängt sich diese Frage, die sie sich schon Tausende Male gestellt hat, in ihr Bewusstsein. Ist ihr etwas zugestoßen? Hat sie sich entschieden, die Nacht an einem anderen Ort zu verbringen? Ursula ist eine erwachsene Frau, vielleicht hat sie sich mit Felix Siedemann getroffen und mit ihm die Nacht verbracht. Mein Gott, sie sind jung, und sie sind verliebt, da ist es doch nur allzu verständlich, dass sie zusammen sein wollen. Oder hat sie bei einer Arbeitskollegin übernachtet? Weil nach Schichtende die letzte Straßenbahn schon abgefahren war. Hätte Ursula das getan, ohne ihr eine Nachricht zukommen zu lassen? Sie, die sich immer zu helfen weiß? Sicher hätte Ursula einen Weg gefunden, ihre Mutter zu informieren, alles andere entspricht ganz und gar nicht ihrer Art. Wieder ist Metha von Zweifeln ergriffen. Ihre Gedanken schwanken zwischen: Ursula muss etwas zugestoßen sein, und: Es gibt eine harmlose Erklärung für ihr Fortbleiben. Der letzte Schluck Kaffee schmeckt bitter, Metha zerdrückt die Zigarette im Aschenbecher und macht sich auf den Weg.

Die Apotheke verströmt den angenehm sauberen Geruch von Kräutern und Bohnerwachs. Es ist früher Morgen, Metha steht alleine in dem behaglich wirkenden Verkaufsraum, als Hermann Siedemann in seinem weißen Kittel hinter dem breiten Tresen erscheint.

Sein Gang ist schwerfällig, doch er lächelt freundlich, als er sie begrüßt: »Guten Morgen, Frau Markwitz, womit kann ich dienen?«

Metha versucht sich ebenfalls an einem Lächeln. »Guten Morgen, Herr Siedemann, es ist etwas Privates. Ich möchte Sie etwas fragen.«

Siedemann hebt die Augenbrauen, doch seine Miene bleibt freundlich. »Nun, worum handelt es sich?«

Metha räuspert sich. »Herr Siedemann, Sie werden gewiss Kenntnis davon haben, dass Ihr Sohn Felix und meine Tochter Ursula, nun, ich möchte sagen, liiert sind.«

Hermann Siedemann hebt seine Brauen noch ein wenig mehr.

»Glauben Sie mir, es ist so«, fährt Metha fort, »Ursula ist heute Nacht nicht nach Hause gekommen, verstehen Sie, ich mache mir große Sorgen.«

»Oh, ich verstehe Ihre Sorge, Frau Markwitz, aber wie kann ich Ihnen dabei helfen?«

Metha senkt ihren Blick. »Vielleicht hat sie die Nacht zusammen mit Ihrem Sohn verbracht.«

Siedemanns Gesichtsausdruck wird ernst. Eine Weile schaut er Metha schweigend an, dann humpelt er zurück zur Türe, die in das Hinterzimmer führt, und ruft nach seinem Sohn. Sofort erscheint Felix hinter dem Tresen. Der gleiche weiße Kittel, das Gesicht glatt rasiert wie beim Vater, allerdings überragt der Vater den Sohn um einige Zentimeter.

»Frau Markwitz ist hier, weil Ihre Tochter heute Nacht nicht nach Hause gekommen ist, weißt du etwas darüber?«

Felix zeigt sich erstaunt. »Ich verstehe nicht …«

»Frau Markwitz möchte wissen, ob Ursula die vergangene Nacht bei dir verbracht hat.«

Siedemanns direkte Art gefällt Metha durchaus, allerdings beschämt es sie gleichzeitig ein wenig, dass er die Dinge so klar und deutlich ausspricht.

Felix braucht einen Moment, um zu begreifen, dann sagt er: »Nein, Ursula war nicht bei mir. Ich habe sie vorgestern zuletzt gesehen, wir haben uns für Sonntagnachmittag verabredet, wir wollen zusammen in die Stadt fahren. Nein, ich habe sie seitdem nicht mehr gesehen.« Der junge Siedemann wirkt nervös. Unruhig wandert sein Blick von seinem Vater zu Metha und wieder zurück.

»Es tut mir sehr leid, Frau Markwitz, aber Sie hören ja, wir können Ihnen leider nicht weiterhelfen«, sagt Hermann Siedemann mit einem Anflug von echtem Bedauern in der Stimme. »Sollten wir etwas über den Verbleib Ihrer Tochter erfahren, werden wir ihnen selbstverständlich umgehend Bescheid geben.«

Von der Apotheke führt ihr Weg zum Bahnhof. Mit der nächsten Straßenbahn will sie in die Stadt fahren, um sich in der Papierfabrik zu erkundigen. Irgendjemand muss doch etwas wissen, niemand verschwindet urplötzlich, ohne die geringste Spur zu hinterlassen.

Im Direktionssekretariat der Papierfabrik sitzt eine schmächtige, blasse Frau vor einer riesigen, schwarzen Schreibmaschine und bearbeitet mit ihren dünnen Zeigefingern die Tastatur. Das Klack, Klack erfüllt den spärlich möblierten Raum. Metha Markwitz räuspert sich vernehmlich, die Frau hebt den Kopf und mustert sie mit unfreundlichem Blick.

»Ihre Tochter ist heute Morgen nicht zur Arbeit erschienen«, entgegnet sie, nachdem Metha den Grund für ihr Erscheinen genannt hat.

»Haben Sie mich nicht verstanden? Ich sagte, meine Tochter ist seit gestern Abend verschwunden.«

»Ich weiß nicht, wie ich Ihnen helfen könnte.«

»Ich möchte wissen, wann Ursula gestern Abend die Fabrik verlassen hat. Musste sie länger arbeiten als üblich? Hat jemand gesehen, wann sie die Fabrik verlassen hat? Bitte verstehen Sie, ich mache mir große Sorgen ...«

Die blasse Frau lehnt sich zurück und schaut Metha direkt in die Augen. »Gestern haben alle Arbeitskräfte Überstunden machen müssen, wir können uns vor lauter Aufträgen kaum noch retten. Ich habe heute Morgen die Stempelkarte Ihrer Tochter überprüfen lassen, sie hat, so wie alle anderen Arbeitskräfte auch, die Arbeit um 20:45 Uhr beendet. Mehr kann ich Ihnen dazu nicht sagen.« Dann richtet sich die blasse Frau auf und sitzt kerzengerade auf ihrem Stuhl. Die Andeutung eines spöttischen Grinsens macht sich in ihrem Gesicht breit, ihre Stimme klingt jetzt schnippisch. »Aber vielleicht fragen Sie einmal bei den Italienern nach, wie man hört, ist Ihr Fräulein Tochter ja ganz versessen auf die Spaghettifresser.« Damit wendet sie sich wieder der Schreibmaschine zu.

Metha will etwas erwidern, eine derartige Unverschämtheit kann sie sich nicht bieten lassen, doch dann schließt sie ihren Mund und verlässt grußlos das Büro. Das Klacken der Schreibmaschine dringt durch die geschlossene Tür bis hinaus auf den Flur.

Am frühen Nachmittag sitzt sie wieder in ihrer Wohnküche. Der Tisch vor ihr ist leer, sie hat nichts zu sich genommen, die Sorge um Ursula schnürt ihr den Magen zu. Nur eine weitere Tasse echten Bohnenkaffee hat sie getrunken, bereits die zweite an diesem Tag, und Zigaretten geraucht. Doch weder der Kaffee noch die Zigaretten haben ihr geschmeckt. Bisher ist es ihr nicht gelungen, auch nur den kleinsten Hinweis auf Ursulas Aufenthaltsort zu bekommen. Sie muss also weitersuchen, sie muss wieder hinausgehen und Leute befragen.

Durch das Fenster geht ihr Blick hinüber zum Haus der Prölls. Sie muss jeden befragen, jeden Einzelnen im Dorf und, wenn es sein muss, in der ganzen Umgebung. Sie zögert, doch dann erhebt sie sich von ihrem Stuhl, um hinüber zu ihrem Nachbarn zu gehen. Noch nie in all den Jahren ist sie bei diesen Leuten gewesen. Vor Aufregung pocht ihr Herz wie toll. Das Haus, das Grundstück, alles, was die Prölls besitzen, ist genauso heruntergekommen wie Goswin Pröll selbst. In der Hauswand klafft ein Loch, so groß, dass eine Kuh hindurchsteigen könnte. Nur notdürftig hat jemand es mit Brettern verschlossen. Reste der Dachrinne hängen schief und krumm von der Traufe herab. Das Unkraut vor dem Haus reicht bis zu den Fensterbänken hinauf. Seitlich vom Haus türmen sich Berge von Unrat und Abfall, durchsetzt von wild wuchernden Brennnesseln. Seitdem sie in ihre Nissenhütte gezogen sind, ärgert sich Metha über diesen hässlichen Anblick, und nun, da sie das Haus fast erreicht hat, steigert sich ihr Ärger zu regelrechter Empörung. Wie kann ein Mensch in einer derart abscheulichen Umgebung leben? Widerwillig steigt sie die beiden verdreckten Treppenstufen hinauf und klopft zaghaft an die Haustür. Lange bleibt es dahinter still. Sie will nicht noch einmal klopfen, will sich bereits wieder abwenden, als Goswin Pröll öffnet.

In seiner speckigen Hose, seinem schmutzigen Hemd, mit seinem unrasierten, verschwitzten Gesicht wirkt er auf sie wie einer dieser umherziehenden, versoffenen Landstreicher. So wie er jetzt dasteht, an den verkratzten Türrahmen gelehnt, vor dem schmutzig braunen Türblatt, von dem der Lack abblättert, so fügt sich alles zu einem ebenso stimmigen wie abstoßenden Bild. Metha Markwitz drängt sich in diesem Moment nur eine einzige Umschreibung für dieses Szenario auf: Das hier ist die totale Verwahrlosung.

Pröll stiert sie hämisch grinsend an.

Weshalb sie gekommen ist, hat Metha in nur zehn Sekunden vorgebracht, die Pause, die danach entsteht, erscheint ihr dreimal so lang.

Schließlich erwächst aus dem Grinsen ein heiseres Lachen. »Ach, das Täubchen ist ausgeflogen!«, prustet Pröll los, nachdem er vom Lachen in den Husten verfallen war und den Kodder heruntergeschluckt hat.

Metha kann seinen schlechten Atem riechen.

»Sie wollte wohl nicht länger zusammen mit dir in eurer Blechdose hocken. Hat sich wohl mit dem nächstbesten Liebhaber aus dem Staub gemacht.«

Metha erkennt, dass sie von Pröll keine vernünftige Antwort bekommen wird. Was hatte sie auch erwartet? Weshalb war sie überhaupt hierhergekommen? Verärgert über ihre Naivität will sie sich abwenden, als Pröll sie zurückhält.

»Warte«, ruft er. »Apropos Dose, es tut mir wirklich leid, dass dein Täubchen verschwunden ist, ich glaube, sie und ich, wir hätten noch eine Menge Spaß miteinander haben können.« Dann verfällt er wieder in sein grässliches Lachen.

Methas Magen verkrampft sich, als sie ihm wortlos den Rücken zukehrt und über den staubigen Weg zurück zu ihrer Wohnung eilt.

Wie sie an diesen Ort gekommen ist, weiß sie nicht. Als sie aus ihrer Ohnmacht erwacht, liegt sie auf einem groben Holzdielenboden, immer noch von diesem grässlichen Sack umhüllt, und sie weiß sofort, dass sie nicht alleine ist.

Als sie sich regt, tritt der Mann an sie heran und raunt ihr zu: »Wenn du nicht ruhig bleibst, schlag ich dich tot.«

Dann versetzt er ihr einige heftige Schläge ins Gesicht, reißt ihr das Kleid hoch bis zum Bauch und vergewaltigt sie brutal.

Ursula liegt stocksteif da, gibt keinen Muckser von sich, bis er endlich von ihr ablässt. Sie glaubt, keine Luft zu bekommen, Übelkeit steigt in ihr auf und sie befürchtet, sich in den Sack hinein übergeben zu müssen. Schritte klingen auf dem Holzboden, er scheint hohl zu sein. Dann klirrt eine Kette, sie wird über den Boden geschleift, kaltes Eisen umschließt ihr Fußgelenk, dann wieder das Klirren der Kette, der Mann scheint sie irgendwo zu befestigen, Ursula vernimmt das Klacken von Werkzeug.

Dann wieder Schritte, eine Tür wird quietschend geöffnet, und die Stimme sagt: »Wenn ich weg bin, kannst du den Sack abnehmen.«

Die Tür schlägt zu, ein Riegel wird ins Schloss geschoben und rasche Schritte poltern eine hölzerne Treppe hinunter. Keine Minute länger hätte Ursula es unter dem Sack ausgehalten, sobald die Schritte verklungen sind, zerrt sie ihn sich vom Leib, wälzt sich zur Seite und erbricht sich.

In ihrem Gefängnis ist es stockdunkel, mehrere Stunden vergehen, ohne dass etwas geschieht. Schließlich sieht Ursula durch das kleine, von dichten Spinnweben verhangene Fenster in der Giebelwand die Dämmerung heraufziehen. Nach und nach erhellt sich ihre Umgebung, sie befindet sich offensichtlich auf einer Art Heuboden. Ihr Peiniger hat sie in ihrem Versteck angekettet, die rostige Kette ist mit einem schweren Vorhängeschloss an einem Eisenring in der Bretterwerkwand befestigt. Eng ist das Ende der Kette um ihr rechtes Fußgelenk gelegt und mit einem weiteren, etwas kleineren Vorhängeschloss verbunden worden. Die Kettenglieder schneiden ihr ins Fleisch, vom Schmerz betäubt liegt sie regungslos auf dem Boden. Sie blutet immer noch.

6. KAPITEL

Sonntagsruhe

Der Sommer meint es gut mit dem kleinen Dorf vor dem großen Wald. In den zurückliegenden Jahren litten Mensch und Natur häufig unter sengender Sonne und ausbleibendem Regen, doch in diesem Jahr scheint der Herrgott ein Einsehen zu haben. Zwar wird das Land immer wieder aufs Neue für einige Tage von brüllender Hitze heimgesucht, doch dann schieben sich wieder dunkle Wolken heran, die jedes Mal ein reinigendes Gewitter mit sich bringen. Dann wäscht der Regen den Staub von Dächern und Straßen und verleiht der Vegetation neue Kraft.

So passabel wie das Wetter, so ansehnlich präsentiert sich auch das Dorf. Der Ortsmittelpunkt mit der Kirche und dem gepflasterten Platz davor zeugt vom Fleiß und der Ordnungsliebe seiner Bewohner. Alles ist sauber gekehrt, geputzt, von allem Unkraut befreit. Auch die Spuren der Invasion im Februar '45 sind längst beseitigt. An der Stelle, an der eine amerikanische Granate damals die alte Linde zerfetzte und einen großen Erdkrater mitten im Dorf hinterließ, dort blüht heute wieder eine bereits zu stattlicher Größe herangewachsene Winterlinde. Wie ein Schutzwall zieht sich ein schmaler

Gürtel neu errichteter Einfamilienhäuser fast komplett um den alten Ortskern mit seinen schmalen Straßen und engen Gassen herum. Hier leben nun die Zugezogenen, die Ausgebombten. Diejenigen, die von den Alteingesessenen immer noch ein wenig argwöhnisch beäugt werden. Doch sie alle, Einheimische wie Fremde, eint der unbedingte Wille, die Dinge zum Besseren zu wenden. Fleißig, ein jeder nach seinen Fähigkeiten, werkeln sie alle gemeinsam an dem einen großen Ziel, das da heißt: Auferstehung aus Schutt und Asche und Aufbruch in eine neue Zeit. In kleinen, aber ordentlich hergerichteten Häusern hängen in kleinen Wohnstuben Kuckucksuhren an den Wänden. Hummelfiguren, die niemals Staub ansetzen, zieren Kommoden und Radiogeräte. Die beiden Schaufenster des Lebensmittelgeschäfts, das unten an der Ecke, gleich neben dem Hof der Schopps steht, sind mit den Erzeugnissen der noch jungen Wohlstandsgesellschaft vollgestopft. Ganz vorne stehen die Konservendosen, Erbsen, Möhren, ja sogar Mais wird dort in Weißblechdosen angeboten, um die Banderolen mit bunten Bildern darauf gewickelt sind. Hinten, auf erhöhten Glasböden, stehen die Spirituosen, und dazwischen stapeln sich dicke Würste. Konsum für alle. Wohlstand für jeden Bürger der Bundesrepublik, und alle Fähnlein hängen nach dem Wind.

Die Nachricht vom Verschwinden der Ursula Markwitz verbreitet sich wie ein Flächenbrand im Dorf. Es braucht nicht viel, um zum Tagesgespräch zu geraten, doch wenn eine junge, attraktive Frau mehrere Tage lang nicht nach Hause zurückkehrt, dann sind den Spekulationen Tür und Tor geöffnet.

»Sie wollte wohl der Tristesse ihrer ärmlichen Notwohnung entkommen«, sagen die einen.

»Sie ist das bedauernswerte Opfer eines Gewaltverbrechens geworden«, glauben die anderen.

Sofia Henschenmacher glaubt, der Krumme habe sie geholt. Die noch jüngeren Dorfbewohner gehen achselzuckend über den albernen Gespensterkram hinweg oder machen sich lustig über die verschrobene Eigenbrötlerin. Die Alten jedoch lachen nicht, die Gesichter von tiefen Falten durchzogen, das Haar schlohweiß, bleiben sie stumm und senken ihre Köpfe. Sie erinnern sich noch lebhaft an Irmtraud Ziliken. Irmtraud war Magd auf einem der Höfe, die weit verstreut draußen auf den Feldern liegen. Eines Abends brach sie auf, um ihrer kranken Mutter einen Besuch abzustatten. Es dämmerte bereits, und um schneller voranzukommen, entschied sie sich dafür, den direkten Weg durch den Wald zu nehmen. Erst mehrere Tage später tauchte sie tatsächlich bei ihren besorgten Eltern auf. Völlig verängstigt berichtete sie von dem Krummen, der ihr im Wald aufgelauert und sie in seine Gewalt gebracht habe. In einem günstigen Augenblick sei ihr die Flucht gelungen, sie sei um ihr Leben gelaufen, und erst als der Wald lichter wurde, habe der Krumme die Verfolgung aufgegeben.

Die Gehässigen unter den Dorfbewohnern verbreiten mit kaum verborgener Häme über Ursula Markwitz: »Das Flittchen hat sich mit dem nächstbesten Kerl davongemacht.«

Sonntagsvormittags besucht man den Gottesdienst. Unter dem Geläut der Kirchturmglocke eilen die Dorfbewohner herbei, und zu Beginn der Messe ist nicht ein einziger Platz mehr frei in dem wenig prunkvoll ausgestatteten Gotteshaus. Es ist bereits der dritte Tag nach Ursulas Verschwinden, und der Pastor hat sich vorgenommen, an diesem Sonntag über den empörenden Vorfall zu sprechen. Ganz hinten, auf den im Halbdunkel stehenden Bänken sind die ersten Männer bereits eingenickt, als der betagte Konrad Misseler zur Predigt hinauf auf die Kanzel steigt. Alte Holzstufen knarzen unter seinem Gewicht, und als Misseler oben angekommen ist und hinter der Brüstung erscheint, ist sein Gesicht von der Anstrengung gerötet.

Ohne Umschweife kommt er zur Sache. Zunächst spricht er mitfühlende Worte, bringt sein Bedauern zum Ausdruck und bittet die Heiligen um Beistand. Doch dann, nach einer Kunstpause, während der es in der Kirche mucksmäuschenstill bleibt, erhebt er seine Stimme und fährt fort: »Wir alle sind Kinder Gottes. Gott liebt uns, und für jeden Einzelnen von uns hat er einen Plan. Freilich erscheinen uns Gottes Wege vielfach unergründlich, jedoch«, hier macht er erneut eine längere Pause, »jedoch, und davor dürfen wir niemals die Augen verschließen, weil es Gottes unumstößliches Gesetz ist. Es gilt vom Ursprung an und für immerdar: Sein Wille geschehe!«

Nahezu alle Köpfe, über die Pastor Misseler jetzt seinen Blick schweifen lässt, sind gesenkt.

»Niemandem von uns ist es gestattet, den Platz, an den Gott uns gestellt hat, zu verlassen. Niemand darf die gottgewollte Ordnung in Zweifel ziehen. Insofern ist jeder, der sich nicht an Gottes Regelwerk hält, ein Sünder!

Es sei denn«, mahnend hebt Misseler seinen vom Rheuma deformierten Zeigefinger, »es sei denn, er fällt einem Gewaltverbrechen zum Opfer! Darum wollen wir nun beten für unsere Mitschwester Ursula, auf dass der Herr sie auf den rechten Weg zurückführt oder ihre arme Seele aufnimmt, zu sich in sein Himmelreich.«

Mit fester Stimmt hebt er nun an zum Gebet, hier und da werden Nasen in frische Taschentücher geschnäuzt, doch nach und nach fallen alle ein, bis die Gemeinde schließlich im Gebet vereint ist.

Nach dem Gottesdienst kommen die Dorfbewohner auf dem Kirchplatz zusammen. In bester Sonntagslaune schütteln sie einander die Hände zum Gruß, machen kleine, harmlose Scherze, über die man höflich lacht. Die Männer schwitzen in ihren Nylonhemden unter den Sonntagsanzügen und verströmen den Geruch von billigem Rasierwasser. Ihre Frauen gefallen sich in leichten Sommerkleidern, einige tragen elegante Hüte. Rasch bilden sich einzelne Gruppen, ein Gewirr aus vielen Stimmen erfüllt den Platz, und schon nach kurzer Zeit kommt die Sprache auf die Sache, die sie gegenwärtig alle bewegt. Kaum einen im Dorf lässt Ursulas Verschwinden unberührt, wann hat es einen solchen Vorfall schon jemals gegeben? Eine Gruppe von Männern diskutiert besonders heftig. Unter ihnen befinden sich Adolf Behnke, den sie alle nur den Milchmann nennen, und Franz Kadenbach.

Der Kleinste unter ihnen, Hermann Feinbein, beklagt sich über die Zustände, die sich seiner Meinung nach in jüngster Zeit im Dorf ausbreiten. »Wie bei den Hottentotten«, echauffiert er sich und fährt wild gestikulierend fort: »Nicht nur, dass wir alle unter dem aufdringlichen Schopp leiden, der unseren Familien nachstellt und zu Gott weiß was fähig ist, jetzt verschwinden auch schon unbescholtene Frauen spurlos von der Bildfläche.«

»Nein, nein«, fällt ihm der Milchmann wichtigtuerisch ins Wort, »es verhält sich ganz anders. Ich will euch sagen, was es mit der Markwitz auf sich hat. Die hat sich einen Kerl gesucht, bei dem sie untergekommen ist und für den sie jetzt ungeniert, wann immer sie will, die Beine breitmachen kann.«

»Das mag so sein«, wirft Franz Kadenbach ein und winkt ab. »Aber wenn es denn so ist, dann soll uns das egal sein, soll sie glücklich werden mit ihrem Kerl. Aber sicher ist das eben nicht, und darum sollten wir uns vielleicht doch ein wenig umhören im Dorf. Ich finde, wir sollten uns tatsächlich einmal den jungen Schopp zur Brust nehmen.«

Dieser Vorschlag scheint niemanden zu überraschen.

»Ganz richtig, Franz«, pflichtet Hermann Feinbein ihm bei. Mit seiner schmächtigen Statur, seiner blutleeren Ausstrahlung und den vielen verschorften Wunden auf dem Kopf erweckt er den Eindruck, als litte er an Skorbut. Doch der Anschein trügt, Feinbein ist ein Energiebündel. Hat ihn eine Sache erst einmal gepackt, und es braucht nicht viel, um dieses dürftige Häuflein Mensch zu packen, dann hält ihn kaum jemand zurück.

»Du hast recht, Franz. Lasst uns losgehen und den Kerl ausquetschen. Wäre doch gelacht, wenn da nichts zu holen wäre.«

»Nun warte es doch ab, Hermann. Diese Angelegenheit sollten wir nicht an einem Sonntag klären. Ich schlage vor, wir warten noch ein, zwei Tage. Vielleicht taucht das Fräulein ja noch auf, und wenn nicht, dann fühlen wir dem Schopp mal so richtig auf den Zahn.«

Damit sind sie alle einverstanden. Zustimmendes Raunen, entschlossenes Kopfnicken.

»Am Dienstagabend, bei Anbruch der Dunkelheit«, bestimmt der Kadenbach, »da treffen wir alle uns genau hier wieder.«

Hertha Siedemann sitzt stocksteif in ihrem Rattansessel. Zwar sind im Laufe der Jahre schon einige Stängel an den Armlehnen gebrochen, doch mit den dicken Kissen darin ist der Sessel immer noch das ideale Sitzmöbel, um in einem heißen Sommer im Schatten des alten Nussbaums zu sitzen. Herthas verkrampfte Körperhaltung passt nicht zu der bequemen, ausladenden Form des Sessels. Hermann Siedemann sitzt neben seiner Frau, beide nippen sie an ihrem Sonntagnachmittagstee und schweigen.

Aus den Augenwinkeln betrachtet er seine Frau; seitdem Metha Markwitz in ihrer Apotheke aufgetaucht ist, verhält Hertha sich sonderbar, ihre Teilnahmslosigkeit gibt ihm Rätsel auf.

»Diese Leute sind zu allem fähig«, waren ihre einzigen Worte, nachdem er ihr von Methas Besuch in der Apotheke erzählt hatte.

»Die Frau tut mir leid«, hatte Hermann erwidert, »die Sorge um ihre Tochter wird ihr den Schlaf rauben.« Und dann fügte er in gedämpftem Tonfall hinzu: »Und Felix tut mir ebenfalls leid.«

Hertha war still geblieben. Seitdem hat sie das Thema nicht wieder angesprochen, und Hermann vermag nicht zu erkennen, ob sie Ursulas Verschwinden bedauert oder ob sie nicht sogar eine heimliche Freude darüber empfindet. Drüben im Kirschbaum blitzt das blauschwarz glänzende Gefieder der Stare in der Sonne auf. Der Phantomschmerz seines verlorenen Unterschenkels quält ihn heute wieder besonders stark. Hermann nimmt die zierliche Tasse auf und trinkt den Rest des ungesüßten Tees. Der Henkel ist zu klein für seine wulstigen Finger, und so balanciert er das Tässchen zurück auf das Tablett, räuspert sich und hebt an, seiner quälenden Ungewissheit ein Ende zu bereiten.

»Warum sagst du nichts dazu?«

Hertha schaut ihn fragend an, sie scheint wirklich nicht zu wissen, wovon er spricht.

»Seitdem Frau Markwitz bei uns war, tust du gerade so, als wäre es dir völlig gleich, was mit ihrer Tochter geschehen ist.«

»Was ist denn mit ihr geschehen? Ich weiß es nicht, niemand weiß, was mit ihr geschehen ist, aber alle sind schrecklich betroffen«, erwidert Hertha schroff. Sie legt die Hände in ihren Schoß und schaut demonstrativ hinüber zum Kirschbaum, gerade so, als ob sie das Treiben der Stare dort drüben mehr interessieren würde als Hermanns Frage.

Hermann seufzt innerlich, er hatte geglaubt, seine Frau gut zu kennen. So wie man sich nach mehr als dreißig gemeinsamen Jahren kennt. Er hatte geglaubt, nach so langer Zeit alles über sie zu wissen. Nichts schien ihm fremd an ihr, doch plötzlich offenbart sich ein Wesenszug Herthas, der ihn gänzlich überrascht. Und verstört. Konnte es sein, dass er ihre Gefühlskälte bisher nicht bemerkt hatte? Angestrengt denkt er darüber nach, ob es schon einmal eine ähnliche Situation gegeben hat. Er kann sich nicht erinnern. Hat sie nicht vor wenigen Monaten erst der Feinbein die Medikamente für ihren Mann kostenlos zugesteckt? Hermann Feinbein, so schwach und anfällig, wie er ist, litt im vergangenen Winter an einem hartnäckigen Husten mit blutigem Auswurf, weshalb Hertha über Wochen für ausreichend Medikamente gesorgt hatte, ohne einen Pfennig dafür zu berechnen. Leise schüttelt er den Kopf, nein, seine Frau ist gewiss nicht hartherzig, sie ist eine gute Frau mit einem weichen Herzen.

Doch gerade deshalb sollte sie eigentlich mehr Interesse an Ursulas Schicksal zeigen, zumal es sich hier um eine Person handelt, die der Familie in gewisser Weise nahesteht. Bei diesem Gedanken stutzt er: Ist es möglich, dass genau das der Grund für Herthas Verhalten ist? Würde sie bei einer anderen Person mehr Mitgefühl zeigen? Hertha ist gegen die Liaison ihres Sohnes mit der Markwitz, das hat sie deutlich zum Ausdruck gebracht. Sollte sie nun womöglich eine heimliche Freude an der Entwicklung der Dinge empfinden?

Hermann schenkt sich eine weitere Tasse Tee ein. Der filigrane Henkel der Kanne ist genauso unpraktisch wie die Griffe an den Tassen, gerade will er das vermaledeite Ding wieder abstellen, als er abrupt innehält. Urplötzlich ist da ein schrecklicher Gedanke

in seinem Kopf, der ihn erschaudern lässt. So infer-
nalisch wie eine explodierende Bombe verdrängt der
Gedanke in diesem Augenblick jede andere Wahrnehmung: Ist es vorstellbar, dass Hertha irgendetwas mit
dem Verschwinden von Ursula Markwitz zu tun hat?

7. KAPITEL

Else Pröll

Der Polizeiposten befindet sich in einem der neu errichteten Häuser in der Innenstadt. Die Fassade ist noch unverputzt, im Gebäude riecht es nach frischer Farbe.

»Wenn ich Sie richtig verstehe, dann wollen Sie also eine Vermisstenanzeige aufgeben?«, sagt der diensthabende Polizist. Er trägt eine streng gescheitelte Kurzhaarfrisur über einem mürrischen Gesicht und schwitzt bereits am frühen Morgen.

»Ganz richtig. Meine Tochter ist seit vier Tagen nicht nach Hause gekommen. Das ist noch nie vorgekommen, und ich befürchte, ihr ist etwas zugestoßen.«

Umständlich kramt der Polizist in der Schreibtischschublade herum. Als er gefunden hat, wonach er sucht, hält er Metha ein Formular entgegen und erklärt ihr in gereiztem Ton: »Ich kann das hier natürlich ausfüllen, aber Ihre Tochter ist eine erwachsene Frau, sie kann gehen, wohin sie wie will, und solange es keinen begründeten Verdacht auf ein Verbrechen gibt, können wir in diesem Fall gar nichts unternehmen.«

»Ich dachte, die Polizei könnte nach ihr suchen?«

»Gute Frau, ich bitte Sie! Wie soll das gehen? Wo sollen wir denn suchen? Nein, nein, wir füllen jetzt das

hier gemeinsam aus, und dann geht die Personenbe-
schreibung an alle Streifenwagen. Falls den Kollegen
etwas auffällt, bekommen Sie umgehend Bescheid von
uns.« Mit fahrigen Bewegungen spannt er das Formular
in seine Schreibmaschine. Als er es endlich justiert hat,
legt er seine Finger auf die Tastatur und kommandiert
in harschem Befehlston: »Vollständiger Name!«

Die Innenstadt ist voller Betriebsamkeit an diesem
Montagvormittag. Zahlreiche Lieferwagen drängen
sich durch die Straßen, halten vor Geschäften und kleinen Fabriken, wo emsige Arbeiter Kisten und Kartons
von den Ladeflächen wuchten. Dazwischen wuseln
Passanten umher, vornehmlich Frauen, die im Vorübergehen begehrliche Blicke auf die Auslagen in den
Schaufenstern werfen. Von der nahen Straßenkreuzung
schallt unablässig die schrille Trillerpfeife des Schupos
herüber, der mit ausgebreiteten Armen gestenreich den
Straßenverkehr regelt.

In all dem Treiben fühlt Metha sich deplatziert. Ohne
konkretes Ziel streift sie an den Geschäften entlang.
Vielleicht sollte ich doch noch einmal zur Papierfabrik
gehen, denkt sie bei sich, vielleicht sollte ich tatsächlich mit den Italienern reden. Wer weiß, vielleicht können die ja doch etwas zu Ursulas Verschwinden sagen.
Doch gleich verwirft sie den Gedanken wieder, zum einen würde sie die Männer gewiss nicht verstehen, diese
Gastarbeiter sprechen ja noch nicht einmal die hiesige
Sprache. Und zum anderen lässt sie der Vorarbeiter bestimmt nicht während der Schicht zu ihnen. Sie müsste also bis zum Schichtende vor dem Fabriktor warten,

und dann bliebe immer noch das Sprachproblem. Nein, so kommt sie nicht weiter, Metha muss einen anderen Weg finden. Immerhin hat der Polizist die Vermisstenanzeige aufgenommen, mehr kann sie heute hier in der Stadt nicht erreichen. Sie macht einen Schritt in einen nach Urin stinkenden Häuserspalt hinein und zählt verstohlen das Geld in ihrem Portemonnaie. Es ist genug, um Zigaretten und Bohnenkaffee kaufen zu können. In einem Reformhaus ersteht sie außerdem noch eine große Flasche Frauengold. Die möchte sie nicht im Laden in ihrem Dorf kaufen, da ist sie vorsichtig, wie leicht gerät man ins Gerede.

Am Nachmittag klopft die Henschenmacher an ihre Haustür. Schief und hutzelig steht die Alte im Türrahmen und starrt Metha an. »Ich kann dir helfen«, sagt sie nach einer Weile. »Lass mich herein, es ist besser, wenn uns niemand sieht.«

Überraschend beweglich drängt sie vor in das Innere der Nissenhütte, bleibt beim Tisch stehen und bedeutet der verdutzten Metha, die Tür zu schließen. Metha gehorcht, fragt höflich, ob sie etwas anbieten könne – Kaffee? Limonade? –, doch die Henschenmacher wehrt mit einer fahrigen Handbewegung ab.

Sie gibt sich kurz angebunden, ohne Umschweife kommt sie auf den Grund ihres Besuchs zu sprechen. »Du musst nach ihr suchen.« Ihr Blick verleiht ihren Worten Nachdruck. »Ich werde dich begleiten, denn ich weiß, wo wir deine schöne Tochter finden werden.«

Methas Erstaunen könnte nicht größer sein. Was denkt die Henschenmacher sich nur? Glaubt sie wirklich,

Metha würde mit einer alten, gebrechlichen Frau losziehen und die Gegend ohne konkreten Anhaltspunkt nach Ursula absuchen? Ihr Gesicht verrät ihre Zweifel.

»Meine alten Beine lassen es nicht mehr zu, weite Wege zu gehen«, scheint die Henschenmacher ihre Gedanken lesen zu können, »doch bis hinauf zum Wald schaffe ich es noch. Gleich heute Abend, wenn die Dämmerung heraufzieht, gehen wir dorthin, wo der Krumme haust! Ursula ist nicht freiwillig verschwunden, das spüre ich. Ich glaube, er hat sie in seine Gewalt gebracht, und nun wartet er darauf, dass wir kommen und ihn bitten, sie gehen zu lassen.«

»Also ich weiß nicht, Frau Henschenmacher …«

»Natürlich wisst ihr Jungen nichts mehr von solchen Sachen. Woher auch, beschäftigt euch nur noch mit dem, wovon ihr glaubt, dass es wichtiger sei. Geld verdienen, viel Geld, schöne Kleider, neue Autos und all diesen anderen Tinnef besitzen, das wollt ihr. Nur das zählt noch für euch. Ich aber werde dir sagen, was in deiner Situation wirklich wichtig ist.«

Und dann holt Sofia Henschenmacher aus, in verschwörerischem Ton belehrt sie Metha eindringlich und voller Überzeugung über all diese mysteriösen Geschehnisse, die Metha bisher stets als Hokuspokus abgetan hat. Und während sie spricht, wird es Abend, und als die Sonne sich langsam dem Horizont nähert, da ist Metha bereit, mit der Henschenmacher hinauf in den Wald zu gehen, um den Krummen zu suchen.

Der Weg führt stetig bergan. Schon liegt das Dorf hinter ihnen, und zum Glück hat sie niemand zusammen gesehen. Sofia Henschenmacher kennt die Wege entlang der Gärten, außerhalb des Dorfes, wo sich zu so später Stunde niemand mehr aufhält. Ihr Atem geht schwer, ihre Schritte sind langsam. Über den Baumwipfeln spannt sich ein nachtblauer Himmel, immer dichter wird der Wald, und dann verlässt die Henschenmacher ohne Ankündigung den breiten Waldweg und biegt ein in einen schmalen, kaum erkennbaren Pfad. Langstielige Waldgräser und Beerensträucher streifen ihre Beine. Metha folgt der Alten in einigem Abstand. Die Henschenmacher scheint genau zu wissen, wohin sie gehen muss, zielstrebig schreitet sie voran.

Um die beiden Frauen herum herrscht nun absolute Stille. Nachdem sich ihre Augen an die Lichtverhältnisse gewöhnt haben, kann Metha ihre Umgebung besser erkennen, mehr und mehr geht der Kiefernwald über in eine dunkle Tannenschonung. Ihre Schritte federn nun auf einem dicken Belag aus braun gewordenen Tannennadeln. Plötzlich strauchelt die Henschenmacher über eine hervorstehende Wurzel, gerade eben noch gelingt es ihr, sich auf den Beinen zu halten. Dann verharrt sie abrupt auf der Stelle. Regungslos lauscht sie in den Wald hinein, bis sie mit einem bedeutungsvollen Blick auf Metha den Zeigefinger auf ihre spröden Lippen legt. Als auch die regungslos innehält, sucht die Alte mit zusammengekniffenen Augen das Gelände ab. Irgendwo, ganz in der Nähe, gurrt eine Taube. Das Knacken von trockenem Holz lässt Metha zusammenfahren. Blitzschnell dreht die Henschenmacher ihren Kopf in die Richtung, aus der das Geräusch kam. Methas Blick folgt dem der Henschenmacher, schlanke, kerzengerade Fichtenstämme stehen dicht an dicht und bilden nur wenige Meter von ihnen entfernt eine dunkle, fast undurchdringliche Wand. Doch was ist das? Hat sich dort drüben etwas bewegt?

Die Henschenmacher ergreift Methas Handgelenk und zieht sie ein wenig näher zu sich heran. Ihre Anspannung überträgt sich auf Metha, die immer noch zu der Stelle hinüberstarrt. Nein, dort ist nichts, sie hat sich getäuscht.

Oder vielleicht doch nicht?

Metha wagt nun kaum mehr zu atmen. Vorsichtig reckt sie den Kopf ein wenig nach links, dorthin, wo die Bäume nicht gar so dicht beieinanderstehen, dort bewegt sich doch etwas! Ist das eine Gestalt? Ein Mensch? Ein Schauder durchläuft ihren Körper. Wie ist so etwas nur möglich? Immer noch hält Metha den Atem an, wie gebannt fixiert sie die dunklen Umrisse vor dem noch dunkleren Hintergrund. Ganz ohne Zweifel, dort drüben, halb verdeckt von den Fichtenstämmen lässt sich tatsächlich eine Gestalt ausmachen. Deutlich vernimmt sie jetzt gleich neben sich die Stimme der Henschenmacher, doch die Stimme der Alten klingt plötzlich verändert, seltsam verzerrt. Metha versteht einzelne Worte: »Krummer«, »Erbarmen« und »flehen dich an!« hört sie die Henschenmacher sagen. Noch immer hält diese sie beim Handgelenk.

Dann kann Metha der Anspannung nicht mehr standhalten. Mit einem heftigen Ruck reißt sie sich los. Greift die Alte bei der Schulter, zerrt an der dünnen Strickjacke, bis sich das Gewebe dehnt, doch Metha zerrt weiter und stammelt: »Ich will hier weg!«

Sie stolpert über eine Wurzel, doch es gelingt ihr, sich auf den Beinen zu halten. »Nun kommen Sie schon!«, schreit sie die Henschenmacher an, die sich nur widerwillig von der Stelle bewegt.

Dann gibt die Alte dem Druck nach, langsam folgt sie Metha, viel zu langsam, weshalb Metha immer heftiger an der Jacke zerrt und fieberhaft versucht, auf dem schmalen Weg zu bleiben. Immer weiter hasten sie, schon reißen lange Brombeerranken Wunden in ihre Schienbeine. Dann haben sie wieder den breiten Waldweg erreicht. Keuchend hastet Metha voran, immer noch hält sie die Strickjacke fest im Griff, weiter, immer noch weiter, weiter fort von diesem Irrsinn.

Nach einem guten Stück bleibt Metha endlich stehen. Schwer atmend ringt die Henschenmacher um Luft, Methas zur Faust verkrampfte Hand ist in ihre Strickjacke verkrallt. Nachdem sie den Griff endlich gelöst hat, stützt sie sich keuchend mit beiden Händen auf ihren Knien ab. Methas Beine sind butterweich, ihr Gesicht ist schweißnass. Langsam hebt sie ihren Kopf, schaut der Henschenmacher, die wie versteinert vor ihr steht, mit leerem Blick ins Gesicht, und schreit sie dann an: »Sie sind ja wahnsinnig! Sie Hexe, komplett wahnsinnig.«

Der Tag war furchtbar. Es ist wieder einer dieser Tage am Beginn einer neuen Woche, an denen sie so sehr schuften muss, dass sie befürchtet, ihr fehle die Kraft, den Tag zu überstehen. Nach jedem Wochenende steigt die Menge der Wäsche bis zur Unüberschaubarkeit an. Tischwäsche aus den Cafés und Restaurants, Bettwäsche aus dem Krankenhaus, Kittel und Schürzen und

andere Arbeitskleidung aus Bäckereien und Metzgerei-
en landen dann zentnerweise in der viel zu kleinen Wäscherei. Alles ist stark verschmutzt. Blut, Kot, Eiweiß,
Fett, jede Art von Schmutz kommt vor, und die riesigen
Säcke, in die die Wäsche hineingepresst wird, stehen bis
zur Türe hinaus aneinandergereiht. Das bedeutet für die
Arbeiterinnen höchste Anspannung. Von früh bis spät
nimmt Else der heiße Dampf der Kochwäsche die Luft
zum Atmen. Ihr Rücken schmerzt beim Hantieren mit
der schweren, nassen Wäsche, und ihre rissigen Hände
brennen beim ständigen Eintauchen in die Seifenlauge.

Am Abend steht Else völlig erschöpft in ihrer Wohnküche. Das Sonnenlicht fällt durch das Fenster und offenbart die ganze Erbärmlichkeit ihrer heruntergekom-
menen Wohnung. Die abgelaufenen Fußbodendielen, die
fleckigen Wände, auf die ihr Vater vor vielen Jahren das
rosa Blumenmuster aufgebracht hat. So wie die Farbe mit
den Jahren verblichen ist, so ist auch ihre Lebensfreude
nach und nach erloschen. An manchen Stellen sind die
niedlichen Blumen schon gar nicht mehr zu erkennen.
Die unansehnlichen Möbel, die schiefe Deckenlampe, an
der eine Ecke aus dem Glasschirm herausgebrochen ist.

Goswin liegt auf dem abgewetzten Küchensofa. Er hat
getrunken, das erkennt Else sofort, und sie ekelt sich vor
ihm, und sie ekelt sich vor dem, was heute vielleicht noch
geschehen wird. Alles in diesem Raum erscheint ihr auf
einmal so jämmerlich, so hoffnungslos verkommen. Die
alten, dunklen Möbel sind die Möbel ihrer Eltern, der
Schrank, an dem die rechte Tür schief in den Scharnie-
ren hängt, gehörte sogar schon ihrer Großmutter. Wie alles hier in diesem Haus hat er schon bessere Tage gese-

hen. Else schluckt ihre Tränen herunter. In diesem Haus geht alles vor die Hunde, denkt sie bei sich. Und wenn sie nicht bald etwas unternimmt, dann wird auch sie vor die Hunde gehen. Sie ist am Ende ihrer Kräfte.

Verstohlen schaut sie zur Schublade hin, das große Küchenmesser ist scharf wie am ersten Tag, so wie ihre Mutter damals, so zieht auch sie es immer wieder über die Kante der steinernen Treppenstufe vor dem Haus. Wie oft schon hat sie in Gedanken das Messer in Goswins fetten Wanst gerammt! Mit einem oder zwei gezielten Stichen würde sie sich von diesem Monster befreien, und der Gedanke daran lässt sie leise lächeln. Doch dann wäre auch ihr Leben beendet. Sie würde im Zuchthaus landen, vermutlich für den Rest ihrer Tage, und darum denkt sie schon seit Längerem über eine bessere Lösung nach. Sie könnte ihn vergiften, jeden Tag könnte sie ihm eine kleine Dosis ins Essen geben, so lange, bis das Schwein irgendwann krepiert. Doch woher soll sie die dafür erforderlichen Mittel bekommen, ohne sich verdächtig zu machen?

Sie könnte ihn mit dem Kopfkissen ersticken, nachts, wenn er im Vollrausch in seinem Bett liegt, und hinterher würde sie behaupten, sie habe ihn am Morgen tot aufgefunden. Wie auch immer sie es anstellen wird, es wird etwas geschehen, dazu ist sie fest entschlossen, denn so kann sie nicht weiterleben. Darauf, dass Goswin einfach wieder verschwindet, ohne großes Aufheben, genauso wie er sich in ihr Leben gedrängt hat, darauf wartet sie schon längst nicht mehr. Sie weiß, dass er anderen Weibern hinterhersteigt. Doch ihre Hoffnung, dass ihn eine andere nimmt, hat sie mittlerweile aufgegeben. Wie aufgeschreckte Motten in einem muffigen Kleiderschrank, so schwirren all diese Gedanken in ihrem Kopf herum, während sie dasteht und sich ihrer Traurigkeit überlässt.

Goswin beobachtet sie mit trübem Blick, er lässt einen langgezogenen Furz und kläfft dann los: »Was stehst du da und glotzt blöde? Ich habe Hunger, mach endlich was zu essen.«

Else schaut ihn an; wie sie dieser Mensch anwidert! Und plötzlich verspürt sie eine bisher ungekannte Kraft in sich aufsteigen. In diesem Moment entschließt sie sich, keine Angst mehr vor ihm zu haben. Soll er doch auf sie losgehen, sie wird sich das Messer greifen und zustechen, immer wieder, und wenn das Schwein verblutet ist, dann wird sie sagen, sie habe aus Notwehr gehandelt.

»Hast du etwas mit dem Verschwinden der jungen Markwitz zu schaffen?« Ein wenig erschrocken hört sie ihre eigene Stimme, so als hätte eine andere Person gesprochen. Nun ist es gesagt. Seitdem sie davon erfahren hat, befürchtet sie – oder hofft sie nicht sogar heimlich darauf? –, dass Goswin etwas mit der Sache zu tun hat. Denn dann könnten die Dinge ihren Lauf nehmen, vielleicht würde er sogar im Gefängnis landen, wo er, wenn es nach ihr ginge, verrotten sollte.

»Was fällt dir ein? Verdammte Schlampe. Werd bloß nicht frech, sonst kriegst du was auf die Fresse!«

Blitzschnell ist Goswin auf den Beinen. In seinen Augen flackert schon der Hass. Das Gesicht zu einer wütenden Grimasse verzogen, stürmt er auf sie zu. Else weicht zurück, sie will zum Küchenschrank, das Messer aus der Schublade reißen, doch da fliegt schon ein

Küchenstuhl auf sie zu, trifft sie am Oberarm und landet krachend an der Wand hinter ihr. Else greift sich an den Arm, er ist taub vor Schmerz. Mit geballten Fäusten setzt Goswin nach. Alles geschieht blitzschnell, ohne die geringste Chance für Else, dem tobenden Goswin zu entkommen. Schon schießt eine Faust auf sie zu, in allerletzter Sekunde wirft sie den Kopf in den Nacken, und der Schlag trifft sie mit voller Wucht auf das Brustbein. Sie strauchelt, verliert den Halt und fällt rücklings um wie ein gefällter Baum. Als ihr Kopf auf den am Boden liegenden Stuhl prallt, wird es tiefschwarz um sie herum. Das Genick bricht mit einem leisen Knacken.

Bebend steht Goswin über ihr. Wehre dich, denkt er, komm schon, beweg dich endlich, ich schlag dich so lange, bis dass du dein blödes Maul nicht mehr aufmachen kannst. Hasserfüllt stiert er Else an, die regungslos vor ihm auf dem Boden liegt. All seine Sinne sind geschärft, bereit zum nächsten Schlag. Nur ganz allmählich realisiert er, dass Else sich nie wieder bewegen wird.

Langsam beugt er sich zu ihr hinab, sein Atem geht schwer. Das hat sie nun davon, die Schlampe. Liegt jetzt hier in ihrer Küche und ist tot. So eine Scheiße, so eine verdammte Scheiße, denkt Goswin Pröll beim Anblick der regungslos vor ihm liegenden Else. Kein anderer Gedanke kommt ihm in den Sinn, nur: so eine verdammte Scheiße.

Aber es ist nun mal, wie es ist, er kann sie nicht wieder lebendig machen, und hier liegen bleiben kann sie auch nicht. Er muss nachdenken, wie er aus dem Schlamassel herauskommt. Er muss sich beruhigen. Was ist als Nächstes zu tun? Er könnte sie hinter dem Haus verscharren, wo die Backsteine liegen, darunter würde sie gewiss niemand suchen. Doch was soll er antworten, wenn er gefragt wird, wo sie geblieben ist? Hätte er doch bloß nicht so viel gesoffen heute, ausgerechnet heute, nun fällt es ihm schwer, einen klaren Gedanken zu fassen. Damit er ruhiger wird, geht er zurück zum Küchensofa und nimmt einen Schluck aus der Flasche. Der Korn brennt in seiner Kehle, doch er tut ihm gut. Jetzt fällt ihm auf, dass Else nicht blutet. Knochentrocken ist es um ihren Körper herum, keine Sauerei, nichts, und dann weiß er, was er zu tun hat.

Zuerst schleppt er die Leiche zum Sofa, wuchtet sie auf das Möbel und bedeckt sie mit einem großen Betttuch bis zum Kinn. Dann stellt er den Stuhl an seinen Platz zurück. Den eisernen Kohlenkasten zieht er von der Wand weg, sodass er frei zwischen Schrank und Herd steht. Zum Schluss räumt er auf, lässt die leeren Flaschen verschwinden, zieht die Tischdecke glatt. Ein letzter Blick durch den Raum stellt ihn zufrieden, niemand wird Verdacht schöpfen. Er fühlt sich gut, als er hinter dem Haus Elses klappriges Fahrrad besteigt, er hat alles unter Kontrolle. Ein wenig schwankend fährt er hinunter ins Dorf, wo er bei Behnkes nach dem Arzt telefonieren will, der gefälligst sofort herkommen möge, um den tragischen Tod seiner Frau zu protokollieren.

Es dauert eine Ewigkeit, bis der Arzt erscheint. Else liegt auf dem Sofa, und es sieht aus, als schliefe sie. Ihr Gesicht ist ganz blass. Nur allzu gerne hätte Goswin noch einen Schluck aus der Flasche genommen, doch es gelingt ihm, dem Drang zu widerstehen. Als er das Motorengeräusch vernimmt, ist er heilfroh, dass die

Quälerei bald vorüber ist. Der Arzt kommt aus einem der umliegenden Dörfer, seinen Wagen parkt er mit laufendem Motor dicht vor dem Haus. Ein alter, dünner Mann betritt mit einem ebenso alten Arztkoffer die Wohnküche, er macht einen erschöpften Eindruck, seine Stimme klingt gereizt, als er fragt, warum er gerufen wurde. Wortreich berichtet Goswin, was geschehen ist. Seine Frau hat in der Mitte der Küche gestanden, als er ihr eine Frage gestellt hat, und dann hat sie sich zu ihm herumgedreht, ist rückwärtsgegangen, weil sie ja zum Herd wollte, an dem sie kochen wollte. Und dann ist sie unglücklicherweise gestolpert. Der Dielenboden ist nun mal etwas uneben, das wusste sie, natürlich wusste sie das, doch sie war halt furchtbar ungeschickt. Sie strauchelte, konnte sich nicht mehr auf den Beinen halten, bis sie wie ein Baum nach hinten umgefallen und mit dem Kopf auf den Kohlenkasten gedonnert ist. Er hat noch versucht, sie wieder auf die Beine zu bringen, doch es ging nicht, und dann hat er gemerkt, was los war.

Der Arzt hört aufmerksam zu. Sein Blick gleitet durch das Zimmer, bleibt an Goswin hängen, den er sofort als einen von der Sorte erkennt, mit der er immer wieder, schon sein ganzes Leben lang, zu tun hat. Damals, im Warthegau, da hatte er die Möglichkeit und auch ein besonderes Interesse daran, solchen Individuen die Flötentöne beizubringen. Nun ist er zu müde, um sich noch weiter am Kampf gegen den Abschaum zu beteiligen. Als Goswin seinen Bericht beendet, geht er hinüber und untersucht die Tote. Der Befund ist zweifelsfrei: Tod durch Unfall.

8. KAPITEL

Martin Schopp

Schwerfällig steigt Konrad Misseler die Stufen vor dem Pfarrhaus hinab. Hinter ihm müht sich die Haushälterin mit einem Koffer, es ist eines dieser altmodischen Modelle. Weil die Schlösser defekt sind, ist er mit einem breiten Gürtel verschlossen. Der Koffer ist nicht besonders groß, und trotzdem hat die alte Frau Wolter schwer an ihm zu tragen. Wie lange er fortbleiben wird, will Misseler ihr nicht sagen, er begibt sich auf die Reise zu seiner Schwester an die Nordsee. Das Klima dort ist so viel besser für sein Rheuma, es wird zu seinem Bedauern schlimmer und schlimmer, die Schmerzen sind mittlerweile unerträglich geworden. Die kirchlichen Aufgaben werden während seiner Anwesenheit vom Kaplan übernommen, ein fähiger, junger Mann, der das volle Vertrauen des Pastors genießt.

»Ausgerechnet jetzt, wo so viel Unruhe im Dorf ist«, sagt Frau Wolter.

»Ach was, was Sie immer haben«, wehrt Misseler ab. Mit schmerzverzerrtem Gesicht zwängt er sich in den Wagen, der ihn in die Stadt zum Bahnhof bringt. Türen werden zugeschlagen, der Motor heult auf, und Misseler winkt scheu aus dem Wageninneren heraus seiner alten Haushälterin zu. Im Pfarrhaus sitzt der Kaplan über der Trauerrede zur Beerdigung von Else Pröll. Als er hört, dass der Wagen davonfährt, hebt er nur kurz seinen Blick, um sich dann gleich wieder seiner Arbeit zu widmen.

Hermann Feinbein erscheint als Erster am Treffpunkt. Seiner Frau hat er gesagt, er gehe in die Wirtschaft, und sie hat keine Fragen gestellt. Nun steht er scheinbar gelassen am vereinbarten Ort. Die Hände tief in den Hosentaschen vergraben, lehnt er an der niedrigen Mauer, die den Platz zur Straße hin begrenzt, und schaut teilnahmslos zu Margarete Engels hinüber. Gerade verschwindet die Alte in ihrem Haus. Nachdem sie die Tür hinter sich verschlossen hat, stößt Feinbein sich von der Mauer ab und geht ein paar Schritte, denn innerlich ist er viel zu aufgedreht, um stillzustehen. Den ganzen Tag über konnte er an nichts anderes denken als an das, was heute geschehen wird. Heute Abend wird er die Bühne betreten und allen zeigen, was für ein Kerl er ist. Da kommt ihm der junge Schopp gerade recht, er ist das willkommene Opfer, an dem er demonstrieren wird, dass mit Hermann Feinbein nicht zu spaßen ist, und alle werden sie die Angst in den Augen des Dorftrottels sehen.

Über ihm rascheln die Blätter des Lindenbaums im Abendwind, dunkle Wolken kündigen Regen an für die Nacht. Währenddessen breitet sich im Dorf die übliche Stille aus, ein Moment des süßen Nichtstuns nach des Tages Last. Der strenge Geruch von Kohlsuppe und warmer Milch liegt in der Luft.

Als Nächster nähert sich Franz Kadenbach dem Dorfplatz. Seine kräftige Statur imponiert schon aus der Entfernung, sein finsterer Blick wirkt bedrohlich. Mit einem knappen »'n Abend« stellt er sich neben Feinbein, der erwidert den Gruß mit einem Nicken, dann schweigen sie.

Fast gleichzeitig tauchen Adolf Behnke und der alte Kabelke auf. Heinrich Kabelke hat sein ganzes Leben lang auf dem Bau gearbeitet, als sie das Land aus Trümmern wieder aufgebaut haben, bis zu vierzehn Stunden am Tag hat er damals geschuftet. An sechs Tagen in der Woche. In seinen besten Zeiten trank er jeden Tag eine ganze Flasche Korn während der Arbeit. Heute ist er Rentner, krumm von der vielen Arbeit und extrem kurzatmig, weil sich der Teer unzähliger Zigaretten in der Lunge und den Atemwegen abgelagert hat. Dazu hat der viele Alkohol sein Gehirn massiv geschädigt.

Die Männer sind ernst, kein Lachen zur Begrüßung, kein ausgelassenes Schulterklopfen. Stattdessen fragt Behnke übergangslos: »Hat jemand etwas Neues erfahren?«

Stumm schütteln sie ihre Köpfe, nein, niemand hat etwas erfahren, Ursula Markwitz ist immer noch wie vom Erdboden verschwunden. Kadenbach blickt auf seine Armbanduhr. Die Alte von vorhin erscheint wieder vor ihrem Haus, von den vier Männern auf dem Dorfplatz nimmt sie keine Notiz. Schwer trägt sie an ihrer prall gefüllten Tasche, schlurft langsam die Dorfstraße hinunter und biegt dann ab, hinein in den Gartenweg. Zierliche Rauchschwalben queren auf der Jagd nach den letzten Insekten des Tages im Tiefflug den Dorfplatz, ein paar Spatzen streiten laut tschilpend um die Handvoll Körner, die auf der Straße liegt.

»Es wird wohl niemand mehr kommen«, knurrt Kadenbach, während er auf die menschenleere Straße hinausblickt. Sie sind also nur zu viert, nur vier Mann von einem knappen Dutzend.

»Maulhelden«, stößt er verächtlich aus. Dann gibt er das Zeichen zum Aufbruch, schließlich will er nicht den ganzen Abend mit der Sache verbringen. Auf sein Zeichen hin ziehen sie los, der schmächtige Feinbein neben dem hochgewachsenen Kadenbach, der reiche Behnke und der versoffene Kabelke hinterher, vier Männer, so unterschiedlich wie man nur sein kann, doch heute Abend haben sie alle ein gemeinsames Ziel: den Dorftrottel zur Rede stellen. Dabei sind sie alle im Grunde weniger an der Aufklärung von Ursulas Schicksal interessiert, viel mehr wollen sie der Missgeburt endgültig klarmachen, dass sie seine Schweinereien keinen Tag länger im Dorf dulden werden. Das Beste wäre, der Kerl würde sich nach ihrer Warnung für alle Zeiten in den heimischen Schweinestall verkriechen.

Zuerst gehen sie sämtliche Straßen ab, schauen in Hofeinfahrten und hinter Hecken nach. Danach durchstreifen sie die Gassen und die schmalen Pfade, die sie schließlich hinausführen aus dem Dorf. Dorthin, wo die rückwärtigen Hofeinfahrten sind, die Obstwiesen und Gärten liegen, und dort draußen, ganz unerwartet, entdecken sie ihn. Martin Schopp wackelt den Grasweg entlang, der zu der Scheune hinter Schopps Hof führt. Offensichtlich will er nach Hause gehen, darum beschleunigen die Jäger ihre Schritte. Ohne ihn anzurufen, eilen sie, einer nach dem anderen, über den Weg, und kurz bevor Schopp in der Scheune verschwinden kann, bekommt Kadenbach ihn am Arm zu packen. Schopp dreht sich um, und als er sieht, dass vier grimmig dreinblickende Männer ihn umstellen, da packt ihn die Angst. Mit einer plötzlichen Drehung will er die Scheunentür aufreißen, doch Behnke ist schneller. Wuchtig stößt er die Türe zu und stellt seinen Fuß davor. Schopps Hand ist in dem Türspalt eingequetscht. Der Aufschrei ist schrill und kurz, und nachdem Behnke den Druck zunächst noch ein wenig erhöht hat, gibt er die Türe wieder frei. Blitzschnell zieht Schopp seine Hand weg, schüttelt sie und schaut dabei zu Boden.

Hämisch grinsend säuselt Behnke: »Na, hat das wehgetan, Martin? Das hat ganz sicher wehgetan, und ich tu dir noch viel, viel mehr weh, wenn du jetzt nicht tust, was wir dir sagen.«

Mit dem letzten Wort rammt er Schopp die Faust in den Magen, der beugt sich vor, prustet und greift wieder nach der Tür. Blitzschnell packt Adolf Kadenbach ihn bei beiden Oberarmen, reißt ihn fort von der Tür und stößt den nun völlig verängstigten Schopp zurück auf den Grasweg. Drohend umringen sie ihn, Hermann Feinbein hält seine Hände hoch, wie ein Boxer hält er sie zu Fäusten geballt, bereit zum ersten Schlag. Schopp ist etwa einen Kopf größer, kräftiger, und trotzdem schiebt sich Feinbein nun ganz nahe an ihn heran.

»Was hast du mit Ursula gemacht?«, brüllt er, und da er keine Antwort erhält, schlägt er gleich zu. »Los, antworte, Idiot, was hast du mit ihr gemacht?«, wiederholt Feinbein seine Frage.

Jetzt ist es so weit, jetzt ist es an ihm, allen zu zeigen, was in ihm steckt. Das sonst so blasse Gesicht ist vor Erregung ganz rot geworden, seine Anspannung ist deutlich sichtbar. Auch die anderen ziehen den Kreis enger um den verstörten Schopp. Gotteserbärmlich schaut der jetzt aus, in seinen Augen spiegelt sich die blanke Angst. Unbeholfen hebt er an zu reden, doch die Worte, die er hervorbringt, klingen unverständlich.

»Nein, nein«, verstehen die Männer, und ein Wort, das wie »Ursula« klingt.

»Ja genau«, brüllt Feinbein ungeduldig, »die Ursula suchen wir. Die kennst du doch, die schöne Ursula, die mit den dicken Dingern.« Mit seinen Händen formt Feinbein einen imaginären Busen vor seiner Brust. »Was hast du mit ihr gemacht, du Schwein? Stellst unseren Frauen und sogar unseren Kindern nach! Aber das hört jetzt auf, du stinkende Sau! Hast du mich verstanden?« Aufgekratzt hüpft Feinbein mit immer noch erhobenen Fäusten vor Schopp herum.

Der versucht zurückzuweichen, doch die anderen stoßen ihn wieder in ihre Mitte zurück. Und sie stoßen ihn weiter, von einem zum anderen stoßen sie Schopp jetzt. Immer heftiger, bis den Stößen erste Schläge folgen, und dann tut Feinbein den ersten richtigen, stahlharten Hieb. Wie ein Pfeil schnellt seine Faust vor und trifft Schopps Kinn mit voller Wucht. Mit vor Schreck weit aufgerissenen Augen stößt der den gleichen schrillen, kurzen Schrei aus wie zuvor.

»Ja, schrei nur, Idiot, schrei, so laut du kannst, hier hört dich nämlich niemand, und darum wird dir auch niemand helfen.«

Der zweite Schlag trifft mitten ins Gesicht. Als das Blut spritzt, grölen die andern los. Schopp fasst sich an die Nase, schaut in seine Hand und wird panisch, als er das leuchtend rote Blut sieht. Wie von Sinnen beginnt er, kreischend um sich zu schlagen. Doch seine Hiebe sind unbeholfen, wirkungslos, es ist mehr ein Wedeln mit den Armen, und seine Zufallstreffer sind nicht mehr als harmlose Stupser. Da sind die Schläge der vier Männer von ganz anderem Kaliber. Ihre geballten Fäuste zielen auf den Kopf, ins Gesicht, und niemand von ihnen möchte jetzt noch eine Antwort auf ihre Frage hören. Jetzt soll der Dorftrottel genau die Abreibung bekommen, die er längst verdient hat, die ihn lehren wird, sich von ihren Frauen und Kindern fernzuhalten.

Schopp hat keine Chance. Wehrlos taumelt er zwischen den Schlägern hin und her, hält sich mit Mühe auf den Beinen. Plötzlich hat Heinrich Kabelke ein Holzscheit in der Hand. An der Scheunenwand liegt noch ein Rest Ofenholz vom vergangenen Winter, vor Regen geschützt, knochentrocken und steinhart. Die anderen bewaffnen sich nach und nach ebenfalls, jetzt soll der Dorftrottel spüren, dass das hier eine todernste Angelegenheit ist. Der erste Schlag landet auf seinem Rücken, der zweite auf der Schulter, und schließlich bricht Martin Schopp zusammen. Winselnd liegt er zwischen ihren Füßen auf dem Boden, die Arme zum Schutz über den Kopf gehoben, doch die Schläge hören nicht auf. Schon sickert das Blut aus dem dichten Haarschopf, ergießt sich in das Gras, tränkt sein Hemd, bis die Schläger endlich von ihm ablassen.

Schwer atmend steht der schmächtige Hermann Feinbein da, öffnet seine Hose und uriniert auf den leblos
am Boden liegenden Martin Schopp. Bis auf den alten
Kabelke, der sich vor Erregung schon eingenässt hat,
folgen die anderen seinem Beispiel, während aus den
dunklen Wolken über ihnen die ersten Regentropfen
fallen.

9. KAPITEL

Ohne jede Spur

Nach einer Woche in Gefangenschaft ist Ursula am Ende ihrer Kräfte. Sie hat aufgehört, an der Kette zu zerren, ihre Rufe um Hilfe hebt sie nur noch hin und wieder an, deutlich leiser als zu Beginn. Ihre Lippen sind spröde geworden, ständiger Durst quält sie. Durch das kleine Fenster sieht sie die Sonne aufgehen und wieder untergehen, die Tage und Nächte vergehen in einem Wechsel aus angsterfülltem Wachzustand und fiebrigem Halbschlaf. In den wenigen klaren Momenten dazwischen versucht sie, sich zu orientieren. Was sieht sie dort draußen? Wo befindet sie sich? Dicht bei dem Gebäude stehen einige Fliederbüsche. Über die Wipfel hinweg erkennt sie eine ausgedehnte Ackerlandschaft, weiter hinten steht ein einzelner Baum. Das ist ein Landschaftsbild, wie es tausendmal in dieser Gegend vorkommt, doch ihr erscheint es gänzlich unbekannt. Einmal nimmt sie das Geräusch eines Traktors wahr, es kommt näher, und Ursula schreit wie von Sinnen um Hilfe. Doch das Geräusch wird rasch schwächer, bis es schließlich ganz verklingt.

Unter der rostigen Fußfessel hat sich ihr Knöchel entzündet, wenn sie sich erleichtert, verspürt sie ein heftiges Brennen. An jedem Morgen öffnet sich die hölzerne

Tür, und ein Mann betritt den stickigen Dachboden. Er bringt eine Kanne voll Wasser und etwas zum Essen, Brot und Speck, einmal brachte er nur einen Apfel. Der Speck macht Ursula noch durstiger, nur ganz wenig von dem frischen Wasser verwendet sie, um sich reinigen. Seiner Kleidung nach ist dieser Mann ein einfacher Arbeiter, die ausgebeulte Hose, die groben Schuhe, sein Hemd ist an den Ellenbogen nachlässig geflickt. Sein Gesicht verbirgt er stets hinter einem um den Kopf gebundenen Tuch, er trägt es so, dass nur noch seine glasigen Augen hervorschauen. Die Augen sind dunkel, nervös huschen sie umher, richten sich nur selten mit fiebrigem Blick auf Ursula. Ursula glaubt ihm anzusehen, dass er kein leichtes Leben führt.

»Warum tust du das?«, fragt sie ihn. »Wer hat dich beauftragt?«

Doch er antwortet nicht, stellt nur wortlos die Kanne ab und legt das Brot daneben, sodass sie es eben noch erreichen kann. Danach verschwindet er gleich wieder hinter der Tür. Dass nicht er sie vergewaltigt hat, das spürt Ursula, so fahrig seine Bewegungen, so scheu sein Blick. Es handelt sich also um zwei Männer, die sie hier gefangen halten. Einmal der Kerl, der sie gefangen genommen, geschlagen und vergewaltigt hat, und dann ihr Wächter, der sie mit dem Nötigsten versorgt. Hunger und Durst haben sie geschwächt, ihre Wunden schmerzen. Es ist Mittag, und die Sonne brennt auf das Dach des Schuppens. In ihrem stickigen Verlies fehlt ihr die Luft zum Atmen, sie nimmt noch einen Schluck aus der Kanne, bevor sie, mit dem Rücken gegen die warme Bretterwand gelehnt, in einen unruhigen Halbschlaf verfällt.

Eine Woche ist vergangen, eine Woche ohne jede Nachricht, ohne die geringste Spur. Weder bei der Polizei noch bei den Italienern hat Metha irgendetwas erreicht.

»Es liegt immer noch nicht der geringste Verdacht auf ein Gewaltverbrechen vor«, hat der Polizist bei ihrem erneuten Besuch auf der Wache wiederholt, »wir können in dem Fall leider gar nichts für Sie tun, gute Frau.«

»Non so niente – ich weiß nichts«, hat auch einer der Italiener gesagt, als Metha sich dazu durchgerungen hatte, die Gastarbeiter doch noch in ihrer Unterkunft aufzusuchen. Sehr groß, mit pechschwarzem Haar und sehr gut aussehend, hat er inmitten ihrer spärlich möblierten Unterkunft vor ihr gestanden. Sie hielt ihr Tun für ziemlich gewagt, sie ganz alleine mit sechs einsamen Gastarbeitern zusammen in einem Raum. Doch dann hat sie ein Foto von Ursula aus ihrer Handtasche hervorgeholt, hat verzweifelt gestikuliert, und die Männer sind aus ihren Etagenbetten geklettert und haben das Foto angesehen. Sie kannten Ursula.

»Si, si, bella Signorina Ursula«, haben sie gesagt, und ihre Augen haben gestrahlt. Doch als sie verstanden hatten, weshalb Metha zu ihnen gekommen war, da haben sie nur mit den Schultern gezuckt. Nein, sie konnten ihr nicht helfen. Der Mann, der das Foto zuletzt in den Händen hielt, hat es noch einmal angeschaut und dabei zärtlich mit seinen Fingern darübergestrichen, bevor er es zurückgab.

Im Dorf breitet sich derweil eine lange nicht verspürte Aufgeregtheit aus. Von Tag zu Tag wächst sie an und droht das kollektive Gefühl der Unbeschwertheit zu verdrängen, das sich wie eine unsichtbare Schutzhülle über den Ort und seine Bewohner gelegt hatte. Doch seit dem Tag, an dem Ursula Markwitz verschwand, weist die Hülle Risse auf, richtige Löcher hat sie bereits bekommen. Der rätselhafte Unfalltod Else Prölls durch Genickbruch und kurz darauf der Fund der grässlich zugerichteten Leiche des Martin Schopp sorgen zusätzlich für Gesprächsstoff im Überfluss. Überall stehen die Leute beisammen und spekulieren. Kühne Vermutungen erzeugen Argwohn. Und gerade jetzt ist Pastor Misseler verreist.

»Wir alle sind in diesen Tagen einer schweren Prüfung ausgesetzt. Wir sollten beten, beten und glauben, denn der Herr ist mit den seinen und lässt sie nicht im Stich«, sagt der Kaplan in der Frühmesse.

Sieben alte Frauen, schon in ihren abgetragenen Arbeitskleidern, knien vor ihm auf den harten Kirchenbänken und pressen ihre runzeligen Hände zum Gebet zusammen.

Die Grabrede für Else Pröll hat die Trauernden berührt – das kann er, der junge Kaplan, da weiß er offensichtlich die richtigen Worte zu finden. Viele Hände muss er nach der Feier schütteln, manch aufmunterndes Kopfnicken entgegennehmen. Ein Mann klopft ihm sogar voller Anerkennung kräftig auf die Schulter. Dabei war es nicht leicht für ihn, sich auf die Vorbereitungen zu konzentrieren. Zu sehr hat ihn die Entdeckung schockiert, die er gemacht hat, nachdem der Pastor abgereist war. Er musste hinaufgehen in die obere Etage, in das Büro des Pastors, um das Liederbuch zu holen. Frau Wolter, die Haushälterin, war zum Einkaufen gegangen, er war alleine im Haus, und dann sah er, dass

die Tür zum Schlafzimmer des Pastors nur angelehnt
war. Neugierig war er näher getreten, konnte schließlich der Versuchung nicht widerstehen. Die Tür knarz-
te leise, als er sie einen Spaltbreit öffnete. In dem Raum
roch es nach Mottenkugeln und abgestandener Luft. Er
trat ein und verharrte im selben Moment wie erstarrt.
An der Wand hinter der Tür stand ein wuchtiges Dop-
pelbett aus dunkler Eiche. Über dem erhöhten Kopfteil
hing das Kreuz mit dem leidenden Christus daran, mit
schmerzverzerrtem Gesichtsausdruck schaute er hinab
auf das Bett, auf die beiden Menschen, die hier seit Jahren nebeneinander liegend die Nächte verbringen. So
wie Mann und Frau, und der Leidende schaute hinab
auf das, was sie in diesem Bett getan haben. Auf dem
linken Nachttisch lag ein Rosenkranz, auf dem rechten
stand eine kleine Marienfigur.

Der Kaplan wollte schreien, doch er brachte keinen
Laut hervor. Er schloss die Tür hinter sich zu und stand
fassungslos auf dem Flur. Ein paar Atemzüge später
hatte er sich wieder gefangen. Er besann sich, ermahnte
sich, Ruhe zu bewahren.

Immer noch war Frau Wolter nicht zurückgekehrt, er
musste die Gelegenheit einfach nutzen, er musste die
ganze Wahrheit herausfinden, und so öffnete er nacheinander jede einzelne Tür in der oberen Etage. Keine war
verschlossen, er schaute in jeden Raum, aber ein weiteres Bett fand er hier oben nicht.

Der Lebensmittelladen an der Ecke wird zu einer Art
Umschlagplatz für alle wahren und unwahren Neuigkeiten zum Tod des Martin Schopp. Hier, wo die Änne

hinter dem Verkaufstresen steht und zu allen aufschauen muss, weil sie so klein ist, hier reden sich die Frauen die Köpfe heiß und vergessen dabei den Zucker einzukaufen. Auch Metha steht hinter den Konserven, den Spirituosen und den fetten Würsten in den Schaufenstern vor dem Tresen, auf den die Änne Malzkaffee und Zigaretten packt. Geduldig beantwortet Metha die Fragen der Frauen, hört deren Mutmaßungen, während die Änne fragt: »Darf es sonst noch etwas sein?«

Aber Metha ist unkonzentriert. Sie legt einen Geldschein auf den Tresen, ohne Ännes Frage zu beantworten. Sie ist unruhig und gekränkt, weil sie spürt, dass das Interesse an Ursulas Verschwinden allmählich nachlässt. Sie will nicht verstehen, warum die Aufmerksamkeit für das völlig überraschende Verschwinden ihrer Tochter zu erlöschen droht. Nur weil man die blutverschmierte Leiche des Dorftrottels gefunden hat. Aber vielleicht, so denkt sie jetzt, vielleicht ist es ja doch wahr, was manche Leute sagen, vielleicht ist Ursula tatsächlich freiwillig gegangen. Doch noch weigert Metha sich mit jeder Faser ihres Bewusstseins, daran zu glauben. Weil sie sich an die Hoffnung klammert, dass es eine andere Wahrheit gibt.

Auch Hertha Siedemann steht im Laden vor der Theke, hinter der die Änne unfreundlich zu ihr aufschaut. Direkt neben Metha Markwitz steht sie, doch sie beachtet diese mit keinem Blick. Zwei Frauen, die eine schlank, hochgewachsen und von einer feinen Eleganz, die sie auch jetzt noch verkörpert, da sie die fünfzig auch schon überschritten hat. Daneben die andere, die stämmig und mit mürrischem Gesichtsausdruck dasteht und der Änne ihre Wünsche entgegenbellt. In ihrem farblosen Alltagskleid und der altmodischen Einkaufstasche kommt sie sich vor wie ein Bauerntrampel. Hertha Siedemann mag keine schlanken, hochgewachsenen Frauen. Sie strahlen eine Arroganz aus, die sie geradezu unnahbar erscheinen lassen. So stehen die beiden Frauen, deren Kinder ein Paar sind, nebeneinander in dem engen Laden und wissen nicht, was sie miteinander reden sollen. Metha packt die Zigaretten und den Malzkaffee in ihre Handtasche, ein vernehmliches Klacken ertönt, als die Schließen zuschnappen, dann wendet sie sich mit erhobenem Kopf Hertha Siedemann zu. Für einen kurzen Moment treffen sich die Blicke der Frauen, hart und eiskalt sind sie, bis Metha schließlich zum Abschied stumm nickt und den Laden verlässt.

Draußen bleibt sie auf dem Trottoir stehen, hinter ihr, an der sauber verputzten Wand, spiegelt sich die Mittagssonne auf dem neuen Reklameschild für eine amerikanische Erfrischungsbrause. Ihr Puls pocht heftig. Metha Markwitz ist verunsichert, trotzig beißt sie sich auf ihre Unterlippe, und in diesem Moment beschließt sie, sich zurückzuziehen aus der Dorfgemeinschaft. Sie will nichts mehr hören von dem, worüber sie jetzt sprechen. Nichts vom Unfalltod der Else Pröll, nichts vom erschlagenen Dorftrottel. Ihr eigener Kummer soll von nun an ihr alleiniger Begleiter sein, ihr tiefer Schmerz, in dem ihr anscheinend niemand mehr zur Seite stehen möchte.

10. KAPITEL

Der Streit

Zwei Polizisten kommen in einem großen Wagen in das Dorf gefahren. Sie tragen Anzüge und Krawatten und elegante Hüte, die sie sehr gefällig, leicht schräg aufgesetzt haben. Ohne ihre Mienen zu verziehen, beugen sie sich über die Leiche des Martin Schopp und betrachten sie eingehend. Dicke Fliegen laufen über das erstarrte Gesicht und schwirren brummend davon. Während der Ältere anschließend mit flinken Bewegungen Notizen auf einen zerfledderten Schreibblock kritzelt, macht sein Kollege unzählige Fotos. In gebückter Haltung umkreist er die Leiche, verharrt in der Hocke und drückt wieder und wieder auf den Auslöser. Klack-Klack, Klack-Klack macht die Kamera, und obwohl es helllichter Tag ist, flammt jedes Mal ein grelles Blitzlicht auf.

Ein Leichenwagen fährt vor, langsam bahnt er sich seinen Weg durch die Schaulustigen hindurch, die sich dicht gedrängt um die Polizisten versammelt haben. Einer der Polizisten legt ein Tuch über den Toten, dann treten die Beamten beiseite. Die Totenstarre ist bereits voll ausgeprägt, ohne Mühe heben die Träger den Toten in den Zinksarg, sie arbeiten routiniert, rasch verschwindet der Sarg im Wageninneren.

Als sie die Heckklappe zuschlagen, tritt Theodor Schopp aus der Menge heraus, stürmt auf die Polizisten zu und brüllt sie an: »Ihr solltet lieber den Mörder suchen, als hier an meinem Sohn herumzumachen!«

Hinter ihm hat sich der schwere Leichenwagen auf dem nassen Grasweg festgefahren, Theodor Schopp weigert sich, dabei zu helfen, ihn wieder flott zu bekommen. Alle anderen tun es ihm gleich, niemand rührt sich, erst als die Polizisten hinter den Wagen treten und schieben, bekommt er wieder festen Boden unter die Räder und fährt davon. Schopp sieht ihm vor Wut schnaufend nach. Zu seinen Füßen, wo sein Sohn Martin gelegen hat, sind die Grashalme rotbraun von dessen Blut verfärbt.

Die Befragung der Dorfbewohner bleibt lange ohne Ergebnis. Niemand hat etwas gesehen, niemandem ist etwas aufgefallen. Hinter nur halb geöffneten Haustüren stehen die Leute, strecken ihre Köpfe hervor und antworten vage auf die Fragen der Polizisten. Den jungen Schopp haben sie kaum gekannt. Er war ja nicht ganz richtig im Kopf, keiner, den man beachten musste. Eine bedauernswerte Kreatur, der junge Schopp, dem es vielleicht jetzt, da er oben im Himmel ist, besser geht als bei dem elenden Leben, das er hier unten hat führen müssen. Erst oben im Haus von Sofia Henschenmacher erfahren sie etwas, das sie aufhorchen lässt. Es ist die letzte Haustür, an die sie klopfen, und hier werden sie zum ersten Mal gebeten einzutreten. Sogar einen Tee bekommen sie von der Alten gereicht, und während sie nebeneinander auf dem durchgesessenen Sofa sitzen und an dem heißen, stark gesüßten Tee nippen, berichtet die Henschenmacher, was es auf sich hat mit Martin Schopp. Was er getan hat, wovor sich die Frauen und Kinder des Dorfes gefürchtet haben und dass die Männer fuchsteufelswild wurden, wenn er auch nur in die Nähe ihrer Häuser kam. Rasend schnell bewegt sich der Bleistift auf dem Notizblock, der Polizist hat seine Stirn in Falten gelegt. Das ist mehr, als sie erwarten konnten! Zufrieden steckt er den Notizblock in die Brusttasche seines Jacketts. Sein Kollege nickt ihm aufmunternd zu; sie haben einen vielversprechenden Hinweis bekommen, das ist gut, sehr gut sogar, doch wo sollen sie anfangen mit der weiteren Befragung? Im Grunde bedeutet die Aussage der Alten, dass sozusagen jeder Familienvater in diesem Kaff verdächtig ist. Seufzend erheben sie sich fast gleichzeitig von ihren Plätzen, ihr Lächeln wirkt ein wenig gequält, als sie sich von Sofia Henschenmacher verabschieden, die sich darüber wundert, dass keiner der beiden seinen Tee ausgetrunken hat.

Am folgenden Sonntagvormittag versammeln sich die allermeisten der Kirchgänger, so wie an jedem Sonntag, nach dem Gottesdienst auf dem von der Sonne beschienenen Kirchenvorplatz. Natürlich kreisen ihre Gespräche um den Mord an Martin Schopp. Und um die Männer von der Polizei, die überall herumschnüffeln, an jede Haustür klopfen, Fragen stellen. Hartnäckig sind diese Kerle. Sie scheinen tatsächlich zu glauben, den Totschläger unter den Dorfbewohnern zu finden. Doch so einfach liegt die Sache nicht. Hier hält man den Mund, wenn man nichts zu sagen hat, und zum Tod des Martin Schopp hat man nichts zu sagen. Weil es so besser ist. Was zu Hause, hinter verschlossenen Türen darüber gesprochen wird, was dort gemutmaßt wird, das geht niemanden außerhalb der eigenen vier Wände etwas an. Jemanden des Mordes zu verdächtigen, ist eine üble Angelegenheit, nicht nur für den Beschuldigten. Der Junge war ein Sonderling, der widerwärtige Dinge getan hat, ja das hat er, und er war ein Scheusal, doch das ist hierbei nicht von Bedeutung, darüber müssen die Polizisten nichts wissen. Sie täten gut daran, den Mörder woanders zu suchen. In der Stadt oder anderswo, nur nicht hier, wo man sich kennt, wo man zu wissen glaubt, dass niemand unter ihnen ist, der zu einer solch grausamen Tat fähig wäre. So stehen die Leute beisammen, in ihrer Sonntagskleidung, und reden in gedämpftem Ton miteinander.

Helle Sonnenstrahlen blitzen auf zwischen den Blättern des Lindenbaums. Es ist wieder einer dieser behäbigen, friedvollen Sonntage, die das Dorf und seine Bewohner einhüllen in eine süße Selbstzufriedenheit, die jedoch bedroht zu sein scheint von dem unheilvollen, dunklen Schatten, der sich klammheimlich über sie legt.

Adolf Behnke und seine Komplizen halten sich nicht zurück bei den Gesprächen. Sie sind darum bemüht, keinen Verdacht zu erwecken, und so beteiligen sie sich in gewohnter Weise daran. Hermann Feinbein in seiner bekannt aufgeregten Art, Adolf Behnke als neunmalkluger Besserwisser und der Kadenbach mit seiner kräftigen Stimme, die wie immer ein wenig gereizt klingt. Plötzlich erscheint Theodor Schopp auf dem

Platz. Er führt seine Frau am Arm, die über Nacht um Jahre gealtert zu sein scheint. Beide schwitzen in ihrer schwarzen Trauerkleidung. Mit gesenkten Köpfen und hängenden Schultern, auf denen für alle sichtbar die schwere Last des tragischen Verlusts ihres Sohnes ruht, schlurfen sie langsam über den Platz. Die Umstehenden grüßen sie, Männer lupfen ihre Hüte. Einmal nur blickt Theodor Schopp kurz auf, nickt den Leuten mit ausdruckslosem Gesicht zu, seine Frau hält den Kopf gesenkt, während sie ohne innezuhalten weitergehen.

Nach und nach leert sich der Platz, ernst dreinblickende Männer streben der Gastwirtschaft zu, Frauen und Kinder gehen nach Hause, wo das Mittagessen zubereitet werden muss. Auch Hermann und Hertha Siedemann begeben sich auf den Heimweg. Doch sie gehen nicht, wie die Schopps, nebeneinander her, sie halten Abstand zueinander. Nicht sehr groß, jedoch deutlich erkennbar. Hermann geht voran und seine Frau ein wenig versetzt dahinter. So erreichen sie den Marktplatz, auf dem ihr Haus durch seine Größe und Pracht hervorsticht. Mit einem alten Bartschlüssel öffnet Hermann Siedemann die massive Haustür, im Flur empfängt sie Stille. Hier, wo unter der Woche ein ständiges Kommen und Gehen der Kunden herrscht, ertönt jetzt nur das leise Knarzen der Treppenstufen, als die Siedemanns hintereinander hinaufsteigen in die erste Etage. Oben in ihrer Wohnung betritt er das Wohnzimmer, schaltet das Radio ein und lauscht der Musik, während er schweren Rotwein in eines der kostbaren Bleikristallgläser gießt. Mit dem Glas in der Hand setzt sich Hermann Siedemann in seinen bequemen Sessel, doch er kann sich nicht auf die Musik konzentrieren, denn immer wieder kommt ihm das Gespräch in den Sinn, dass er vor einigen Tagen unten in ihrem Garten sitzend mit Hertha geführt hat. Seitdem verfinstern ihre wenigen, aber deutlichen Worte seine Gedanken. Dieser Sonntagnachmittag hat ihn zunächst ratlos zurückgelassen. Dann aber, nach einigem Nachdenken, verspürte er, wie seine Verärgerung über das Gebaren und das Gerede Herthas allmählich zunimmt. Und nun, da er hier in seinem behaglichen Sessel sitzt, auf den purpurroten Wein in seinem Glas starrt und alles noch ein weiteres Mal bedenkt, nun überkommt ihn plötzlich eine derart heftige Empörung, dass er beschließt, sein Schweigen darüber zu beenden. Um sich zu beruhigen, nimmt er einen großen Schluck aus dem Glas, dann ist er bereit: Jetzt gleich, bei Tisch, da wird er die Sache ein für alle Mal klären.

Noch bleibt ihm ein wenig Zeit, sich seine Worte zurechtzulegen. Hermann Siedemann ist ein besonnener Mann, er überlässt den Lauf der Ereignisse nicht gerne dem Zufall. In Gedanken formuliert er Worte, Sätze, verwirft sie und schweift dann ab in die Zeit, in der Hertha und er zueinanderfanden.

Es ist der Sommer 1919, sie ist zwanzig Jahre alt, mit braunen Locken und Sommersprossen in ihrem reinen, offenen Gesicht, und wenn sie lacht, blitzen ihre Augen wie funkelnde Diamanten. Er ist sechs Jahre älter als sie. Im Krieg hat ihm ein Geschoss den linken Unterschenkel zerfetzt, wochenlang muss er in diesem schäbigen Lazarett bleiben, wehrlos den Bildern in seinem Kopf ausgeliefert, außer Stande, das Bett zu verlassen, um sich aus dem Fenster hinab in die Tiefe zu stürzen. Endlich kehrt er wieder in sein Dorf zurück, und als er sie hier zum ersten Mal sieht, da hat er gerade erst gelernt, wieder eigenständig zu laufen. Wie ein fetter Parasit hängt die Beinprothese an seinem Oberschenkel, mit jeder Faser seines Daseins hasst er sein Leben als Krüppel, doch als sie ihn zum ersten Mal so hinreißend anlacht, da ist es, als schiene die Sonne an diesem Tag nur für ihn alleine. Verwundert fragt er sich, warum ihm dieses von Gott gesandte Wesen nie zuvor in ihrem kleinen Dorf aufgefallen ist. Ohne zu zögern, erwidert sie seine Liebe. Taumelnd vor Glück verspürt er, wie der Wille zu überleben zurückkehrt. Sie gibt ihm Kraft, Zuversicht und Mut. Endlich weiß er, was er anfangen soll mit seinem Leben. Er bewirbt sich an der Universität in Bonn um einen Studienplatz, er will die Apotheke übernehmen, so wie seine Vorfahren es getan haben. Sein Vater nickt ihm anerkennend zu, seine Mutter weint zwei Tage lang vor Freude und spendet mehrere Kerzen für den Altar in der Dorfkirche. Doch als er ihnen von seiner Liebe zu Hertha erzählt, bekommen die Gesichter seiner Eltern wieder diesen eisigen Ausdruck, den er nur zu gut kennt, weil er ihm schon als Kind den Atem stocken ließ.

»Nicht dieser Bauerntrampel«, fällt die Mutter ihr Urteil, und der Vater stimmt ihr zu, spricht danach kein weiteres Wort mehr darüber.

Aber Hermann gibt nicht nach. Er fürchtet, nicht noch einmal eine Frau zu finden, die ihm, dem Krüppel, ihre Liebe schenken wird. Tagelang schreien er und die Mutter sich an, bis hinaus auf den Marktplatz kann man sie hören, dann verkündet Hermann den Hochzeitstermin, und die Eltern verlassen die Feier nach dem Gottesdienst, ohne der Braut zu gratulieren. Wenige Monate nach der Hochzeit stirbt die Mutter an plötzlichem Herzversagen. Die Leute sagen, der Gram über die ungeliebte Schwiegertochter im Haus habe sie ins Grab gebracht. Hermanns Vater altert rasend schnell, bald schon isst er kaum noch etwas, seine Kleider schlackern nur so an ihm herum. Dann erkrankt er an einer Lungenentzündung, der ausgemergelte Körper ist zu schwach, um der Erkrankung zu widerstehen. Zwei Tage lang lebt er noch im Krankenhaus, dann schläft er friedlich ein.

Hermann übernimmt die Apotheke. Er ist ein guter Apotheker, so wie sein Vater, und während Hertha sich aufopferungsvoll um das Haus und den kleinen Felix kümmert, gewinnt er rasch das Vertrauen der Dorfbewohner. Sie sind glücklich, bis ein neuer Krieg ausbricht. Hertha schneidet ihre Locken ab, wegen der Läuse, sagt sie, doch auch als der Krieg zu Ende ist, behält sie diese furchtbare Kurzhaarfrisur. Der Glanz in ihren Augen ist auf einmal verschwunden, sie wird mürrisch, und nach und nach verliert sie ihren einstigen Liebreiz.

»Hermann! Essen!«

Herthas harsche Stimme reißt ihn aus seinen Erinnerungen. Wie an jedem Sonntagmittag empfängt ihn das Esszimmer mit der gewohnten kühlen Reserviertheit. Gediegene Einrichtung, kostbares Geschirr auf weißem Damast. Der Geruch in diesem Zimmer ist rein und frisch, doch in den Gesichtern spiegelt sich Verdrossenheit, als Familie Siedemann das Tischgebet herunterleiert und schweigend mit dem Mittagsmahl beginnt. Das Essen schmeckt ihm nicht, sein Beinstumpf schmerzt, und am liebsten wäre Hermann gleich wieder zurückgekehrt in seinen Sessel. Doch er räuspert sich und sieht Felix an.

»Gibt es Neuigkeiten von Ursula?«

Felix schaut nicht auf zu seinem Vater, sagt nur: »Nein, nichts.«

»Es will mir einfach nicht in den Sinn, dass sie aus freien Stücken, einfach so, fortgegangen sein soll.«

Felix antwortet nicht, er will nicht reden darüber, das ist offensichtlich. Abwesend schaut er hinüber zum Fenster und kaut träge auf dem Essen herum. Für eine Weile erfüllen nur noch das Klacken des Bestecks auf den Tellern und das Ticken der Kaminuhr den Raum.

Schwer wie Blei lastet das Unausgesprochene auf Hermann Siedemann, dann legt er sein Besteck beiseite, richtet sich auf und erhebt seine Stimme: »Ich möchte jetzt wissen, was hier los ist! Warum redet niemand mit mir über diese Sache?«

Zwei Köpfe werden gehoben, zwei Augenpaare blicken ihn an, dann senkt Hertha ihren Kopf wieder, doch Felix hält seinen Blick auf den Vater gerichtet und antwortet: »Wenn du mit der ›Sache‹ Ursulas Verschwinden meinst, dann weiß ich wirklich nicht, was ich darüber reden soll. Ich weiß nicht mehr, wo ich sie noch suchen soll, wen ich noch fragen soll. Ich bin verzweifelt und mache mir große Sorgen. Ist es das, was du hören willst? Willst du, dass ich jammere, dass ich euch um Rat bitte? Willst du, dass ich euch frage, was ich tun soll? Gerade euch? Wo ich doch weiß, wie ihr zu Ursula steht.«

»Mäßige dich, Felix. Nicht ich habe mich gegen Ursula ausgesprochen! Ihr Verschwinden schmerzt mich vielleicht ebenso wie dich ...«

»Hört doch endlich auf mit dem Geschwafel!« Herthas Gesicht ist vom Zorn gerötet. Bratensoße spritzt auf die Tischdecke, als sie das Besteck wütend auf ihren Teller schleudert. »»Ihr Verschwinden schmerzt mich ebenso wie dich««, äfft sie Hermann nach, wirft den Kopf in den Nacken und rollt mit den Augen. Dann greift sie nach ihrem Glas Wein und nimmt einen tiefen Zug. Gerade als Hermann zu einer Erwiderung ansetzen will, fährt sie, das Glas immer noch in ihrer Hand haltend, fort: »Du liebe Güte, was ist denn schon passiert? Die Markwitz hat sich aus dem Staub gemacht! Na und? Vermutlich hat sie jemand Besseren gefunden. Jemanden, bei dem es sich noch mehr lohnt, sich einzuschleichen. Irgendein reiches Fabrikantensöhnchen aus der Stadt hat sie dir ausgespannt, Felix, und ich bin gottfroh, wenn dieses Frauenzimmer hier nie wieder auftaucht.«

»MUTTER!«, blitzschnell springt Felix auf von seinem Stuhl, das Geschirr scheppert, als er mit der Faust auf den Tisch schlägt.

»Wie sprichst du über Ursula? Du kennst sie doch gar nicht. Nie würde sie so etwas tun, ich wollte um ihre Hand anhalten, und ich weiß, sie hätte Ja gesagt.«

»Umso besser, dass sie fort ist …«

»Nun ist es aber genug, Hertha, ich dulde nicht, dass du so über Ursula sprichst!« Zur Bekräftigung seiner Worte klopft nun Hermann mit den Fingerknochen seiner geballten Faust auf die Tischkante.

Doch Hertha zeigt sich unbeeindruckt, kämpferisch fährt sie fort: »Es ist mir vollkommen egal, ob du es duldest, Hermann. Ich sage, was ich will. Hier in diesem

Haus ist kein Platz für dieses Weibsstück, nicht solange ich lebe, da kannst du reden, wie du willst.«

Während sie spricht, springt nun auch Hertha auf von ihrem Stuhl, schaut grimmig auf ihren Mann herab. Sie hat sich in Rage geredet, will fortfahren in ihrem Redeschwall, doch Hermann hebt drohend seinen Zeigefinger und gebietet ihr Einhalt. Es dauert einen Moment, bis nun auch er sich schwerfällig von seinem Platz erhoben hat. An die Tischkante gestützt steht er schließlich aufrecht da, den Finger immer noch auf Hertha gerichtet, fährt er sie in barschem Ton an: »Was erlaubst du dir, so mit mir zu reden?«, brüllt der stets so ruhige und besonnene Hermann los, und seine Adern pochen dabei wie wild hinter seinen Schläfen. »Hör endlich auf, solch lästerliche Reden zu führen, und beantworte mir gefälligst meine Frage: Hast du irgendetwas mit dem Verschwinden von Ursula zu schaffen? Und lüge mich ja nicht an! Ja oder nein?«

Herthas Lachen ist spitz und verächtlich. Spöttisch wirft sie ihren Kopf in den Nacken und schreit: »Du bist ja völlig übergeschnappt, du alter Gockel. Spielst dich hier auf wegen diesem Flittchen. Was glaubst du denn, was die sich aus einem Krüppel wie dir macht? So eine will doch nur ...«

Der Schlag trifft Herthas rechte Wange hart. Ihre Hände greifen in das Tischtuch, Gläser fallen um und zerspringen auf dem Geschirr. Felix versucht, seinen Vater vom Tisch wegzuschieben, doch der setzt sich unbeholfen zur Wehr, will sich losreißen, strauchelt dabei und verliert das Gleichgewicht. Zusammen mit dem Stuhl, an dem er sich festzuhalten sucht, fällt Hermann zu Boden. Stumm, ohne Aufschrei fällt er, und nur um wenige Zentimeter verfehlt sein Kopf die schwere Eichenkommode an der Wand. Beim Versuch, seinen Vater zu halten, reißt Felix Teller und Besteck und Schüsseln vom Tisch, Kartoffeln und Bratenstücke verteilen sich auf dem Perserteppich.

Fassungslos sinkt Hertha auf ihren Stuhl zurück, der Mund steht ihr offen, mit der rechten Hand bedeckt sie die geschlagene Wange. Noch nie hat Hermann sie geschlagen. Unfähig zu einer Reaktion schaut sie auf ihn herab, sieht ihn daliegen, hilflos, in all der Unordnung. Sieht, wie Felix sich über seinen Vater beugt. Dann fängt sie sich wieder. Plötzlich wird ihr Blick glasklar, Hass flackert auf in ihren wässrigen Augen, ganz leicht nur zittern ihre Hände, bis sie die halbvolle Weinflasche auf dem Tisch zu fassen bekommt und sie voller Wut gegen die Eichenkommode schleudert, wo sie über Hermanns Kopf zerspringt.

11. KAPITEL

Hoffnung

Am Donnerstag, den 28. Juli, ist Ursula seit zwei Wochen verschwunden. In der Papierfabrik haben sie eine neue Arbeiterin eingestellt, niemand kann für eine so lange Zeit ohne Grund, einfach so, seinem Arbeitsplatz fernbleiben. In der Produktion muss jeder Platz besetzt sein, die Kollegen sind unmöglich in der Lage, länger als ein paar Tage eine zusätzliche Arbeit neben ihrer eigenen zu verrichten.

Die Neue ist sehr jung, sehr blond und bildschön. Ihr Erscheinen zwischen all dem tristen Grau der mit stählernen Maschinen vollgestellten Produktionshalle gleicht dem Aufgang eines leuchtenden Sterns am dunklen Nachthimmel. Die Italiener sind verrückt nach ihr. »Bella Signorina Ilse!«, rufen sie ihr nach, pfeifen anerkennend auf zwei Fingern, wenn sie in ihrer Nähe auftaucht. Ilse winkt ihnen unbekümmert zu und schenkt ihnen ein fröhliches Lächeln, weshalb die anderen Frauen in der Schicht sie argwöhnisch beobachten und sie bald schon »das Spaghettifresserflittchen« nennen.

Auch in der Wäscherei arbeitet jetzt eine andere Frau an Else Prölls Platz. Sie mussten den Zettel mit dem Ar-

109

beitsangebot ein paar Tage im Fenster hängen lassen, es gibt bessere Arbeit in der Stadt, weniger anstrengend und besser bezahlt obendrein. Schließlich hat sich dann doch noch jemand gemeldet, dem das alles nichts auszumachen scheint. Sie wohnt in der Barackensiedlung am Stadtrand, ist dick und faul und riecht schon am frühen Morgen nach Schweiß.

Die warme Morgensonne scheint Metha ins Gesicht. Immer noch aufgewühlt von den Ereignissen der vergangenen Tage sitzt sie auf der Bank hinter ihrer Hütte, die Kaffeetasse hält sie mit beiden Händen fest umschlungen, während in ihrem Kopf die Gedanken kreisen. Ganz langsam breitet sich das Gefühl von Ausweglosigkeit in ihr aus. Jeden Tag ein wenig mehr. Sie fühlt sich verlassen, und niemand ist bei ihr, der sie in ihrer Verzweiflung tröstet. Der Malzkaffee schmeckt fad, und unversehens weht sie an diesem warmen Sommermorgen der kalte Hauch einer Niederlage an. Sie tut einen stillen Seufzer und gleitet dann ab in die Zeit, als sie noch in Gumbinnen war.

Sie ist jung, ihr Hanno ist bei ihr, ein gestandenes Mannsbild, sie stehen im Garten, und er hält sie im Arm und küsst sie. In der Wiege unter der alten Birke liegt ihr Kind; als es zu weinen beginnt, gibt Hanno sie frei, sie beugt sich hinunter und riecht den warmen Duft des Säuglings. Sie nimmt ihn auf, während der Wind die Blätter der Birke über ihr zum Flattern bringt. Leise summend wiegt sie das Kind in ihren Armen, es beruhigt sich, öffnet die Augen und blinzelt sie an. Der Wind trägt den Geruch von frischem Gras und wilden Malven mit sich, Metha ist glücklich, so glücklich, wie sie später nie wieder sein wird. Sechzehn Jahre später wird Hanno von einer russischen Granate zerfetzt.

Vogellärm holt sie zurück in die Realität. Laut krächzend streiten sich einige Elstern drüben auf der Schutthalde, aufgeregt fliegen sie auf, um gleich wieder auf dem Boden zu landen. Metha richtet sich auf, drückt ihren Rücken gerade durch und erinnert sich an die vielen Prüfungen, die sie in ihrem Leben bereits hat bestehen müssen. Ist sie dabei nicht immer stark geblieben? Hat sie nicht allen Schicksalsschlägen im festen Vertrauen auf ihre Stärke getrotzt? Natürlich hat sie das! Plötzlich wird sie sich dieser Stärke wieder bewusst, die ihr schließlich im Blut liegt, so wie sie jedem Mitglied ihrer Familie im Blut lag. Alle Zweifel und alles Verzagen erscheinen ihr auf einmal absurd. Ein wenig verwirrt schaut sie auf den Rest vom Malzkaffee in ihrer Tasse, dann ist sie sich plötzlich ganz sicher: An dieser neuerlichen Prüfung wird sie ebenso wenig zerbrechen, wie sie an all den vorherigen Prüfungen zerbrochen ist.

Auf einmal glaubt Metha zu spüren, dass Ursula noch lebt, dass sie doch noch zu ihr zurückkehren wird. Schon bald werden sie und ihre wunderbare Tochter wieder zusammen sein, und dann werden sie auch wieder zusammen lachen. So klar wie den blauen Himmel über sich, an dem nur einige fasrige Federwolken stehen, so klar und rosig sieht sie in diesem Moment ihre gemeinsame Zukunft vor sich. Sie werden fortgehen von hier, schon längst hätten sie in die Stadt ziehen sollen. Metha kann eine Arbeit für sich finden, eine leichte Tätigkeit, die sie ihrem geschwächten Körper noch zumuten kann. Sie wird endlich Geld verdienen. Plötzlich ist sie der Rolle der bedürftigen Bittstellerin so unfassbar überdrüssig, und sie fragt sich, was sie in den vergangenen Jahren daran gehindert hat, sich dagegen aufzulehnen? Bedurfte es dazu wirklich erst Ursulas Verschwinden? Sie werden sich eine helle Wohnung leisten können. Mit einem Balkon zur Südseite. Sie werden die Nissenhütte hinter sich lassen. Das Dorf, die Menschen, die katholisch sind und selbstgerecht. Dieses falsche, scheinheilige Leben, das alles werden sie hinter sich lassen. Denn hier ist nicht ihr Zuhause, ebenso gut könnten sie woanders leben. Je länger sie darüber nachdenkt, umso sicherer ist sie sich ihrer Sache. Mit ihrem bisherigen Leben wird es ein Ende haben!

Sie schaut auf zu den Federwolken und empfindet eine große Zufriedenheit. An diesem Morgen hat sie tatsächlich ihre alte Stärke wiederentdeckt! So wie einen wertvollen Schatz, den man vergräbt und vergisst, bis man ihn plötzlich, ohne danach gesucht zu haben, wiederfindet. Innerlich erfüllt von wohliger Wärme lehnt sie sich zurück gegen die Wand der Nissenhütte und zündet sich eine Zigarette an. Es ist die letzte in der Schachtel, gleich wird sie hinübergehen ins Dorf und neue kaufen. Schon zieht sie ein letztes Mal an der Filterlosen, der Rauch schwebt noch über ihrem Kopf, als sie den Rest vom kalten Kaffee in ihrer Tasse trinkt.

Als Metha die Dorfstraße hinuntergeht, erklingt vom Kirchturm das Mittagsläuten. Kerzengerade schreitet sie förmlich über den Dorfplatz, grüßt freundlich die Feinbein, die ihr entgegenkommt. Klein und bullig schiebt sich die Frau an Metha vorbei, sie schwitzt in der Mittagssonne, grüßt nur das knappe »Tag«, das die Leute benutzen, wenn sie in Eile sind. Von der gegenüberliegenden Straßenseite grüßt Margarete Engels herüber, mit einem groben Putzlappen wischt sie den Staub der vergangenen Tage von ihren Fensterbänken.

»Guten Tag, Metha«, ruft ihr die Alte freundlich zu, und Metha erwidert den Gruß: »Guten Tag, Frau Engels, was für ein schönes Wetter wir heute doch wieder haben.«

Im Geschäft schaut die Änne sie mürrisch an. Sie mag es nicht, wenn die Kunden, noch kurz bevor sie die Ladentür über die Mittagszeit abschließt, in den Laden kommen. Metha ignoriert Ännes Blick. Milde lächelnd verlangt sie nach Zigaretten und einer Flasche Frauengold. Soll die Änne doch denken, was sie will.

»Das ist alles, was macht's denn bittschön?«, kommt sie der Änne zuvor, die sie anschaut und zu reden ansetzen möchte.

Draußen vor der Ladentür zündet sie sich gleich die erste Zigarette an. Eigentlich raucht sie fast nie zur Mittagszeit, doch heute ist es etwas anderes, heute will sie zeigen, dass sie sich nicht kümmert um das Gerede der Leute. Zufrieden und auch ein wenig stolz auf sich legt sie den Kopf in den Nacken, blinzelt in die Sonne und haucht genüsslich den Rauch aus. Vielleicht sollte sie am Nachmittag noch einmal zur Polizeistation in der Stadt gehen, es könnte doch sein, dass sie dort schon etwas über Ursula in Erfahrung gebracht haben. Die Flasche Frauengold wiegt schwer in ihrer Einkaufstasche, als hinter ihr geräuschvoll die Ladentür verschlossen wird.

Kalter Schweiß steht auf Ursulas Stirn. Sie fiebert, und ihr Mund ist so trocken, dass ihr die Zunge am Gaumen klebt. Seit gestern Abend bereits ist die Kanne leer, sie hat keinen Tropfen Wasser mehr, und ihr Bewacher ist heute noch nicht wieder erschienen. Den Hunger ignoriert sie, doch der quälende Durst bringt sie fast um den Verstand. Ihre Lippen sind spröde, die Mundwinkel rissig. Jetzt zur Mittagszeit wird die Hitze in ihrem Versteck wieder unerträglich, angestrengt lauscht sie in die Stille hinein, ob sich nicht von irgendwoher ein Fahrzeug, ein Fahrrad oder gar jemand zu Fuß dem Schuppen nähert. Doch kein Laut dringt von draußen zu ihr herein. Unter der Kette um ihr Fußgelenk schmerzt das rohe Fleisch, feuerrot leuchtet der Rand der Wunde, und in der Mitte hat sich weißlich, gelber Eiter gebildet. Mit dem linken Fuß tritt sie gegen die Blechkanne, die scheppernd über den Holzdielenboden kullert und an der Wand unter dem kleinen Fenster liegen bleibt. Den Versuch, noch einmal um Hilfe zu schreien, bricht sie ab, was da aus ihrer Kehle dringt, ist nicht mehr als nur ein heiseres Krächzen. Der Alte muss kommen, denkt sie, und im gleichen Augenblick spürt sie, wie panische Angst davor, hier in diesem Schuppen zu verdursten, in ihr aufsteigt. Mit geschlossenem Mund atmet sie durch die Nase. Tief und gleichmäßig, ein und aus. Auf diese Weise versucht sie sich zu beruhigen, und tatsächlich, es gelingt ihr, die aufsteigende Panik zu unterdrücken. Ihre Haare fallen ihr ins Gesicht, als sie sich flach auf den warmen Holzboden legt, sie kleben fest an der feucht-heißen Haut, doch Ursula beachtet es nicht. Regungs-los liegt sie jetzt da, immer noch durch die Nase at-mend, den Schmerz an ihrer Fußfessel verdrängend, liegt sie lang ausgestreckt da und ist darüber erstaunt, wie ruhig sie auch jetzt noch bleibt, da sich zum ersten Mal dieses Wort in ihre Gedanken schleicht: Tod. Wie ein kleines Blinklicht in der Ferne leuchtet es vor ih-rem geistigen Auge auf. Tod. Ganz kurz nur, vielleicht nur eine einzige Sekunde lang, doch es genügt, um ih-ren Herzschlag ganz plötzlich wieder zum Rasen zu bringen. Wird sie hier, in diesem verlassenen Schup-pen qualvoll verdursten?

Bisher ist es ihr gelungen, sich zeitlich zu orientie-ren. Sie weiß, dass sie nun bereits seit zwei Wochen gefangen gehalten wird. Bisher hat sie an jedem Tag diese verbeulte Blechkanne voll Wasser bekommen, das meiste davon hat sie getrunken. Einen Liter pro Tag, vielleicht etwas mehr. Das ist nicht viel, bei die-sen Temperaturen hier im Schuppen mangelt es ihrem Körper schon jetzt an Flüssigkeit. Wie lange kann ein Mensch ohne Wasser überleben? Nie zuvor hat sie sich mit dieser Frage beschäftigt, ein paar Tage? Eine Woche lang? Sicher nicht in diesem unablässig von der Son-ne beschienenen Schuppen. Ihr Pulsschlag rast immer noch, bis in die Fingerspitzen kann sie ihn spüren. »Ru-hig atmen!«, ermahnt sie sich, »tief einatmen, langsam ausatmen.« Ohne Wasser wird sie hier nicht überleben, daran hat sie keine Zweifel. Der Alte muss kommen!

Bisher ist er noch jeden Tag gekommen, er wird ganz sicher noch kommen. Gewiss hat er sich heute nur verspätet. Ihr Puls rast, sie ballt beide Hände zu Fäusten und trommelt ihre Verzweiflung hinaus auf den Holzboden.

12. KAPITEL

Das Feuer

Adolf Behnke steht neben dem Edelstahlbehälter, in dem die Buttermilch aufbewahrt wird, und schaut durch das offene Tor hinaus auf die Straße. Die Polizisten aus der Stadt waren noch einmal bei ihm, gerade verschwindet ihr Wagen hinter dem Tor aus seinem Blickfeld. Als die Männer so unerwartet in der Molkerei aufgetaucht sind, da war er zunächst ziemlich nervös. Sie hatten doch alles gesagt, er und seine Anneliese, warum kam die Polizei noch ein weiteres Mal zu ihnen?

Über den jungen Schopp haben sie ihn ausgefragt, heute nachdrücklicher als beim ersten Mal. Was er über ihn wisse, fragten sie, ob er sich über ihn geärgert habe. Ob Schopp seiner Familie, seinen Kindern nachgestellt habe. Bei diesen Fragen hatte er sich rasch wieder unter Kontrolle. Ihre Ehe ist kinderlos geblieben, als sie jünger waren hat Anneliese oft geweint deswegen, doch nun, da sie älter sind, haben sie sich damit abgefunden. Und tagsüber sitzt Anneliese meistens in dem kleinen Büro gleich neben der Molkerei. Da kam Martin Schopp nie hin, sie hatten also gar keinen Grund, sich über ihn zu ärgern.

Diese ständige Fragerei bringt nach Adolf Behnkes Meinung Unruhe ins Dorf. Zu viel Unruhe für seinen

Geschmack. Aber alles Fragen wird der Polizei nichts nutzen, sie werden nichts herausbekommen, weil niemand im Dorf etwas mitbekommen hat von dem, was an diesem Abend hinter der Scheune geschehen ist. Mittlerweile konzentriert sich Adolf Behnkes Wut auf den versoffenen Kabelke. Hätte der nicht den ersten Schlag mit dem Holzscheit getan, wer weiß, dann wäre es wahrscheinlich bei einer Tracht Prügel geblieben. So wie es geplant war. Der Schopp war doch längst erledigt, hatte nur noch gewimmert, bis er dann ganz still geworden ist.

Er selbst hat ja nur mitgemacht, damit die anderen ihm später keine Vorhaltungen machen können. Eigentlich hat er am wenigsten dazu beigetragen, dass es zum Schlimmsten gekommen ist. Er hatte ja kaum die Möglichkeit, einen gezielten Schlag zu tun, so wie die anderen sich aufgeführt haben. Wie von Sinnen haben die auf den Schopp eingedroschen. Der Kabelke und der Feinbein, gerade so, als hätten sie ihren Verstand verloren. Und der Kadenbach, dieser bullige Kerl. Hatte es nicht nach einem gezielten Schlag von ihm auf den Kopf des schon am Boden liegenden Schopp ganz gewaltig geknackt unter dem schweren Holzscheit? Nein, da ist sich Adolf Behnke ganz sicher, totgeschlagen haben die anderen den Schopp. Nicht er, er hat nur mitgemacht, weil er nicht als Feigling dastehen wollte.

Wenn nur alle die Nerven behalten, denkt er bei sich. Niemand darf sich verplappern, sie müssen auf der Hut sein bei dem, was sie der Polizei sagen, und genau das wird er dem Kabelke bei nächster Gelegenheit einbläuen. Der soll sein Maul halten, so wie alle anderen auch, nur dann haben sie eine Chance, gut aus der Sache herauszukommen. Es wäre nicht der erste Mord, der in diesem Land unaufgeklärt bleibt. Noch haben die Polizisten nichts, aber auch gar nichts in der Hand, und wenn sie alle vernünftig sind, dann sollte das auch so bleiben. Schon der Gedanke, wegen dieser Sache vor Gericht gestellt zu werden, lässt ihn erschaudern. Sein Leben wäre verwirkt, nach all der Arbeit, die er geleistet hat, um seinen Betrieb wieder aufzubauen.

Zufrieden schaut er auf die Edelstahltanks, in denen die Frischmilch, die Buttermilch und die Molke zum Verkauf bereitstehen. *Behnkes Milch ist die beste*, das ist nicht nur ein Werbespruch, das ist das ehrliche Versprechen an die Kunden, nur allerbeste Ware anzubieten. Heute vertrauen ihre Kunden darauf und honorieren es, indem sie ihnen regelmäßig ihre gesamte Produktion abkaufen. Dafür haben sie lange und hart geschuftet, er und seine Anneliese. Jedes Risiko haben sie dafür auf sich genommen, da soll er jetzt, wo der Betrieb läuft, alles wieder verlieren? Sein Blick wandert durch die Halle, die fast bis hinauf zur Decke mit weißen Fliesen gekachelt ist. Zwei Reihen moderner Leuchtröhren hängen an Ketten von der Decke herab und tauchen die Halle, sogar in den dunklen Wintermonaten, in helles Licht. Alles ist peinlich sauber, die Kühlanlage hinter dem Drahtverhau surrt leise vor sich hin. Vielleicht sollte er zur Polizei gehen und die Wahrheit sagen. Vielleicht könnte er auf mildernde Umstände hoffen, wenn er den Rädelsführer benennt. Wenn er erzählt, wer den entscheidenden Schlag ausgeführt hat.

Plötzlich bleibt sein Blick an dem Werbeplakat über der Eingangstür zum Büro, in dem auch der Kassenschalter für die Milchbauern untergebracht ist, hängen: *Behnkes Milch ist die beste* steht dort in schön geschwungener, roter Schreibschrift auf hellblauem Grund. Es ist der gleiche hellblaue Farbton, in dem auch der neue Lieferwagen lackiert ist.

Die anderen werden sich irgendwann verplappern, schießt es ihm in diesem Moment in den Sinn. Der versoffene Kabelke ist doch die meiste Zeit gar nicht zurechnungsfähig. Unruhig zieht er mit beiden Händen den Hosenbund über die Hüfte, dann geht er los, hinüber ins Büro, er weiß jetzt genau, was zu tun ist, doch zuvor muss er mit Anneliese reden.

In der Nacht liegt er schlaflos im Bett. Anneliese war außer sich, als er ihr gestand, dass er an der Sache mit Martin Schopp beteiligt war. Zuerst hat sie ihn ungläubig angestarrt, dann, nachdem es zunächst so ausgesehen hatte, als wollte sie in Tränen ausbrechen, hat sie ihn angeschrien. Ihr Gesicht war vom aufkommenden Zorn gerötet, ihre Augen blitzten angriffslustig, als sie ihn einen Idioten genannt hat. »So dämlich kannst auch nur du sein«, hat sie geschrien, »lässt dich von diesen Kerlen überreden!«

Dann hat sie ihre Tränen nicht mehr zurückhalten können. Mit vors Gesicht geschlagenen Händen hat sie sich von ihm abgewendet und laut aufgeheult. Er hat nur dagestanden und nicht gewusst, was er sagen sollte. Nach einer Weile war nur noch ein leises Schluchzen hinter ihren Händen zu hören, ihre Schultern hatten aufgehört zu zucken. In diesem Moment war er sich gar nicht mehr so sicher, ob er wirklich zur Polizei gehen sollte. Dann hat sich bleierne Stille im Raum ausgebreitet, er hat auf seiner

Unterlippe gekaut, und sie saß nur da und schwieg. Endlich hat sie ihn angesehen, auf eine Art, wie sie es noch nie zuvor getan hat. Ihre Schminke war verwischt, sodass ihre geröteten Augen ihn wie aus zwei dunklen Löchern angestarrt haben. Verachtung lag in diesem Blick. Aber auch Stolz, und sie hatte mit rauer Stimme zu sprechen begonnen, so wie man zu jemandem spricht, dem es nicht gestattet ist, sich den Anweisungen zu widersetzen.

»Morgen fährst du zu Doktor Klüster, er soll dich beraten, und wenn er auch der Meinung ist, dass du dich stellen solltest, dann muss er dich zur Polizei begleiten. Wage es nicht, ohne Rechtsbeistand den nächsten Schritt zu tun!«

Anneliese dreht sich neben ihm geräuschvoll um im Bett. Auch sie findet keinen Schlaf. Sie richtet sich auf, um auf ihren Wecker zu schauen, der auf dem Nachttisch leise tickt, und dann sieht sie es! Der glutrote Schein dringt durch die dünnen Vorhänge vor ihrem Schlafzimmerfenster in den Raum hinein. In dem Spalt zwischen den beiden Vorhängen erkennt sie dichte Rauchschwaden. »Feuer!«, kreischt sie, während sie zum Fenster hastet und die Vorhänge beiseitereißt. »Feuer! Adolf! Die Molkerei brennt!«

Mit einem Satz springt Adolf Behnke aus dem Bett, zerrt den Morgenmantel von der Stuhllehne, stolpert in seine ausgetretenen Hausschuhe und hastet die Treppe hinunter. Im dunklen Hausflur prallt er mit der Hüfte gegen die schwere Eichenkommode, reißt die Haustüre auf, und während er noch versucht, sich den Morgenmantel anzuziehen, rennt er über den vom Feuerschein erhellten Hof hinüber zur Molkereihalle.

Fast der gesamte Dachstuhl steht bereits in Flammen. Als er das Tor aufreißt, schlägt ihm dicker, dunkler Rauch entgegen. Er springt zurück, hustet, duckt sich weg, um etwas zu erkennen. In der Halle fällt ein Edelstahltank mit lautem Getöse um, das Feuer hat das Holzpodest, auf dem er gestanden hat, zerstört.

Rauch quillt in dichten Schwaden aus dem Gebäude, hüllt den Hof ein, und während er hinter sich die hysterische Stimme Annelieses rufen hört, wagt er sich vor in die lichterloh in Flammen stehende Halle. Wenigstens den nagelneuen Opel Blitz will er retten, nicht den teuren Wagen auch noch verlieren, schießt es ihm durch den Kopf, und er ist fast am Schlüsselbrett neben dem Eingangstor angekommen, als ein brennender Balken vom Dachstuhl herabstürzt und ihm das rechte Schulterblatt zerschmettert. Sein gellender Schrei dringt nach draußen auf den Hof, wo Anneliese von panischer Angst ergriffen hin und her läuft und wild mit den Armen in der Luft herumfuchtelt. Immer wieder ruft sie mit sich überschlagender Stimme seinen Namen. Mit dem Schlüssel in der linken Hand schafft er es mit Mühe inmitten des Infernos bis zum Wagen hin, bekommt den Türgriff zu fassen, der schon so heiß ist, dass er ihm die Haut von der Handfläche herunterbrennt. Im selben Moment spürt er den Mangel an Sauerstoff, seine Beine wollen ihm nicht mehr gehorchen. Einen Augenblick später fällt er nach vorne, prallt mit dem Gesicht gegen die Fahrertür, die hellblaue Farbe verschwimmt vor seinen Augen, als er leblos zu Boden sinkt, wo er vor seinem neuen Opel-Blitz-Lieferwagen erstickt.

Als endlich die Feuerwehr auf den Hof gefahren kommt, ist die Molkerei schon nicht mehr zu retten. Krachend stürzen die letzten Dachbalken auf den Boden der Halle herab. Funken sprühen auseinander, werden Teil des zügellos lodernden Feuers. Schon haben die Flammen auf den Dachstuhl des angrenzenden Wohnhauses übergegriffen, Dachziegel regnen herab, zerplatzen auf dem Hofpflaster. Die Feuerwehrmänner arbeiten fieberhaft, ihre schweißnassen Gesichter glänzen im Schein der Flammen, bis endlich das Wasser aus dem einzigen Druckschlauch schießt, über den sie verfügen. Der Strahl konzentriert sich nur noch auf das Dach des Wohnhauses, der Rest des Gehöfts der Behnkes wird unter den Augen der mittlerweile fast vollständig versammelten Dorfbewohner von dem übermächtigen Feuer verzehrt.

Männer mischen sich unter die Feuerwehrleute, im Angesicht des Unglücks steht man zusammen. Doch sie können nichts mehr ausrichten, laufen aufgeregt umher, bis sie alle gemeinsam den Anhänger, der dicht beim Haus steht, vom Feuer wegziehen. Danach sind sie zur Untätigkeit gezwungen. Ihre Frauen stehen in sicherer Entfernung auf der anderen Straßenseite, drücken die Kinder an sich und sind von stillem Entsetzen ergriffen. Etwas abseits, unbeachtet von den anderen, sucht Sofia Henschenmacher unter einem Pflaumenbaum Schutz vor dem Funkenflug. Ihre Hände hält sie vor ihren Mund gepresst, dahinter bewegen sich ihre Lippen rasch und lautlos, gerade so, als wäre sie in ein inständiges Gebet vertieft.

Als sich das Morgengrauen als blassvioletter Streifen am Horizont abzeichnet, stehen von der Molkerei nur noch die Außenmauern, aus denen fahler Rauch aufsteigt. Vor dem Stahlgerippe des Opel Blitz liegt die verbrannte Leiche des Adolf Behnke in grotesker Verrenkung. Die Arme wie um Hilfe flehend, leicht gekrümmt, in den Himmel gereckt. Der Mund ist weit aufgerissen, weiße Zähne blitzen in dem zur pechschwarzen Grimasse verkohlten Schädel. Anneliese steht in ihrem geblümten Morgenmantel da und friert in der Kühle des anbrechenden Tages, bis man sie endlich fortbringt, hinüber ins Pfarrhaus, wo sich Frau Wolter und der Kaplan um sie kümmern.

Später liegt die ausgebrannte Molkerei wie ein schwarzes Mal inmitten des Dorfes vom Licht der aufgehenden Sonne beschienen. Der hübsche Einklang aus gepflegten Häusern, akkurat hergerichteten Gärten und sauber gefegten Straßen ist nun gestört durch die immer noch schwelenden Überreste von Behnkes Geschäftsgebäude. Auch das Wohnhaus ist schwer beschädigt, zwar ist es der Feuerwehr gelungen, den Brand so weit einzudämmen, dass nur der Dachstuhl zerstört wurde, doch durch das eingedrungene Löschwasser sind die darunter liegenden Etagen ohne aufwendige Sanierung nicht mehr bewohnbar.

13. KAPITEL

Im Schuppen

Zwei Tage später sitzt Metha Markwitz in der Straßenbahn. Sie ist auf dem Weg in die Stadt, dort will sie auf dem Wohnungsamt um eine andere Wohnung bitten. Acht Jahre in der Nissenhütte sind genug. So viele neue Häuser sind in den vergangenen Jahren in der Stadt gebaut worden, da kann man sie, die geduldig in dieser Blechbude ausgeharrt hat, gewiss nicht abweisen. Und sie will zum Arbeitsamt, irgendeine Arbeit muss es für sie geben, da ist sie sich ganz sicher, vielleicht ist ja sogar etwas in der gleichen Fabrik, in der Ursula arbeitet, für sie frei.

Natürlich hat sie den Brand auf dem Hof der Behnkes mitbekommen. Auch sie ist in dieser Nacht aufgewacht, ist vom Feuerschein angelockt hinübergelaufen und hat aufgewühlt bei den anderen Frauen gestanden. Nun tuscheln die Leute über eine noch nie dagewesene Anhäufung schrecklicher Unglücksfälle im Dorf. Manche wollen wissen, dass es sich um Brandstiftung handelt. Die Polizei kann das nicht ausschließen, prüft jedoch zugleich die Möglichkeit eines elektrischen Defektes in der Kühlanlage. Ein Kurzschluss könnte die Ursache für das Feuer sein. Jeden Tag sieht man Experten aus der Stadt an der Unglücksstelle, Polizisten befragen die Nachbarn. Schon wieder schnüffeln Kriminalisten und Männer von der Zeitung im Dorf herum. Kameras blitzen auf und sichern Beweisfotos. Seitenweise füllen sich die Notizblätter der Ermittler mit den Zeugenaussagen, und Sofie Henschenmacher erzählt der Änne im Dorfladen, dass sie ganz genau wisse, dass hier der Krumme seine Finger im Spiel hat. Irgendetwas muss ihn erzürnt haben. Mit gesenkter Stimme spricht sie von einer schweren Schuld, die auf dem Dorf lastet. All die schrecklichen Ereignisse sind nun die Strafe dafür, und es wird erst enden, wenn die Schuldigen bestraft sind. Die Dinge scheinen durcheinandergeraten zu sein, in diesem Dorf, in dem sich eine nervöse Aufgeregtheit bis fast in jeden Winkel hinein ausbreitet.

Metha Markwitz zeigt sich an alledem wenig interessiert. Viel zu sehr ist sie mit ihren eigenen Problemen beschäftigt. Die unfreundliche Frau auf dem Wohnungsamt hat ihr unumwunden erklärt, dass für sie keine Aussicht auf eine Wohnung in einem der neu erbauten Miethäuser am Rand der Stadt bestehe. Zu viele Bedürftige lebten in noch schlechteren Verhältnissen als sie und Ursula.

»Eine Wohnung für Sie und Ihre Tochter alleine schlagen Sie sich am besten gleich wieder aus dem Kopf«, hat sie gesagt und danach so getan, als wäre Metha Luft.

»Der Nächste!«, schallte ihr Ruf in den Flur hinaus, und Metha war nichts anderes übriggeblieben, als das Amtszimmer zu verlassen. Danach saß sie mehr als drei Stunden lang im Flur des Arbeitsamtes, erst gegen halb zwei, nach der Mittagspause, war sie an die Reihe gekommen, und sofort mit einem Zettel in der Hand wieder des Zimmers verwiesen worden.

»Dort können Sie vorsprechen«, hat die fettleibige Mitarbeiterin nur gesagt und ihr das Papier mit ausgestrecktem Arm entgegengehalten.

Metha hat es an sich genommen und das Wort *Schlachthof* gelesen. »Bitte, haben Sie nichts anderes für mich?«, konnte sie noch vorbringen, als die Frau sie schon anblaffte.

»Was wollen Sie? Arbeiten oder Ferien machen? Jetzt gehen Sie schon, draußen warten Leute, die sehr gerne jede Arbeit annehmen.«

Nun sitzt sie wieder in der Straßenbahn. Ihre Stimmung ist in diesem Moment viel weniger euphorisch als zuvor. Niemals hätte Metha gedacht, dass es so schwierig werden würde, doch noch ist ihre gerade erst zurückgekehrte Zuversicht nicht verflogen. Sie wird wieder hingehen zum Wohnungsamt, gleich morgen, und auch zum Arbeitsamt wird sie noch einmal gehen. Dazu ist sie fest entschlossen, und sie wird darauf achten, dass sie dann nur in die Büros hineingeht, in denen Männer hinter den Schreibtischen sitzen. Ganz genau weiß sie schon, welches Kleid sie anziehen wird, und einen neuen Lippenstift hat sie sich auch schon gekauft.

Ganz in ihre Gedanken versunken schaut sie hinaus in die weite Landschaft. Dutzende kleine Flurstücke, auf denen das Getreide reif und goldgelb dasteht, ziehen hier, schon jenseits der Stadtgrenze, an ihr vorüber. Rüben- und Kartoffelfelder unterbrechen die gelbe Monotonie. Mit ihren sattgrünen Blättern bilden sie einen schönen Kontrast zu den Getreidefeldern. Immer wieder wird die Ackerfläche von breiten Streifen halbhohen Buschwerks durchzogen. Hier und da erhebt sich ein einzelner Baum in den blauen Sommerhimmel. Ein paar Feldscheunen, selten einmal ein Schuppen, ducken sich zum Schutz vor dem Westwind in die wenigen Bodensenken, die das ansonsten platte Land zu bieten hat.

Die Straßenbahn hält an der nächsten Haltestelle. Bremsen quietschen, Falttüren öffnen sich klappernd, und nur drei Fahrgäste steigen am frühen Nachmittag hier aus, um von dem in der prallen Sonne liegenden Bahnsteig hinüber in das Dorf zu gehen. Würde Metha ebenfalls hier aussteigen und nur eine kurze Wegstrecke, vielleicht einen Kilometer weit, in südlicher Richtung gehen, auf die ersten Ausläufer der Eifel zu, dann würde sie an genau den Schuppen gelangen, in dem gerade zu dieser Stunde die kalte Hand des Todes nach ihrer Tochter Ursula greift.

Die staubigen Fußbodenbretter sind warm. Die Holzwand in ihrem Rücken ebenfalls, überall um sie herum ist nur Hitze und Trockenheit. Ursulas Körper glüht, träge zirkuliert das Blut in ihren Adern. Der Maskierte ist nicht mehr zurückgekommen, seit nunmehr drei Tagen hat sie keine Flüssigkeit mehr zu sich genommen. In der ersten Nacht, nachdem er fortgeblieben war, hat sie sich in der Dunkelheit über die Kanne gehockt und dann ihren Urin getrunken. Danach hat sie gewürgt, zähen Schleim hat sie hervorgebracht, und ihr Mund war wieder so trocken wie zuvor. Jetzt, am frühen Nachmittag strahlt die Sonne heiß von einem wolkenlosen Himmel auf den kleinen Schuppen herab. Überall suchen die Menschen den Schatten, verkriechen sich in ihre Häuser oder rasten für eine Weile unter Bäumen. Vor der Theke der kleinen italienischen Eisdiele in der Stadt reißt die Schlange der Kunden nicht ab, und der untersetzte, einäugige Eisverkäufer Peter Krüchten, der mit seinem knatternden, dreirädrigen Gefährt über die Dörfer fährt und nur zwei Sorten Speiseeis, nämlich Schokolade und Zitrone, aus den Kühlbehältern löffelt, der muss in diesen Tagen wenigstens einmal täglich zurück zu seinem Haus fahren, um Nachschub zu holen.

Apathisch liegt Ursula in der Ecke des Schuppens, ihr Mund steht weit offen, die Schleimhäute schon ausgetrocknet. Sie ist kaum noch einer Regung fähig. Kein Schlucken, kein Lidschlag, dicke Fliegen laufen ihr übers Gesicht, ohne dass sie es fühlt. Ihre Haut hat sich braun verfärbt und ist trocken wie Pergament. Der Durst hat den Schmerz besiegt. Sie spürt nichts mehr, nicht in der schwärenden Wunde unter ihrer Fußfessel, in der sich weiße Maden winden, und nicht in ihrem verletzten Unterleib. Der Durst allein beherrscht ihr Empfinden. Ihr Pulsschlag hat sich verlangsamt, kaum spürt sie noch das Herz in ihrer Brust, das so wild geschlagen hat, als sich das Wort Tod zum ersten Mal schmerzlich in ihre Wahrnehmung drängte. Als sie vor Wut und Verzweiflung mit den Fäusten auf den Holzboden getrommelt hat, dass ihr die Splitter in die Handballen gedrungen sind. Das alles liegt weit zurück, die Erinnerung daran verblasst allmählich vor einem tiefschwarzen Abgrund. Nicht einen Tropfen Wasser hat sie seitdem getrunken, nicht einen einzigen, und nun ist er hier, der Tod. Lauert zwischen den Sparren unter dem Schuppendach, weiß, das seine Zeit gekommen ist, und unten, auf dem staubigen Holzboden tut Ursulas Herz einen letzten Schlag und bleibt dann einfach stehen.

Kaum fünfzehn Minuten sind seitdem vergangen, als der Traktor vom Feldweg abbiegt und auf den Schuppen zufährt. Vor dem einflügeligen Holztor hält Franz Kadenbach an, er ist gekommen, um seinen größten Hänger zu holen. Wie in jedem Jahr benötigt er ihn wieder zur Getreideernte, und gleich morgen will er damit mit dem Feld auf der Höhe nahe beim Wald beginnen. Das Wetter wird sich halten, da ist er sich sicher, und für das Korn auf seinen Feldern wird es höchste Zeit, gemäht zu werden. Ein wenig umständlich klettert er vom Traktor herab und öffnet das Tor sperrangelweit. Rückwärts in den Schuppen hineinfahren, den Hänger ankuppeln, einige Säcke und die Schaufel aufladen, das alles geht dem Kadenbach routiniert von der Hand. Dann steht er neben dem Traktor, der gleichmäßig vor sich hin tuckert, und schaut sich im Schuppen um. Gleißend helle Sonnenstrahlen dringen durch die Ritzen in der Bretterwand. Kadenbach schaut in alle Ecken, schaut und sieht, dass alles seine Ordnung hat. Zufrieden will er wieder seinen Traktor besteigen und den Hänger hinausziehen, als er innehält und zu guter Letzt einen prüfenden Blick hinauf zur Decke richtet. Früher, als sie noch alle Arbeit im Feld mit ihren Händen erledigen mussten, da lagerten sie dort oben ihr Werkzeug. Kadenbach verharrt, schaut hinauf zu den Holzdielen, hinauf zu dem Meer aus Spinnennetzen, und während er schaut, überkommt ihn ein beklemmendes Gefühl. Es seufzt, will sich wieder seinem Traktor zuwenden, will das ungute Gefühl beiseiteschieben, doch dann gibt er sich einen Ruck, geht zu der schmalen Stiege hinüber und steigt hinauf. Schon oben auf der letzten Stufe, noch bevor er das windschiefe Türchen geöffnet hat, nimmt er den stechenden Geruch wahr.

14. KAPITEL

Siedemanns

Ihr nächster Besuch auf dem Wohnungsamt ist ein einziger Triumphzug. Metha hat ihr geblümtes Sommerkleid hervorgeholt, das ärmellose mit dem eleganten Faltenwurf. Den obersten Knopf hat sie offen gelassen. Das Kleid betont ihre schlanke Figur auf das Trefflichste, und als sie den gut und gerne fünfzehn Jahre jüngeren Sachbearbeiter in der von der Sonne aufgeheizten Amtsstube anlächelt, da erhellt sich seine bis dahin ziemlich mürrisch dreinblickende Miene. Das Haar trägt sie offen heute, es ist frisch gewaschen und ausgekämmt. Ihre Lippen sind rot geschminkt, und ihr Lächeln ist reichlich kokett. Mit spitzen Fingern zieht sie ihren Flüchtlingsausweis aus ihrer Handtasche, die an ihrem angewinkelten Arm hängt, und reicht ihn dem Mann über den Schreibtisch. Der wundert sich darüber, dass sie immer noch in einer Nissenhütte lebt. Eine Unterbringung in diesen Notunterkünften war eigentlich nur als Notquartier gedacht, und längst schon sollte niemand mehr in solchen Verhältnissen leben müssen.

Ein wenig fahrig fingert er in einem Karteikasten auf seinem Schreibtisch herum, zieht ein Kärtchen heraus und kaut an seinem Bleistift herum, während er liest.

»Hier hätte ich was für Sie«, sagt er nach wenigen Augenblicken und grinst Metha an. »In vier Wochen wäre die Wohnung bezugsfertig. Fünfzig Quadratmeter, in der dritten Etage.«

»Ach, so bald schon! Das ist ja ganz wunderbar.«

Der Mann notiert ihren Namen und ihre Adresse auf der Karteikarte und erklärt ihr mit breitem Grinsen, dass ihr in Kürze der Mietvertrag zugestellt werde, den sie unterschrieben gerne wieder bei ihm einreichen könne. *Ich bin dein Held,* sagt sein Grinsen, *und ich könnte noch so viel mehr für dich tun.*

Metha bedankt sich mit ihrem schönsten Lächeln, dass ihm bedeuten soll: *Das weiß ich, mein Kleiner, doch das schlag dir am besten gleich wieder aus dem Kopf!*

Wieder zurück im Dorf, ist ihr Gang aufrecht, aufrechter noch als sonst geht Metha Markwitz den Weg vom Bahnhof hinunter zum Marktplatz, wo der versoffene Kabelke innehält und sie über die Straße hinweg anstarrt. Regungslos steht er da und verfolgt sie mit seinem Blick. Metha beachtet ihn nicht, sie überquert den Platz, und dann hat sie ihr Ziel auch schon erreicht. Da es bereits später Vormittag ist, wird in der Apotheke der Siedemanns bald die schwere Eingangstüre zur Mittagsruhe geschlossen werden, und so steht sie nun alleine in dem gediegenen Verkaufsraum. Ein schwerer, dunkler Schrank hinter dem Tresen beherrscht den Raum. Bis fast zur Decke hinauf sind darin unzählige kleine Schubladen angeordnet, in denen die unterschiedlichsten Medikamente und Ingredienzien zu deren Herstellung untergebracht sind. Leise knarzt eine Dielenbohle, als Metha einen Schritt zur Seite tut, um durch das kleine Fenster in der Durchgangstüre zu den hinteren Räumen zu schauen. Sie kann nichts erkennen, ungeduldig wendet sie sich ab und lässt ihren Blick ziellos durch den Raum schweifen. Absolute Stille und ein angenehmer, sauberer Geruch umgeben sie, über jeden Zweifel erhaben strahlt dieser Ort eine Atmosphäre der Redlichkeit aus. Metha entspannt sich ein wenig, ihr Blick ruht auf den Schubläden, an denen kleine, emaillierte Schilder angebracht sind, als Felix Siedemann den Raum betritt.

Im Gegensatz zu seinem Vater, der hochgewachsen und kräftig von Statur seinen Kunden stets mit einem freundlichen Lächeln im Gesicht gegenübertritt, steht Felix nun beinahe schmächtig und mindestens eine Kopflänge kleiner in seinem weißen Kittel hinter dem Tresen und schaut Metha mit ernstem Blick an. »Guten Tag, Frau Markwitz, was kann ich für Sie tun?«, sagt er in ruhigem Ton, und Metha spürt sofort, dass er ihr nichts Positives zu berichten hat.

In diesem Moment erscheint es ihr sogar töricht, hierherzukommen und darauf zu hoffen, dass Felix Siedemann eine gute Nachricht bereithielte. Hätte er neue Erkenntnisse gehabt, hätte er sie, Ursulas Mutter, ganz gewiss sofort darüber informiert.

Metha räuspert sich und spricht den Satz, den sie sich zurechtgelegt hat, trotzdem aus: »Guten Tag Herr Siedemann, ich wollte mich erkundigen, ob Sie Nachricht von Ursula erhalten haben.«

Nun wird sein Blick noch ein wenig ernster, und erst jetzt fällt Metha auf, wie erschöpft Felix aussieht. »Nein, Frau Markwitz, es tut mir leid, aber ich habe, seitdem

sie verschwunden ist, nichts von Ihrer Tochter gehört.«
Dann senkt er seinen Kopf und schaut auf seine Hände,
die er vor sich auf dem Tresen übereinandergelegt hat,
und sagt mit leiser Stimme: »Und wenn ich ehrlich sein
soll, dann muss ich Ihnen sagen: Ich glaube mittlerweile auch nicht mehr daran, dass wir sie jemals zurückbe-
kommen werden.« Unsicher streicht er mit seiner rechten Hand zweimal über die Kante des Tresens und fährt
dann mit so leiser Stimme fort, dass Metha ihn kaum
verstehen kann: »Jedenfalls nicht lebend, denn ich spüre, dass ihr etwas Schlimmes zugestoßen ist.«

Metha ist fassungslos. »Aber …!«, hebt sie an, um
dann eine Pause zu machen, in der sie ihre Entrüs-
tung zu zügeln versucht. Die Mutlosigkeit des jungen
Siedemann verärgert sie. Was erlaubt der sich, ihr eine
solche Ungeheuerlichkeit geradeheraus ins Gesicht zu
sagen? Es gelingt ihr, sich zu beherrschen, drei tiefe Atemzüge mit zusammengepressten Lippen, dann
fährt sie fort: »Aber was reden Sie denn da? Das ist
doch Unsinn. Ich bin fest davon überzeugt, dass Ursula zurückkommen wird. Ganz sicher wird sie das, was
sollte ihr denn geschehen sein? Wer sollte ihr denn etwas Böses angetan haben? Nein, nein, junger Mann,
nun werfen Sie die Flinte mal nicht gleich ins Korn.
Sie wird wieder auftauchen. Das ist es, was ICH spüre,
ach, was sage ich, ich WEISS es. Als Mutter fühlt man
so etwas!«

Offenbar überrascht von ihrem robusten Auftreten
schaut Felix sie an. »Ich hoffe, Sie werden recht behalten«, sagt er, und in seinem Blick zeigt sich jetzt ein
kaum wahrnehmbarer Funke Zuversicht. »Es wäre das

größte Glück auf Erden für mich, wenn Sie recht behalten würden. Sie müssen wissen, ich liebe Ihre Tochter sehr, ich wollte um ihre Hand anhalten, und wenn ich sie nun auf solch tragische Weise verlöre, dann wäre das eine weitere Tragödie, die mir in diesen Tagen das Leben vergällt.«

Metha stutzt, doch sie möchte nicht aufdringlich erscheinen, darum schweigt sie. Felix Siedemann scheint unsicher, verlegen schaut er an ihr vorbei ins Leere, seine Hände ruhen wieder übereinandergelegt vor ihm auf dem Tresen, als er schließlich doch zu reden beginnt. Es habe einen heftigen Streit zwischen seinen Eltern gegeben, berichtet er mit leiser Stimme. Es sei um Ursula gegangen, sein Vater teile die Sorge um sie, während seine Mutter keinerlei Mitgefühl gezeigt habe.

»Sie ist, wie soll ich sagen, gegen unsere Beziehung. Sie sagt, sie werde niemals erlauben, dass Ursula als meine Frau in dieses Haus kommt. Wegen ihrer ständigen Ausbrüche gegen Ursula hegt mein Vater schlimmste Vermutungen im Zusammenhang mit Ursulas Verschwinden gegen meine Mutter.«

»Aber das ist doch Unsinn!«, bricht es aus Metha heraus. Nie wäre sie auf den Gedanken gekommen, Hertha Siedemann könne etwas mit Ursulas Verschwinden zu tun haben. Wie kann der alte Siedemann seiner Frau nur so etwas unterstellen!

»Der Streit ist so weit eskaliert, dass mein Vater unglücklich zu Boden gestürzt ist und meine Mutter wutentbrannt das Zimmer verlassen hat.«

Die an der Kommode über den am Boden liegenden Vater zersplitterte Weinflasche erwähnt Felix nicht.

»Seither haben sie kein Wort mehr miteinander gesprochen, einen derart heftigen Streit zwischen meinen Eltern habe ich noch nie erlebt. Ich weiß nicht, wie es mit ihnen nun weitergehen soll. Beide scheinen unversöhnlich zu sein.«

Während Felix unten in der Apotheke, in der schon sein Großvater hinter dem Tresen gestanden hat, mit Metha Markwitz redet, sitzt Hermann Siedemann eine Etage über ihnen im Wohnzimmer in seinem Lieblingssessel. Hierhin hat er sich nach dem Streit mit Hertha zurückgezogen. Nachts schläft er auf dem ausladenden Sofa, den Tag verbringt er abwechselnd im Sessel sitzend oder am Fenster stehend. Nur um das Bad oder die Toilette aufzusuchen, verlässt er den Raum. Bei dem Sturz vor fast zwei Wochen hat er sich eine Prellung am Oberschenkel des gesunden Beines zugezogen. Noch immer schimmert die Haut grün und blau, und wenn Felix die Stelle befühlt, durchfährt ihn ein stechender Schmerz. Ein Splitter der zerborstenen Weinflasche hatte ihn an der Schläfe verletzt, doch auch die hat Felix versorgt. Nachdem er die Schnittwunde desinfiziert und unter einem großen Heftpflaster fest zusammengezogen hatte, hat er ihm noch einen Kopfverband angelegt. Mittlerweile ist die Wunde gut verheilt, und Hermann ist froh darüber, dass sie keinen Arzt zu Hilfe ziehen mussten.

Seit dem Streit mit Hertha hat er sie nicht mehr gesehen. Sie gehen sich aus dem Weg, das Haus ist dafür groß genug. Wie gewohnt bereitet sie die Mahlzeiten zu, wovon Felix seinem Vater jeweils eine Portion im Wohnzimmer serviert. So hat Hermann es verlangt, keinen weiteren Kontakt, kein weiteres Wort, jede Gemeinsamkeit ist seit jenem Sonntag für Hermann erloschen. Dabei ist es ihm völlig gleichgültig, dass er ihr das Haus überlässt, im Wohnzimmer mangelt es ihm an nichts. Hier sitzt er in seinem Sessel und denkt nach, über ihren Streit, über ihre Ehe, über ihr gemeinsames Leben, und sein Fazit ist niederschmetternd. Längst ist die Trauer über ihr Verhalten ihm gegenüber einer heftigen Wut gewichen: die Wut über Herthas abweisendes, gleichgültiges Benehmen und darüber, dass er die schleichende Veränderung seiner einst warmherzigen Frau hin zu einem boshaften Wesen nicht registriert hat. Oder war sie in Wahrheit niemals so warmherzig, wie er sich ihrer erinnert? Längst sind Zweifel in ihm erwacht. Für ihn stand die Apotheke an erster Stelle, sie war sein Lebensinhalt, sein Lebenszweck. Hat er Hertha darüber vernachlässigt? Hat er sie überhaupt jemals richtig gekannt? Manches Mal geraten seine Gedanken derart durcheinander, dass er sich des Chaos' in seinem Kopf nur mit Hilfe des Rotweins zu erwehren weiß. Dann leert er das Glas in einem Zug und füllt es gleich danach wieder auf. Er trinkt zu viel in den letzten Tagen, er weiß es, doch der Alkohol hilft ihm dabei, ruhig zu bleiben. Wenn nur diese ständige Übelkeit nicht wäre. Sein Konsum von Natronpulver ist enorm, doch damit fühlt er sich besser – wenn auch nur für kurze Zeit.

Sein Entschluss steht fest, er wird Hertha verlassen. Sobald wie möglich wird er zu seiner Schwester nach Aachen ziehen. Gestern hat er ihr einen Brief geschrieben, in dem er sie gebeten hat, bis auf Weiteres in ihrem Haus wohnen zu dürfen. Sie wird ihm seine Bitte nicht verwehren, dessen ist er sich sicher. Sobald ihre Antwort eintrifft, wird Felix ihn nach Aachen bringen.

Die Apotheke und das Haus wird er Felix überschreiben, Hertha soll lebenslanges Wohnrecht erhalten, sonst nichts. Felix kümmert sich um einen Termin bei ihrem Notar, das alles möchte Hermann Siedemann so rasch wie möglich erledigt wissen, damit er das Kapitel Hertha und alles, was mit dieser Person zusammenhängt, für immer hinter sich lassen kann.

15. KAPITEL

Unter der Plane

S o eine Scheiße.«
Vornübergebeugt steht Goswin Pröll mit den Händen
auf seine Knie gestützt da und blickt auf den leblosen
Körper hinab. Sein Atem geht stoßweise, Schweißperlen
stehen auf seiner Stirn.

»So eine verdammte Scheiße!«

Er zögert einen Moment, dann streckt er seinen rechten Arm aus und streicht das glanzlose, vom Schweiß
verklebte Haar aus Ursulas Gesicht, ihre Augen sind geschlossen, der Mund steht weit offen.

»Scheiße, Scheiße, die ist hin.«

Prüfend lässt er seinen Blick über Ursulas Körper gleiten, es besteht kein Zweifel, die Markwitz ist tot. Die
Leiche sieht furchtbar aus, Arme und Beine unnatür-
lich verdreht, die Haut so trocken wie Papier, dunkel
verfärbt und mit Wunden übersät. Ein widerlicher Gestank steigt ihm in die Nase, weshalb er sich aufrich-
tet und einen Schritt zurückweicht. Unsicher schaut er
sich um, eben hat die Kirchturmuhr drüben im Dorf zu
Mittag geläutet, niemand ist zu sehen, er ist allein hier
mit der Toten auf der Schutthalde. Sein erster Impuls
ist, sich aus dem Staub zu machen. Wenn mich hier je-

mand sieht, hängen sie mir die Schweinerei an, schießt es ihm durch den Kopf. Schon will er zurück zu seinem Haus hasten, doch er zögert, er kann Ursula auf gar keinen Fall hier liegen lassen. Man wird sie finden, ganz sicher wird man sie sehr bald schon finden, und dann wird man zu ihm kommen. Vermutlich hat die alte Markwitz jedem im Dorf erzählt, dass er sich an sie und Ursula herangemacht hat. Das er ihnen aufgelauert hat, sie heimlich beobachtet hat. Wenn er doch bloß nicht so viel gesoffen hätte in letzter Zeit. Ausgerechnet heute muss er die Markwitz so nahe bei seinem Haus tot auffinden. Pröll versucht, seine Gedanken zu ordnen, kämpft gegen die aufsteigende Panik an. Sein Kopf schmerzt.

»So eine gottverdammte Scheiße!«, brabbelt er noch einmal vor sich hin. Unschlüssig starrt er die Leiche an, er muss ruhig bleiben, darf jetzt nur nicht die Nerven verlieren. Wieder schaut er sich um, schaut hinüber zur Nissenhütte, dann hat er einen Entschluss gefasst. Die Leiche muss von hier verschwinden, sofort. Er wird sie verstecken oder vergraben oder verbrennen, das wird sich ergeben, nur verschwinden muss sie, und zwar spurlos. Sollen sie nur weiter nach Ursula suchen, sollen sie ruhig noch länger darauf warten, dass sie zurückkommt. Er muss nur geduldig sein, irgendwann werden sie all ihre Hoffnungen aufgeben und zu dem Schluss gelangen, dass Ursula sich aus dem Staub gemacht hat. Weil ihr das Leben in der Blechbude zu langweilig geworden ist. Weil sie hinaus in die Welt wollte, in einer großen Stadt leben wollte, wo es so unendlich viele Möglichkeiten für eine so schöne Frau wie Ursula gibt. Und bald schon wird Gras über die Sache gewachsen sein, und niemand wird ihn behelligen.

Ein letztes Mal schaut er sich prüfend um, er ist aufgewühlt, doch immer noch ist weit und breit niemand zu sehen, darum packt er die Tote jetzt an beiden Armen, um sie hinüber zu seinem Haus zu schleifen. Nach wenigen Schritten fällt ihm ein, dass die Schleifspuren ihn verraten werden. Den Gedanken, sie in der Schubkarre fortzuschaffen, verwirft er gleich wieder. Er muss rasch handeln; nach Haus laufen und die Karre holen, würde zu viel Zeit in Anspruch nehmen. Er wird das Weibsstück tragen müssen. Ein wenig wackelig auf den Beinen, gelingt es Goswin Pröll dennoch, die Tote ohne große Anstrengungen aufzunehmen. Ein kräftiger Ruck, dann liegt sie sicher über seiner rechten Schulter.

Er versucht, seinen Schritt zu beschleunigen, doch sein Tritt ist unsicher, sein rechtes Bein schmerzt. Hin und wieder stoßen seine Schuhe gegen Gesteinsbrocken, gegen die hervorstehenden Enden alter Holzbalken. Sein Hosenbein verheddert sich in einem Knäuel rostigen Drahts, bis er endlich den Weg erreicht hat und gleich darauf hinter seinem Haus verschwindet. Schwer atmend bleibt er stehen. Wohin mit ihr, fragt er sich, während er seinen Blick über den staubigen Hof streifen lässt. Durch den dünnen Stoff ihres Kleides spürt er Ursulas Körper. Das Fleisch ihrer Schenkel ist fest, ihr Busen drückt gegen sein Schulterblatt. Sein Blick fällt auf den Haufen Backsteine neben dem Hühnerstall, dorthin geht er nun und lässt die Tote wie einen Sack Mehl von seiner Schulter gleiten. Rücklinks liegt sie vor ihm. Die Berührung hat ihn erregt, nur der dünne Stoff des Kleides war noch zwischen ihren Körpern, und nun liegt sie hier vor ihm. Er hebt das blau und rot und gelb gemusterte Kleid an, schiebt es hoch bis zum Bauch. Ihr Schlüpfer ist versaut, die Tote verströmt einen wirklich ekelhaften Geruch. Goswin Pröll zögert, dann schluckt er trocken, zerrt grob an dem Kleid herum, bis es wieder bis zu den Knien reicht, und wendet sich dann ab.

Leicht benommen geht er hinüber zur Rückseite des Hauses, steht dort im Schatten an die Wand gelehnt und schaut hinüber zu dem Haufen rotbrauner Backsteine, aus dem das bunte Kleid hervorsticht. Er muss sie vergraben. Am besten gleich dort, neben den Backsteinen, die Stelle könnte er anschließend mit Steinen bedecken, und alle Spuren wären mit wenig Aufwand verwischt. Doch nicht jetzt, für heute hat er genug Scherereien gehabt. Außerdem ist es viel zu heiß. Er sollte warten, bis es am Abend kühler geworden ist.

Träge geht er hinüber zum Schuppen neben dem Hühnerstall, dort hat er die alte, imprägnierte Baumwollplane verstaut, die von der Wehrmacht damals im Dorf zurückgelassen wurde. Mit den Jahren ist die Plane ziemlich steif geworden und von einer dicken Staubschicht bedeckt, doch mit einiger Mühe und begleitet von derben Flüchen gelingt es Goswin, sie so über die Leiche zu drapieren, dass diese vollständig bedeckt ist. Zur Sicherheit beschwert er die Plane noch mit einigen Backsteinen, dann ist seine Energie für diesen Tag restlos verbraucht. Nichts mehr wird er tun. Nicht an diesem Tag, nicht bei dieser Hitze. Morgen, am frühen Vormittag, wenn es noch ein wenig kühler ist, dann wird er ein Loch graben und das Weibsstück darin verschwinden lassen. Zufrieden betrachtet er die Plane. Sein Kopf funktioniert also doch noch, noch sind seine Gehirnzellen intakt. Trotz der täglichen Sauferei. Ein verschmitztes Grinsen huscht über sein Gesicht, zufrieden und stolz streift er sich die schmutzigen Hände an der Hose ab, morgen zu dieser Stunde wird er sich schon eines riesigen Problems entledigt haben.

Darauf sollte er einen Schluck trinken, den hat er sich wahrlich verdient, und ohne sich noch einmal umzuschauen, geht er ins Haus, wo die Flasche Korn auf dem Wohnzimmertisch schon auf ihn wartet.

Langsam kommt das Gespann zum Stehen, die Bremsen quietschen.

»Hermann!« Laut ruft Franz Kadenbach über die Straße und winkt seinen Freund zu sich heran. »Gut, dass ich dich hier treffe, wollte schon nach dir schicken. Wir haben etwas zu besprechen.«

Hermann Feinbein schaut fragend zum Kadenbach hinauf, der am Steuer seines Traktors sitzt und ziemlich aufgeregt zu sein scheint. Umständlich steigt der jetzt zu Feinbein herunter, zieht ihn ein wenig fort vom tuckernden Motor des Hanomags, an dem der große Hänger vollbeladen mit gedroschenem Getreide hängt, und tritt dann nahe an seinen schmächtigen Freund heran.

»Es ist etwas Schreckliches geschehen. Ich bin immer noch völlig durcheinander, aber sei unbesorgt, ich habe alles Nötige getan«, raunt er ihm zu.

Es ist später Nachmittag, Feinbein befindet sich auf dem Weg nach Hause, und Kadenbach ist froh, ihn hier zu treffen, noch vor den ersten Häusern des Dorfes, wo sie niemand sieht.

»Was gibt es denn so Wichtiges zu bereden?« Feinbein ist verunsichert.

»Es ist wegen der Ursula. Ich habe sie gefunden, sie ist tot. Kannst du dir das vorstellen? Ich habe sie gefunden, in meinem eigenen Schuppen lag sie. Gestern Nachmittag war ich dort, sie lag einfach da und war tot.«

Jetzt wird Feinbein blass, noch blasser als sonst erscheint seine Gesichtshaut, als würde sich auch der letzte Tropfen Blut daraus zurückziehen. Für einen kurzen Moment bleibt es still zwischen den beiden Männern. Nur das Rauschen der Blätter an den sich sanft im heißen Sommerwind wiegenden Ästen der Bäume hinter ihnen ist zu hören, begleitet vom gleichmäßigen Tuckern des Hanomags.

Dann findet Feinbein seine Sprache wieder. »Aber das ist doch nicht möglich! Tot? Ich dachte, die sei verschwunden ...«

»War sie ja auch, bei mir im Schuppen war sie. Angekettet wie ein Hund lag sie da und war tot.«

Feinbein scheint immer noch nicht zu verstehen. Die Ursula war in Kadenbachs Schuppen, angekettet, und nun ist sie tot? Er versucht, das Gesagte zu begreifen.

Franz Kadenbach fährt fort: »Ich bin gestern hinaus zu meinem Schuppen gefahren, drüben, im Heidefeld, wollte den Hänger holen, den großen«, dabei deutet er auf den Hänger hinter sich. »Ich war schon fast wieder draußen, als mich so ein sonderbares Gefühl überkam. Ich bin dann hinauf in die alte Rumpelkammer gestiegen, und da hab ich sie gefunden. Tot am Boden lag sie, ich habe sofort gesehen, dass sie tot war. Zuerst wollte ich gleich wieder verschwinden, doch dann hab ich nachgedacht, und nachdem ich mich etwas beruhigt hatte, hab ich nach dem Schlüssel für das Schloss an der Kette um ihre Fußgelenke gesucht. Er hing an einem Nagel neben der Tür, war ganz leicht zu finden. Ich hab die Ursula losgemacht und hinuntergetragen. Unten hab ich sie auf den Hänger bugsiert, mit den Säcken zugedeckt, und dann bin ich losgefahren. Zu Hause hab ich sie da gelassen, wo sie war, wer sollte sie auf dem Hänger finden? Heute Morgen, in aller Herrgottsfrühe hab ich sie auf die Schubkarre gepackt und sie hinaus bis zur Schutthalde geschoben, dort hab ich sie hingelegt, niemand hat mich gesehen, und zu Hause hat auch niemand etwas bemerkt.« Jetzt macht Franz Kadenbach eine Pause. Forschend betrachtet er Feinbeins Gesicht. »Verstehst du, was das bedeutet, Hermann? Verstehst du, dass ich uns jede Menge Ärger erspart habe mit dem, was ich getan habe?«

»Du hast sie auf den Müll geworfen? Die Ursula? Ihre Mutter wartet völlig verzweifelt auf ein Lebenszeichen von ihr, und du wirfst das Mädchen einfach auf den Müll?« Feinbein spricht lauter jetzt, Entsetzen liegt in seiner Stimme.

»Sprich nicht so laut, Dummkopf. Das war die beste Lösung, glaub mir.«

»Die beste Lösung? Das kannst du doch nicht machen, die Ursula … Und wieso war sie tot? Ich verstehe das alles nicht, Franz?«

Entschlossen packt Hermann Kadenbach den Feinbein am Arm, zieht ihn zu sich heran und raunt ihm mit fester Stimme ins Ohr: »Es war die beste Lösung. Denk doch mal nach, ich habe die Leiche sozusagen direkt vor der Haustüre vom Pröll abgelegt! Verstehst du? Goswin Pröll! Weiß doch jeder, was das für einer ist. Sie werden sie finden, bestimmt schon bald, und dann werden sie zuallererst den Pröll verdächtigen.

Und wer weiß, vielleicht hat er sie ja sogar tatsächlich umgebracht. Dem Schwein traue ich alles zu.«

Überlegen schaut Kadenbach Hermann Feinbein an. Das war doch nun wirklich ein genialer Schachzug von ihm, warum will der Feinbein das nicht einsehen? Anstatt sich zu beruhigen und sich vielleicht sogar bei ihm zu bedanken, macht der immer noch ein Gesicht, als stünde der Leibhaftige persönlich vor ihm.

Aufgeregt tritt Feinbein von einem Bein auf das andere, seine Augenlider zwinkern nervös. In seinem Kopf wirbeln die Gedanken durcheinander, dann legt er die Stirn in Falten und sagt, wie von ihm verlangt, im Flüsterton: »Aber du hast doch gesagt, der Martin würde hinter dem Verschwinden von Ursula stecken, wieso jetzt der Pröll? Und wer hat sie getötet? Franz! Ich verstehe nicht … Dann hättest du den Martin doch ganz umsonst erschlagen?«

Von einer Sekunde zur anderen wechselt Franz Kadenbachs Gesichtsausdruck. Puterrot angelaufen, mit weit aufgerissenen Augen, brüllt er los: »Was sagst du da? Ich soll den Trottel erschlagen haben? Sag das noch einmal, und ich polier dir die Fresse! DU hast den ersten Schlag getan. DU hast ihn zu Boden gestreckt. Ich habe gar nichts gemacht, ich habe nichts damit zu tun. Ihr drei habt wie die Irren auf Martin eingedroschen, mit den verdammten Holzscheiten! Scheiße noch mal, dabei konnte er doch nur draufgehen. Nimm dich bloß in Acht bei dem, was du sagst, Hermann!« Drohend hebt Franz Kadenbach seinen ausgestreckten Zeigefinger, umklammert das schmale Kinn Feinbeins mit seiner linken Pranke und bohrt ihm dann den Zeigefinger in die Wange.

Der versucht zurückzuweichen, stößt gegen die Wand des Anhängers, schlägt nach Kadenbachs Hand, doch der Finger bohrt sich nur noch tiefer in die Wange hinein, bis Feinbein den metallischen Geschmack von Blut in seinem Mund spürt. Mit einem kräftigen Ruck gelingt es ihm, sich aus der Umklammerung zu befreien.

»Bist du wahnsinnig geworden? Du Arschloch! Das kannst du nicht mit mir machen!«

»Noch viel mehr werde ich mit dir machen. Wenn du irgendjemandem auch nur ein falsches Wort erzählst, dann wirst du mich kennenlernen. Dann hänge ich dir die ganze Scheiße an, und du gehst in den Knast dafür.«

»Pah! Vor dir habe ich keine Angst, Kadenbach, vor dir nicht!« Eine Hand auf die verletzte Wange gepresst, richtet sich Hermann Feinbein drei Schritte von Kadenbach entfernt auf. Trippelt unruhig auf der Stelle. »Vor drei Tagen verbrennt der Milchmann in seiner eigenen Molkerei, und jetzt tischst du mir hier solche Märchen auf. Die Ursula gefunden! Wer soll das glauben? Ich glaube dir kein Wort, und eines sage ich dir, Kadenbach, ich werde meine Schnauze halten, ich sage nichts, solange man mich in Ruhe lässt. Aber wenn sie zu mir kommen, wenn sie mich verdächtigen, dann packe ich aus, und dann bist DU dran!«

»Ob du mir glaubst, interessiert mich nicht! Halt die Schnauze, und mach dich nicht verdächtig, dann wird schon alles gut gehen.«

Mit schmerzverzerrtem Gesicht spuckt Feinbein einen Schwall Blut aus. Noch einmal kreuzen sich ihre Blicke, Wut und Feindseligkeit blitzen in ihnen auf. Es bedarf keiner weiteren Worte, es ist alles gesagt, von nun an geht jeder seiner eigenen Wege.

Langsam wendet Franz Kadenbach sich ab, will wieder zurück zu seinem Hanomag gehen, doch dann hält er inne. Noch einmal dreht er um. »Und kein Sterbenswort zu Kabelke! Haben wir uns verstanden?«

Feinbein spukt erneut aus, schaut noch einmal auf und wendet sich dann ohne jede weitere Regung ab.

Die Sonne steht bereits hoch am Himmel, als Goswin Pröll am nächsten Morgen aufwacht. Das zerwühlte Plumeau liegt auf dem Boden neben dem Bett. Weil das Fenster in seinem Schlafzimmer geschlossen ist, schwitzt er bereits zu dieser frühen Stunde. Schwerfällig richtet er sich auf. Er fühlt sich miserabel, sein Rücken schmerzt, als er versucht, auf die Beine zu kommen, der allmorgendliche Schwindel zwingt ihn dazu, sich an der Kommode abzustützen. Mit trübem Blick schaut er zum Fenster hinaus in den Hof. Alles wie immer. Schon will er hinüber in die Küche gehen, um seinen heftigen Durst am Wasserkran zu stillen, als sein Blick auf die Plane fällt. Die Ursula, schießt es ihm in den Kopf, ich wollte sie vergraben, heute Morgen!

Nachdem er seinen Durst gelöscht hat, tritt er vor das Haus, wo ihm die trockene Hitze entgegenschlägt, die sich seit Tagen schon über das Land gelegt hat. Er müsste hinübergehen und die Leiche versorgen, er weiß es, doch er kann sich nicht überwinden. So früh am Tag schon irgendeine Arbeit zu verrichten, ist Goswin Pröll nicht gewohnt. Noch dazu bei dieser Hitze. Nichts deutet darauf hin, dass unter der Plane ein Mensch liegt, er kann also beruhigt sein, die Plackerei hat Zeit bis heute Abend, bis es vielleicht etwas kühler geworden ist. So wird er es halten, heute Abend verschwindet die Ursula auf immer in einem tiefen Loch, nicht jetzt. Heute Abend, ganz sicher.

Es ist bereits später Vormittag, als sich Sofia Henschenmacher auf den Weg macht. Sie will Kräuter sammeln, das Johanniskraut hat schon geblüht, jetzt ist es reif für die Ernte. In jedem Jahr stellt die Henschenmacher aus dem Kraut ihr Rotöl her, das sie in Flaschen abgefüllt in ihrer Vorratskammer lagert. Der Tee vom Johanniskraut schmeckt ihr nicht, er ist ihr zu bitter, doch das Öl, das ist ihr seit jeher ein wichtiger Helfer bei vielen Leiden. In ihrem ärmellosen Arbeitskittel, ein Kopftuch gegen die Hitze vor der Stirn verknotet, so schlurft sie jetzt in ihren schiefgelaufenen Arbeitsschuhen den staubigen Weg entlang, der sie aus dem Dorf hinausführt. Seit ihrer Kindheit, als ihre Mutter sie in die Geheimnisse der Natur eingewiesen hat, weiß sie, an welchen Plätzen die besten und kräftigsten Pflanzen zu finden sind. Der Boden, auf dem das Kraut gut gedeiht, sollte trocken sein, niemals zu fett oder zu sauer, gerade so, wie er oben auf der Höhe vorzufinden ist, dort, wo die Äcker der Bauern vor dem Wald liegen.

Sie passiert die Nissenhütten, die in der Sonne glänzen. Seit ihrem gemeinsamen nächtlichen Ausflug hinauf in den Wald hat sie nicht mehr mit Metha Markwitz gesprochen. Dahinter liegt die Schutthalde, auf der sich mehr und mehr Müll ansammelt. Sogar jetzt, am helllichten Tag, wagen sich die Ratten aus ihren Löchern, um nach Essensresten zu suchen. Vor dem Haus, in dem nun Goswin Pröll alleine lebt, bleibt Sofia Henschenmacher stehen. Weil sie spät dran ist, hat sie sich beeilt, nun muss sie ein wenig verschnaufen. Ihre Füße sind geschwollen und schmerzen in den geschnürten Schuhen. Auf Höhe der Hofeinfahrt verharrt sie im Schatten der Hauswand, ein Fenster im Haus steht offen, niemand ist zu sehen, als wären sie verlassen, liegen Haus und Hof vor ihr. Als sich ihr Pulsschlag wieder normalisiert hat, tritt sie aus dem Schatten heraus und ist gerade im Begriff weiterzugehen, als der Wind den Geruch zu ihr herüberweht. Es ist der Geruch von Verwesung.

Unten in Ännes Laden muss Sofia Henschenmacher sich an der Theke festhalten. So schnell sie konnte, ist sie den Weg wieder zurück ins Dorf gegangen, jetzt ist sie am Ende ihrer Kräfte.

»Was willst du?«, fragt die Änne mit mürrischem Blick.

»Ich muss telefonieren«, bringt Sofia Henschenmacher keuchend hervor. »Ich habe eine furchtbare Entdeckung gemacht, ich muss sofort nach der Polizei rufen.«

Seit dem Brand in Behnkes Molkerei geht niemand mehr dorthin, um ein Telefonat zu führen. Man will Anneliese Behnke nicht belästigen nach dem furchtbaren Schicksalsschlag, den sie erlitten hat. Im ganzen Dorf gibt es nur sechs Telefonanschlüsse, und weil jeder die Änne kennt, gehen alle zu ihr, wenn sie ein Telefonat führen müssen.

Bei dem Wort Polizei wird Änne neugierig. »Was ist denn geschehen, Sofia? Du bist ja ganz blass, natürlich, die Polizei, komm nur, das Telefon steht gleich hier.«

Eifrig tritt sie beiseite, weist der Henschenmacher den Weg in den Flur, wo auf der Kommode das schwarze Telefon steht.

Beim Eintreffen des Streifenwagens sitzt Sofia Henschenmacher kreidebleich auf einem Stuhl im Flur, kalte Schweißperlen stehen auf ihrer Stirn. Die Änne hat ihr ein Glas Wasser hingestellt, dann musste sie zurück in den Laden. Seitdem ist eine volle Stunde vergangen, und Änne hat sich sehr zusammennehmen müssen, den beiden Kundinnen, die seitdem in ihrem Laden waren, die Neuigkeit nicht sofort auf die Nase zu binden. Die Polizei hatte ihnen, der Henschenmacher und ihr, aufgetragen, mit niemandem darüber zu reden, bevor sie sich der Sache angenommen hätten. Doch jetzt ist die Polizei da, und nun werden sie alle es erfahren. Das Entsetzliche, das sich im Dorf zugetragen hat.

Nachdem der Streifenwagen vorgefahren ist, drängeln sich einige Frauen und Kinder an das Schaufenster und versuchen, vorbei an der Konservenpyramide, einen Blick auf das Geschehen im Inneren des Ladens zu erhaschen. Aber Sofia Henschenmacher wird immer noch im Flur auf dem Stuhl sitzend vernommen. Dann muss sie den Polizisten folgen, sie können es ihr nicht ersparen. Sie muss mit ihnen hinausfahren und sie an den Fundort der Leiche führen. Mit hohem Tempo braust der Streifenwagen über die Dorfstraßen, draußen auf dem Weg hin zu Prölls Haus zieht er eine breite Staubfahne hinter sich her, durch die ihm einige Dorfbewohner auf ihren Fahrrädern oder auch zu Fuß folgen.

Ohne Vorwarnung stürmen die beiden Polizisten mit gezogenen Dienstpistolen das Haus. Es gelingt ihnen, den völlig überraschten Goswin Pröll auf seinem Küchensofa schlafend zu überrumpeln. Sie reißen ihm die Arme auf den Rücken und legen ihm Handschellen an, dann helfen sie ihm, auf die Beine zu kommen. Pröll torkelt, steht dann da in seinem schmutzigen Unterhemd, schwankend, in seiner speckigen, ausgebeulten Hose, in seiner ganzen erbärmlichen Verkommenheit, und weiß nicht, wie ihm geschieht. Es fällt ihm schwer, ruhig zu stehen, sein Kreislauf rebelliert, bis ihm einer der Polizisten befiehlt, sich auf einen der Küchenstühle zu setzen und sich ruhig zu verhalten. Dann geht sein Kollege hinaus in den Hof, wo die Henschenmacher steht und stumm auf die Plane weist. Der Polizist nähert sich der angedeuteten Stelle mit gezogener Waffe. Mit dem rechten Fuß stößt er gegen die Plane, einmal, zweimal, dann steckt er seine Waffe zurück in das Holster und hebt sie hoch.

16. KAPITEL

Gärende Maische

Als weitere Polizisten am Fundort der Leiche eingetroffen sind, schickt man nach Metha Markwitz,
sie muss kommen und ihre Tochter identifizieren. Die
Kollegen wirken ein wenig hilflos, als sie vor der Nissenhütte der völlig überraschten Metha gegenüberste-
hen. Ihre Ansprache ist wenig sensibel, was gesagt
werden muss, wird gesagt. Zwar hört Metha die Worte, doch zunächst realisiert sie deren Bedeutung nicht.
Der Wortführer schaut sie schweigend an, wartet, bis
Methas Gehirn die Blockade aufgibt und die furchtbare Wahrheit, begleitet von einem stechenden Schmerz,
mitten in Methas Herz hineinkatapultiert. Der gellende
Schrei scheint die Polizisten nicht zu berühren. Ihr Beruf zwingt sie, auch solche Momente mit stoischer Ruhe
über sich ergehen zu lassen. Erst als Metha die Beherrschung zu verlieren droht, erst als sie völlig aufgelöst
in ihrer Wohnküche auf und ab läuft, sich dabei immer
wieder unter lautem Wehklagen die Hände vors Gesicht
schlägt, erst dann treten sie näher und versuchen sie zu
beruhigen.

»Na, nun kommen Sie erst mal mit uns mit«, sagt der
Wortführer, »je schneller Sie das hinter sich bringen,

umso besser ist es für Sie«, fährt er fort und greift nach ihrem Oberarm.

Und plötzlich bleibt Metha wie angewurzelt stehen. Mit großen Augen blickt sie die beiden Polizisten an, als sähe sie die Männer zum ersten Mal in ihrem Leben. Plötzlich scheint sie sich wieder unter Kontrolle zu haben. Sie fährt sich mit der Hand durch das Haar, streicht ihren Rock glatt, räuspert sich und sagt mit fester Stimme: »Nun gut, meine Herren, gehen wir.«

Kerzengerade steht sie kurze Zeit später in dem schäbigen, von der Sonne durchfluteten Hof, hinter dem schäbigen Haus des Prölls, und blickt mit versteinerter Miene auf den schäbigen Haufen Mensch herab, der vor Kurzem noch ihre wunderschöne Tochter Ursula gewesen ist. Sie wird sich keine Blöße geben, nicht hier, nicht vor all den Leuten. Fremde Männer, allesamt Polizisten aus der Stadt, umringen sie. Hinter der niedrigen Grundstücksmauer drängen sich die Dorfbewohner, alte und junge und Kinder, und Metha spürt ihre neugierigen Blicke in ihrem Rücken. Als Zeichen, dass sie Ursula wiedererkennt, nickt sie einmal, ein einziges Mal nur knapp mit dem Kopf. Ein Polizist geht ein paar Schritte zur Seite, bedeutet ihr, ihm zu folgen, und erklärt ihr den weiteren Verlauf der Ermittlungen.

Man werde sie nun nach Hause bringen. Wenn sie es wünsche, werde man einen Kollegen bei ihr lassen, ansonsten solle sie sich ausruhen und auf den Kriminalisten warten, der sie heute noch aufsuchen werde, um sie zu befragen.

Mit der gleichen aufrechten Haltung, mit der sie eben noch vor der Leiche ihrer Tochter gestanden hat, nach außen scheinbar völlig gefasst, das Gesicht zur ausdruckslosen Maske erstarrt, so verlässt sie diesen furchtbaren Ort. An der Nissenhütte angekommen, schickt sie den Polizisten fort. In dieser Stunde kann sie niemanden in ihrer Nähe ertragen, sie will alleine sein, und der Mann, noch sehr jung und sehr nervös, hebt erleichtert die Hand zum Gruß an seine Schirmmütze und macht sich eilig davon. Alleine in ihrer Wohnküche, bricht sie zusammen. Das Schluchzen kommt aus der Tiefe ihrer verletzten Seele. Es klingt wie der Schrei eines verletzten Tieres, als sie auf dem nächstbesten Stuhl zusammenbricht und der Schmerz und die unbändige Wut sich Bahn brechen.

Von dieser Stunde an wird sich ihr Leben grundlegend ändern. Metha Markwitz wird nicht mehr die Frau sein, die sie bisher gewesen ist. Verschwunden sind schon bald ihre Disziplin, ihre Beherrschtheit. All die reinen, die wahren Tugenden, die sie schon mit der Muttermilch aufgesogen hat und die sie ihr ganzes bisheriges Leben lang begleitet haben. An die sie sich geklammert hat: Ich bin ehrlich, bin gerecht. Ich werde ein guter Mensch sein, aufrichtig und treu. Wie ein Mantra hat sie diese Regeln in ihrem Bewusstsein wachgehalten, doch damit ist es ab heute vorbei. Wozu? Das Leben hat ihr alles genommen. Alles, was ihr lieb und wichtig war, und nun hat sie nichts und niemanden mehr, wofür es sich lohnt, tugendhaft zu bleiben. Vieles wird ihr von diesem Tag an lästig werden. Von nun an lässt sie sich gehen.

Sie öffnet keine Briefe mehr, der Brief vom Wohnungsamt, in dem sich der zugesagte Mietvertrag befindet, liegt ebenso verschlossen auf dem Küchentisch wie viele andere Briefe auch. Für sie wird es keine neue Arbeit in der Stadt geben, keine neue, helle Wohnung. Es wird keinen Bohnenkaffee mehr geben, dafür fehlt ihr von nun an das Geld. Von nun an gibt Metha ihr Geld für Zigaretten und Alkohol aus. Zunächst nur, um sich zu beruhigen, doch bald trinkt sie schon am Morgen, um sich für den Rest des Tages in eine andere Welt zu katapultieren. In der es weder Leiden noch Schmerz gibt, die ihr zunächst noch fremd erscheint. Ganz und gar unwirklich, einer Fata Morgana gleich, von der sie jedoch schon bald nicht mehr lassen will.

Prölls Haus wird durchsucht. Gleich nachdem man ihn fortgebracht hat, beginnt die Polizei mit der Spurensuche. War Ursula Markwitz bis zu ihrem Tod in diesem Haus? Gibt es Kampfspuren? Ist sie hier oder an einem anderen Ort zu Tode gekommen? Man weiß bereits, dass sie verdurstet ist und dass sie vergewaltigt wurde. Einzelheiten werden die weiteren Untersuchungen durch die gerichtliche Medizin ergeben. Jetzt kommt es darauf an, sich ein Bild vom Verdächtigen zu verschaffen: Was für ein Mensch ist er? Wie lebt er? Jedes Detail kann von Bedeutung sein, weshalb die Polizisten akribisch vorgehen. Die Wohnung präsentiert sich ihnen in verwahrlostem Zustand. Der üble Geruch nach Fäulnis und menschlichen Ausdünstungen hängt wie dichter Nebel in den Zimmern. Schmutziges Geschirr und Kochtöpfe, in denen die Essensreste von Schimmel überzogen sind, türmen sich in der Küche. Leere Flaschen liegen und stehen in großer Zahl um das abgewetzte Küchensofa herum.

Einer der Polizisten eilt zum Fenster und will es öffnen. »Zulassen!«, befiehlt ihm ein älterer Kollege, »zuerst muss hier alles untersucht sein.«

Im Schlafzimmer nimmt ihnen der Gestank die Luft zum Atmen. Der Nachttopf neben dem Bett ist bis zum Rand mit dunklem Urin gefüllt, die unlackierten Bodendielen ringsum sind durchfeuchtet. Starr vor Dreck liegt die zerwühlte Bettwäsche auf den durchgelegenen Matratzen, dichte Spinnweben hängen von der Decke herab. Nachdem sie eine Weile in der Wohnung gearbeitet haben, kommt jemand hinzu und berichtet, dass er draußen von einem der Dorfbewohner gehört habe, dass vor Kurzem die Frau des Verdächtigen in diesem Haus tödlich verunglückt sei. Genickbruch nach Sturz auf den Kohlenkasten. Es gibt also eine weitere tote Frau im Umfeld des Verdächtigen. Ist Prölls Frau wirklich bei einem Unfall gestorben? Oder gibt es möglicherweise einen Zusammenhang zwischen dem Tod der beiden Frauen? Der Fall wird komplizierter als gedacht. Sie müssen hier ganz behutsam vorgehen, nichts kann ausgeschlossen werden, dem Mann, der hier gelebt hat, ist nach Lage der Dinge alles zuzutrauen.

Während er also zunehmend verdächtig erscheint, findet sich Goswin Pröll im Zuchthaus in Aachen, eingesperrt mit fünfzehn anderen Häftlingen in einer Zelle wieder. Unter ihnen befinden sich Totschläger und Kindsmörder, und niemand interessiert sich für den erbärmlichen Zustand des Neuen in ihrer stickigen Zelle, der auf seiner Pritsche liegt und sabbernd und vor sich hin brabbelnd glaubt, den Verstand zu verlieren.

Am folgenden Sonntag besteigt Pfarrer Konrad Misseler wie in jedem Gottesdienst die Kanzel in der kleinen Dorfkirche. Niemand unter den Kirchgängern ist überrascht, die Nachricht über seine Rückkehr hat sich rasend schnell im Dorf verbreitet. Endlich ist der Hirte zu seinen Schafen zurückgekehrt, endlich, wo sich doch so viele schreckliche Dinge ereignen in diesem Sommer. Es ist wie ein Fluch, der sich unter dem Deckmantel einer Schönwetterphase über das Dorf gelegt hat. Da wirkt die Nachricht von der Rückkehr des Pfarrers geradezu wie eine Erlösung. Endlich ist der von allen geachtete Pfarrer Misseler wieder an seine Wirkungsstätte zurückgekehrt. Hierhin, wo er seit so vielen Jahren schon für die Gemeinde Gutes tut. Als Wächter über die Moral. Als Mahner bei leichtfertigem Verhalten. Als fürsorglicher Tröster in schweren Tagen. Als der Verkünder des Wort Gottes.

Freilich weiß niemand, was den Pfarrer bewogen hat zurückzukommen. Niemand weiß, dass Misseler einen Brief seines Bischofs in Aachen erhalten hat, in dem dieser ihn anweist, unverzüglich sein Amt wieder auszuüben. Ebenso weiß niemand, dass der Anlass für die bischöfliche Anweisung ein Brief des Kaplans gewesen ist, in dem der das Bistum über die seiner Meinung nach unhaltbaren Zustände im Pfarrhaus informiert hat. Am gleichen Tag, an dem Misseler in das Dorf zurückkehrt, wird der Kaplan mit sofortiger Wirkung in eine Pfarrei im fernen Kalterherberg versetzt.

Und auch an diesem Sonntag knarzen die alten Holzstufen wieder vernehmlich, das Gesicht ist wieder von der Anstrengung gerötet, als Misseler über der mit goldenem Muschelwerk verzierten Brüstung auf der Kanzel erscheint. Ein wenig verschnauft er noch, dann hebt er an: »Du sollst nicht töten!«

Allzu ausführlich lässt er sich aus über das fünfte Gebot und die Schwere der Schuld, die derjenige auf sich lädt, der es bricht. In den hinteren Bänken nickt an diesem Morgen niemand ein, weiter vorne sitzen die Frauen ebenfalls stocksteif in ihren Sonntagskleidern und lauschen aufmerksam mit gesenkten Köpfen und traurigen Blicken den Worten des Pastors. Noch weiter vorne, auf den Bänken für die Kinder, da hocken die Jungen und Mädchen, und sogar sie zählen heute einmal nicht aus Langeweile die roten *Is* und die blauen *Es* in dem Spruchband auf dem Triumphbogen über dem Chorraum.

Der Pfarrer auf der Kanzel weiß seine Worte wohl zu setzen. Er klagt die Mörder an, die für ihre Schuld zur Rechenschaft gezogen werden müssen. Er wirbt jedoch auch um Nachsicht für die armen, vom Bösen verführten Seelen. Die Unruhe jedoch, die sich seit Bekanntwerden der abscheulichen Ereignisse in die Dorfgemeinschaft hineingefressen hat, die lässt sich nicht mehr so leicht eindämmen. Nicht einmal durch die Worte des Pfarrers. Eine solche Aufregung hat es, seitdem die Kriegsfurie über sie hinweggefegt ist, nicht mehr gegeben. Es gärt in dem kleinen Dorf vor dem großen Wald. Gerüchte verbreiten sich rasend schnell. Verdächtigungen werden offen ausgesprochen. Hinter blütenweißen Gardinen zeichnen sich die Gesichter der Dörfler ab, die misstrauisch beobachten, was vor ihrer Haustüre geschieht. War die bis vor Kurzem noch von allen so verstandene homogene Dorfgemeinschaft vielleicht doch nur ein verhängnisvoller Trugschluss? War Goswin Pröll nicht immer schon der unheimliche, zu allem fähige Unmensch, als der er jetzt entlarvt wurde? Und dann der junge Schopp, hat es nicht genauso kommen müssen? Hat er es nicht verdient, wie ein räudiger Hund erschlagen zu werden? Und die Ursula, die allen Kerlen den Kopf verdreht hat, wenn sie neben ihrer Mutter durchs Dorf stolziert ist, wunderschön und unnahbar zugleich? Zeigte sie sich nicht eine Spur zu sehr eingebildet? Hat sie nicht genau das provoziert, was ihr angetan wurde?

Über diese Fragen wird gestritten im Dorf. Zwischen Ehepartnern, in den Familien, im Laden vor der Theke, hinter der die Änne steht und sagt, dass sie die Markwitz-Weiber noch nie gemocht habe, weil sie sich Gott weiß was auf ihre Schönheit eingebildet hätten. In der Gastwirtschaft wird gestritten, Männer brüllen sich an, wenn sie ein paar Biere zu viel getrunken haben. Einmal sogar hat der versoffene Kabelke nach einem Fausthieb auf dem Boden gelegen, nur weil er gesagt hat, dass im Grunde alle froh über den Tod des Dorftrottels sein sollten. Seitdem geht er dem Schläger aus dem Weg, wechselt hinüber auf die andere Straßenseite, wenn sie sich begegnen. So wie der Feinbein dem Kadenbach aus dem Weg geht und Theodor Schopp beharrlich jedem aus dem Weg geht, seit man Martin mit eingeschlagenem Schädel hinter seiner Scheune gefunden hat. Er ist davon überzeugt, dass der Mörder noch unentdeckt im Dorf herumläuft.

Alle gemeinsam gehen sie den Polizisten aus dem Weg, die fast jeden Tag im Dorf auftauchen. Niemand will ihnen über den Weg laufen, niemand möchte von den Kriminalisten befragt werden, die auch bei dieser Hitze ihre Krawatte niemals lockern. Weil man nichts Falsches sagen will. Nichts von dem ausplaudern möchte, was man gehört hat oder was man sich vorstellen kann. Doch die Polizisten bleiben hartnäckig, verwickeln die Leute zuerst in harmlose Gespräche, bis sie ihre Scheu ablegen und redselig werden. Dann haben sie die Leute genau da, wo sie sie haben wollen. Dann stellen sie Fragen, ganz konkrete Fragen, bohren nach, und immerzu kritzelt einer von ihnen auf seinem Schreibblock herum. Die Sache gleicht dem gängigen Katz-und-Maus-Spiel. Die Polizei lauert darauf, jemanden zum Reden zu bringen, und die Dörfler verschanzen sich hinter zähem Schweigen. Doch die Zeit spielt für die Polizei, es gärt im Dorf, und irgendwann wird die Maische aus Schweigen und Zusammenhalten überlaufen.

17. KAPITEL

All diese Toten

Der Termin beim Notar steht an. Früh am Morgen wird Felix ihn in die Stadt bringen, wo er einen Termin in der Kanzlei vereinbart hat, um sein Testament zu ändern. Dieser Schritt ist genauestens vorbereitet, alles wird genau so sein, wie er es haben will. Die Gewissheit, dass dann alle Formalitäten erledigt sein werden, lässt Hermann Siedemann zufrieden lächeln, es wird also ein Ende nehmen mit ihm und Hertha, er wird sie verlassen, jeder wird seiner Wege gehen. Er rechnet damit, dass sie gegen zehn Uhr am Vormittag wieder zurück sein werden, so lange bleibt die Apotheke geschlossen. Es muss schnell gehen jetzt, er will es so. Sein Entschluss ist unumstößlich. Auf sein Geheiß hat Felix seine Mutter über die geplante Fahrt in die Stadt und die sich daraus ergebenden Konsequenzen in Kenntnis gesetzt. Sie hat schweigend zugehört und dann, ohne ein weiteres Wort darüber zu verlieren, den Raum verlassen.

Die Nachricht von Ursulas Tod hatte Hermann bestürzt auf das Sofa niedersinken lassen. Bis zum Schluss hatte er gehofft, die Sache würde gut ausgehen, und nun ist sie tot. Auf grausame Weise gestorben. Vom

Schmerz ergriffen hat er mit der Faust auf die hölzerne Armlehne geklopft, bis sie schmerzte, dann war er unbeweglich sitzen geblieben, bis die Dämmerung sich im Zimmer ausgebreitet hatte.

Jetzt sitzt er in seinem Sessel und nimmt sein Abendessen zu sich. Er hat den Beistelltisch vor den Sessel geschoben, um den Teller daraufzustellen, so wie an jedem Abend, seit er sich ins Wohnzimmer zurückgezogen hat. Wieder sitzt er alleine da, die Suppe dampft, die Scheibe Brot dazu ist dick mit Butter bestrichen. Es ist seine letzte Mahlzeit in diesem Haus, das ist ihm bewusst, und doch bedrückt es ihn nicht im Geringsten. Er wird nichts vermissen, dieses Zimmer nicht, das Haus nicht, die Apotheke nicht, das alles ist für ihn bedeutungslos geworden. Das Dorf nicht, die Menschen nicht – und Hertha, die wird er schon gar nicht vermissen. Im Haus seiner Schwester hofft er, seinen Seelenfrieden wiederzuerlangen, hofft darauf, den Hass und die Zweifel, die ihn zerfressen, besiegen zu können. Weit weg von all den schrecklichen Ereignissen der vergangenen Wochen will er endlich wieder zur Ruhe kommen und seine Tage in zufriedener Abgeschiedenheit verbringen.

Nach dem Essen löst er ein Briefchen Natronpulver in einem Glas Wasser auf, die Übelkeit ist ihm ein ständiger Begleiter geworden in den letzten Tagen, und nun sind auch noch starke Kopfschmerzen hinzugekommen. Felix hat ihn gebeten, weniger zu trinken, der schwere Rotwein sei ganz sicher die Ursache für den anhaltenden Kopfschmerz, doch Hermann hat ihn ausgelacht, er wisse, was er tue, der Alkohol sei ihm ein willkommener Trost in diesen Tagen, hat er erwidert. Das Rot der Kapsel, die Felix ihm neben den Suppenteller gelegt hat, gleicht der Farbe des Weines. Hermann wirft sich das Schmerzmittel in den Mund und spült es mit einem kräftigen Schluck herunter.

Am nächsten Morgen klopft Felix zaghaft an die Wohnzimmertür. Noch nie ist der Vater unpünktlich gewesen, er wird bereits vollständig angekleidet, in seinem Sessel sitzend, auf Felix warten. Doch hinter der Tür bleibt es ruhig, Felix zögert, dann tritt er ein. Der Sessel ist leer.

»Vater«, ruft er dem auf dem Sofa liegenden Hermann Siedemann zu, »du musst aufstehen, wir müssen los!«

Mit einem kräftigen Ruck zieht er die Gardinen auf und öffnet das Fenster, es ist stickig im Zimmer, die Luft ist verbraucht. Dann geht er zum Sofa hinüber, sieht seinen Vater anscheinend noch in tiefem Schlaf versunken daliegen, fasst ihn an die Schulter, um ihn wachzurütteln, und da bemerkt er es. Hermann Siedemann ist tot.

Wieder parkt der Arzt seinen Wagen mit laufendem Motor vor dem Haus. Eigentlich ist das unnötig, der Wagen startet fehlerfrei, doch in seinem Alter fällt es ihm schwer, diese schlechte Angewohnheit abzulegen. Schwerfällig steigt er die Treppe hinauf in die obere Etage des Apothekerhauses, schon zu so früher Stunde fühlt er sich müde und zerschlagen. An jedem Tag, zu jeder Stunde ist er müde, und in der Nacht, da findet er nur selten den tiefen, erquickenden Schlaf seiner Jugend. Mit seinem abgewetzten Arztkoffer in der Hand steht der alte, dünne Mann auf dem dicken Teppich inmitten des Wohnzimmers der Siedemanns. Mit halb geschlossenen Augen hört er aufmerksam zu, was Felix ihm berichtet. Am gestrigen Abend hat er nichts Auffälliges an seinem Vater bemerkt. Es war alles wie immer. Alles normal, soweit man bei der augenblicklichen Situation im Haus Siedemann von normal sprechen kann.

»Nun, meine Eltern hatten, wie soll ich sagen? Sie hatten sich gestritten«, fährt Felix auf Nachfrage des Arztes fort. »Der Streit war heftig, mein Vater war nämlich zu der Auffassung gelangt, dass ihm ein Zusammenleben mit meiner Mutter nicht länger möglich sei. Er wollte sie verlassen. Heute Morgen sollte ich ihn in die Stadt bringen, wo er im Haus seiner Schwester eine kleine Wohnung beziehen wollte.«

Der Arzt lauscht Felix' Worten, immer noch hält er seine Augen halb geschlossen, und Felix vermag nicht zu erkennen, ob sich der alte, dünne Mann für das Gesagte interessiert.

»Litt Ihr Vater an irgendwelchen körperlichen Beschwerden in jüngster Zeit? Hat er regelmäßig Medikamente einnehmen müssen?« Die Fragen klingen routiniert.

»Mein Vater war gesund. Sein ganzes Leben lang ist er ohne Medikamente ausgekommen. Im Winter trank er Tee und schwitzte unter der Bettdecke, wenn er erkältet war. Einen Arzt hat er nur äußerst selten aufgesucht, zum Zahnarzt, ja, dorthin ging er regelmäßig, aber darüber hinaus konnte Ihre Zunft an meinem Vater nichts verdienen. Hier, das hier«, Felix weist auf das leere Tütchen Natronpulver auf dem Wohnzimmertisch, »das hat er in der letzten Zeit eingenommen. Sein nervöser Magen hat ihn gequält. Sie müssen wissen, mein Vater war ein sanftmütiger Mensch, der Streit mit meiner Mutter ist ihm sehr nahegegangen. Gestern Abend habe ich ihm auf seine Bitte hin ein Schmerzmittel gereicht. Auch das war außergewöhnlich, doch er hatte starke Kopfschmerzen, was vielleicht am übermäßigen Alkoholkonsum in den letzten Tagen gelegen hat.«

Während Felix spricht, wendet sich der Arzt dem Toten zu, schaut ausdruckslos auf ihn hinab. Nachdem Felix seine Ausführungen beendet hat, seufzt der Arzt dieses Altmännerseufzen, in dem so viel Freudlosigkeit liegt, dass jeder mitfühlende Zeitgenosse sich bemüßigt fühlt, sofort Trost zu spenden. Doch Felix bleibt ruhig, beobachtet, wie der Arzt seinen Koffer abstellt und mit der Untersuchung des Toten beginnt. Eine knochige, bereits mit zahlreichen Altersflecken bedeckte Hand befühlt die Halsschlagader und das Handgelenk, ein Pulsschlag ist nicht messbar. Das Licht der kleinen Taschenlampe dringt in die braunen Pupillen des Toten, das Bruststück des Stethoskops verschwindet an verschiedenen Stellen im dichten, weißen Haar auf dem nackten Oberkörper. Die Totenstarre ist bereits deutlich ausgeprägt, der Mund steht weit offen. Schon richtet sich der Arzt wieder auf, er hat keine Zweifel, hier liegt einer dieser Fälle vor, in denen eine ungewohnte Aufregung von einem alten Menschen nicht mehr verkraftet wird. Hermann Siedemann ist im Schlaf gestorben, sein Herz hat einfach aufgehört zu schlagen.

»Mein Beileid«, sagt er knapp, ohne Felix die Hand zu reichen. Aus seiner Tasche zieht er ein Formular, füllt es aus, bläst die Tinte darauf trocken und drückt es Felix in die Hand.

Dann ist Felix alleine im Zimmer, alleine mit seinem Vater, der tot vor ihm auf dem Sofa liegt. Draußen hört er den Wagen davonfahren, während er sich in den Sessel fallen lässt, weil seine Knie zittern und er weinen möchte. Doch er kann nicht, die Tränen wollen nicht kommen, und so sitzt er da und starrt von dunklen Gedanken befallen vor sich hin ins Leere.

Seine Mutter kann weinen. Als man ihr die Nachricht überbringt, bricht sie unter gellenden Schreien in Tränen aus. Gestik und Mimik sind die eines vom Schmerz durchdrungenen Menschen. Der völlig unerwartete Verlust des geliebten Mannes lässt Hertha Siedemann ihre ansonsten stets so diszipliniert gewahrte Beherrschung verlieren. Laut schluchzend schlägt sie die Hände vor das tränennasse Gesicht, während ihr Wehklagen bis hinunter auf den Marktplatz dringt. Wie an jedem Morgen saß sie alleine am Frühstückstisch und las in der Zeitung, lies ihren Blick unruhig von einer Schlagzeile zur nächsten springen. Sie war nicht in der Lage, sich auf die Morgenlektüre zu konzentrieren, zu sehr hatte sie in den vergangenen Tagen unter dem Streit mit Hermann gelitten, doch heute Morgen, gleich nach dem Frühstück, heute wollte sie hinüber ins Wohnzimmer gehen und ihn um eine Aussprache bitten. Sie war bereit, sich mit ihm zu versöhnen. Und nun ist es zu spät, nun ist er tot.

Am Tag der Beerdigung folgt sie, gestützt auf Felix' Unterarm, an der Spitze einer endlos erscheinenden Menschenmasse dem Sarg. Es ist einer dieser schweren, mit aufwendigen Profilierungen verzierten Särge. Einer aus dunkler Eiche, so wie er jetzt wieder von den besser betuchten Familien benutzt wird. Nicht so eine einfache Kiste aus Fichtenholz, wie man sie in Notzeiten des Krieges und auch lange danach noch hergenommen hat. Für den Apotheker Hermann Siedemann, für die erste und einzige Liebe ihres Lebens, ist Hertha Siedemann das Beste gerade gut genug. Mit vom unentwegten Weinen geröteten Augen und mit versteinerter Miene folgt sie dem schweren Sarg bis zur vorgesehenen Grabstelle, die in der gleißenden Mittagssonne, zwischen den gepflegten Gräbern der Reichen und Wichtigen des Dorfes, vorbereitet daliegt: zwischen den steinernen Kreuzen, die hoch in den Himmel ragen, sodass der sterbende Gottessohn auf die armen Sünder herabschauen kann. Zwischen den massiven Statuen der Heiligen und Engel, die auf breiten Marmorsockeln prangen, wirkt die frisch ausgehobene Grube wie eine klaffende Wunde.

Drüben, dort, wo entlang der Friedhofsmauer die weniger vermögenden Familien ihre Angehörigen bestatten, dort steckt nur ein einfaches Holzkreuz in einem vor noch gar nicht langer Zeit aufgeworfenen Wall aus nackter, trockener Erde. Die letzten Blumen sind längst verdorrt, jemand hat sie aus der schäbigen Glasvase genommen, die nun als letztes Überbleibsel vom spärlichen Grabschmuck auf Else Prölls Grab verblieben ist. Zwischen der armen Else und dem vermögenden Hermann hat man den Molkereibesitzer Adolf Behnke zur letzten Ruhe gebettet. Stets schmücken frische Blumen das Grab, junge Buchsbaumsetzlinge bilden schon bald eine hübsche Einfassung, und immer brennt eine rote

Kerze in der Grablaterne. Obwohl die Flamme an jedem Tag im von der Sonne geschmolzenen Wachs ertrinkt, kommt Annelise Behnke Abend für Abend wieder an das Grab ihres Mannes und zündet eine frische Kerze in der Laterne an.

Die Fülle der Blumenpracht auf Hermann Siedemanns Grab ist beeindruckend. Üppige Sträuße, überladene Kränze und dicht bepflanzte Schalen bedecken den frischen Grabhügel, an dem Hertha noch lange steht, nachdem alle anderen bereits gegangen sind, und jämmerlich weint.

Am Abend legt sich die Dämmerung nun also über drei frische Grabhügel auf dem Friedhof. Drei frische Gräber gleichzeitig, niemand im Dorf kann sich an drei Bestattungen innerhalb so kurzer Zeit erinnern. Dabei sind Martin Schopp und Ursula Markwitz noch gar nicht zur Bestattung freigegeben. Ihre Leichen liegen immer noch von weißen Laken bedeckt in der Kühlkammer der gerichtlichen Medizin.

»Sie brauchen nicht mehr anzurufen«, hat die Polizei Theodor Schopp geantwortet, der beinahe täglich in der Dienststelle nachfragt, »wir geben Bescheid, wenn Sie Ihren Sohn beerdigen können.«

Theodor Schopps üble Laune ist unerträglich. Seine Frau fürchtet sich vor seinen heftigen Wutausbrüchen, in denen er sie beschimpft und sich nicht scheut, sie zu schlagen. Im Dorf gehen ihm die Leute aus dem Weg, sie möchten nicht mit ihm aneinandergeraten.

Metha Markwitz ruft nie an bei der Polizei. Wenn sie Geld hat, geht sie hinüber ins Dorf und kauft im Laden billigen Alkohol und Zigaretten. Wenn sie keines hat, sucht sie jemanden, der ihr noch welches leiht. Oft hat sie zu wenig Geld, doch ohne Alkohol und Zigaretten übersteht sie den Tag nicht, deshalb bittet sie die Änne, den Betrag anzuschreiben. Die ziert sich, lässt Metha schmoren vor ihrer Theke, bis sie doch noch einwilligt und mit einem vorwurfsvollen Seufzer das Kassenbuch hervorholt, um den Betrag unter die bereits beträchtliche Ansammlung offener Beträge zu schreiben. Metha tut ihr leid, allen tut sie leid, doch niemand weiß, wie er Metha Markwitz trösten soll.

»Aber zum nächsten Ersten, Metha, da will ich mein Geld haben!«, ruft ihr die Änne nach, doch die Ladentür schlägt schon hinter Metha ins Schloss.

Zwei, drei Schritte geht sie zur Seite, dann öffnet sie hin und wieder schon hier auf offener Straße die Flasche und trinkt einen kräftigen Schluck daraus.

Heiß rinnt der Alkohol durch ihre Kehle. Metha schluckt, putzt sich mit dem Handrücken den Mund ab und geht, nachdem sie die Flasche in ihrer Einkaufstasche vergraben hat, zurück zu ihrer Nissenhütte. Ihre Körperhaltung hat sich verändert; nicht mehr kerzengerade, sondern mit gesenktem Kopf geht sie nun durch das Dorf, aus dem sie doch so gerne fortgegangen wäre. Zusammen mit Ursula, ihrer schönen Ursula, die nun tot ist. Dieses Dorf hat ihr nie gutgetan. Die Fremde, die sie von Anfang an hier war, die ist sie bis heute geblieben. Misstrauisch beäugt, schlecht behandelt fühlt sie sich, hier, in dem Dorf, in dem sich die Wäsche so weiß und so sauber auf den Wäscheleinen im Garten hinter dem Haus im Sommerwind wiegt. In dem die Straßen und Gehwege so sauber gefegt, die Blumenbeete in den Vorgärten so sorgfältig geharkt sind. Und dann all diese Toten.

»Man stelle sich das einmal vor«, jammert Hermann Feinbein fassungslos, »so viele Tote in so kurzer Zeit: Genickbruch! Verbrannt! Verdurstet! Den Schädel eingeschlagen!«

Klein und zierlich steht er da und schüttelt seinen Kopf. Feinbein, der im Winter auch an frostfreien Tagen seinen dicken Mantel, der ihm bis an die Waden herabreicht, anzieht, bevor er das Haus verlässt. Einen breiten Schal um den dünnen Hals wickelt und die blaue Strickmütze tief ins Gesicht zieht. Der auch jetzt, in der Julihitze, stets seine beigebraun gestreifte Strickweste trägt. Blass und verletzlich steht er auf der Dorfstraße und blickt seine Gesprächspartnerin aus blutunterlaufenen Augen fragend an.

»Hat man so etwas schon jemals erlebt?«

»Das macht der Krumme«, behauptet Sofia Henschenmacher. »Er zürnt uns, weil ihm jemand die Ursula entrissen hat. Dafür will er uns nun strafen, und niemand weiß, wann seine Rachsucht gestillt ist.«

»Die alte Hexe hat schon vor langer Zeit den Verstand verloren. Sie ist krank, man kann sie nicht mehr ernst nehmen«, flüstern die Leute jedes Mal hinter ihrem Rücken, wenn die Henschenmacher sich wieder auf den Weg hinauf zu ihrem Haus am Dorfrand macht. Überhaupt wird ständig geflüstert, ständig und überall. Auf der Straße, im Laden, vor der Kirche, am Arbeitsplatz, überall stecken die Leute die Köpfe zusammen und munkeln. Gerüchte werden begierig aufgesogen und weitergetragen. Vermutungen vermischen sich mit glatten Lügen und werden als niederträchtige Unterstellungen wie Kanonenkugeln in die Welt hinausgeschossen.

»Wenn ich das Schwein zu fassen bekomme, schneide ich ihm die Eier ab!«, tönt Heinrich Kabelke. In seiner schmutzigen Hose steht er breitbeinig an den Tresen gelehnt in der Gastwirtschaft, mit einem imaginären Messer in der linken Hand führt er einen scharfen Schnitt aus. Schon am frühen Nachmittag ist er betrunken, und wie an jedem Tag kann er im Grunde froh sein, wenn er am Abend, ohne der Länge nach auf das Pflaster zu schlagen, seine Wohnung erreicht. Sein Alkoholkonsum ist enorm, seine Augen glänzen fiebrig, wenn er sabbernd über den Tresen gebeugt nach einem weiteren Glas Bier verlangt.

»Der versäuft sein Geld bis auf den letzten Pfennig«, sagen die Leute. Schon immer hat Kabelke getrunken, mehr als andere, doch in jüngster Zeit trinkt er, als ob es kein Morgen gäbe.

»Der säuft sich noch zu Tode. Dass ein Mensch diese Sauferei überhaupt so lange verkraften kann«, staunen sie. Trunkenbolde hat es schon immer gegeben, da ist selbst das größte Bemühen, sie vom Suff abzuhalten, sinnlos. Diese Leute lässt man besser gewähren. Einer wie der Kabelke ist den Leuten schließlich auch als abschreckendes Beispiel willkommen. Für die Verkommenheit, in die man geraten kann, wenn man sich nicht strengster Disziplin fügt. Schau, was geschieht, wenn du dich gehen lässt. Einer wie der Kabelke wird von so manchem jedoch auch begafft, um die heimliche Lust am Desaströsen zu befriedigen. Damit sie noch einmal den wohligen Schauder verspüren, der sie beim Blick auf die abnorme Seite des Lebens überkommt. So wie diese Leute im Wanderzirkus schallend über den Liliputaner lachen, der durch die Manege wackelt, dabei seine Augen verdreht und den Wasserkopf schüttelt.

18. KAPITEL

Heinrich Kabelke

Eine Zeit lang lassen sich die Polizisten nicht mehr blicken im Dorf. Bis zu dem Montagmorgen, an dem der schwere, dunkle Wagen langsam über die Dorfstraße rollt und vor dem Pfarrhaus anhält. Drei Polizisten steigen aus. Wieder tragen sie allesamt Anzüge, Krawatten und Hüte, und alle gleichzeitig schauen sie sich prüfend um, als sie vor der Treppe stehen, die hinauf zum Eingang des Pfarrhauses führt. Frau Wolter öffnet, sie zeigt sich nicht überrascht, der Besuch der Kriminalisten ist angekündigt.

»Kommen Sie herein, Pfarrer Misseler erwartet Sie in seiner Schreibstube.«

Voller Elan, mit federnden Schritten steigen sie die Stufen empor und folgen nacheinander der alten Haushälterin durch den Hausflur. Vor dem Schreibtisch des Pastors stellen sie sich, artig wie die Schuljungen, in einer Reihe auf, alle drei halten sie ihre Hüte vor dem Bauch mit beiden Händen gefasst.

»Sie sind ein wenig zu früh, meine Herren, aber sei es drum. Nehmen Sie Platz«, mit einer müden Handbewegung weist Konrad Misseler ihnen einen Platz auf dem schmalen Sofa an der Wand zu. »Was führt Sie zu mir?«

Johann Kaul ergreift das Wort. Die polizeilichen Ermittlungen seien ein wenig ins Stocken geraten, hebt er an. Darum habe man ihn beauftragt, die Leitung der Ermittlungen zu übernehmen. Natürlich haben seine Kollegen, hier schaut er mit ernstem Blick auf die links von ihm sitzenden, deutlich jüngeren Männer, ihn schon auf den aktuellen Stand gebracht. Jedoch seien etliche Fragen noch unbeantwortet, weshalb sie heute zu ihm, dem Pastor des Dorfes, gekommen seien. Schließlich höre und sehe man als Seelsorger doch gewiss so einiges.

»Wenn Sie glauben, dass ich für Sie das Beichtgeheimnis brechen werde, dann muss ich Sie enttäuschen. Das werde ich ganz sicher nicht tun!«

Abwehrend hebt Kaul seine Hände hoch. Natürlich erwarte das niemand vom Herrn Pastor. Es gehe ihnen nur um seine Einschätzung der Stimmung unter den Dorfbewohnern. Wenn er ihnen freundlicherweise kurz schildern wolle, wie er die aktuelle Situation im Ort wahrnehme.

Misseler scheint nicht zu verstehen. Fragend schaut er die drei ziemlich eng beieinander auf seinem Sofa sitzenden Männer an.

»Nun ja, Hochwürden«, Kaul erhebt sich von seinem Platz, hochgewachsen und gertenschlank tritt er vor den Schreibtisch, »wie bereits gesagt, uns interessiert, wie ist die Stimmung? Was reden die Leute? Gibt es Auffälligkeiten? Verhält sich jemand sonderbar? All diese Dinge halt. Kleine Beobachtungen, die Ihnen vielleicht unwichtig vorkommen, für uns aber von Bedeutung sein könnten.«

Misseler fühlt sich sichtlich unwohl in seinem schweren Schreibtischstuhl. Wie soll er reagieren? Schließlich geht es um schlimme Verbrechen, aber dann wird sein Blick entspannter. Tatsächlich könnte er diese Fragen gar nicht konkret beantworten. Er könnte keinen Namen nennen, keinen Tathergang schildern, ganz einfach aus dem Grund, weil seit seiner Rückkehr niemand zu ihm in den Beichtstuhl gestiegen ist und sich ihm offenbart hat. Im Stillen dankt er dem Herrn dafür, dass er zur richtigen Zeit nicht im Dorf war.

Milde lächelnd richtet er sich in dem mit reichen Verzierungen versehenen Sessel ein wenig auf. »Sehen Sie, meine Herren, ich kann Ihnen aus genanntem Grund leider nicht helfen. Ich unterstehe dem Beichtgeheimnis und werde auch niemanden aus dem Ort des Mordes bezichtigen. Aber«, hier macht er eine kleine Pause, »aber wir alle wissen, wozu Trunksucht und Jähzorn die Menschen verleiten kann. Das Böse sucht sich stets die Schwächsten unter uns aus, um in die Welt zu gelangen. Wo die Tugend versagt, obsiegt das Böse.«

Schwerfällig erhebt Misseler sich von seinem Stuhl. Das Gespräch ist beendet, seine Zeit ist knapp bemessen. Jedem Einzelnen schüttelt er zum Abschied die Hand, Johann Kauls Hand drückt er ein wenig fester, lässt den Händedruck einen Augenblick länger als bei den anderen andauern und sagt: »Lasterhafte Menschen finden Sie überall, Herr Kommissar. Keine Gemeinschaft ist frei von ihnen, gehen Sie, und finden Sie sie, dann werden Sie Ihr Ziel erreichen.«

Wieder bei ihrem Wagen angekommen, stehen die Polizisten zusammen und rauchen.

»Was war das denn?«, fragt einer der jüngeren, »die Prophezeiung des heiligen Konradus?«

Der tadelnde Blick des Vorgesetzten lässt sein Lachen verstummen.

»Sehen Sie, Kollege, das ist das Problem. Sie denken zu wenig nach bei der Arbeit. Sich nur an dem Offensichtlichen zu orientieren, ist halt nicht genug. Schalten Sie einfach Ihren Verstand ein. Zuhören, kombinieren, verstehen! Verstehen Sie mich?« Jetzt lacht Kaul, schnippt seine Kippe auf den Boden und befiehlt: »Los, einsteigen, Männer, wir statten dem jungen Siedemann einen Besuch ab.«

Köpfe verschwinden aus Fensterrahmen, weichen zurück hinter Gardinen, hinein in dunkle Wohnungen, die nur jetzt, im Sommer, je nach dem Stand der Sonne, für kurze Zeit von heller Leichtigkeit durchflutet werden. Dumpfer Groll liegt in den Blicken, die dem Wagen auf seiner Fahrt durch das Dorf folgen. Man hatte gehofft, dass die Polizei den Mörder des Dorftrottels rasch ausfindig machen würde. Dass sie ihn verhaften und verurteilen würde, damit wieder Ruhe einkehrt. So wie sie den Pröll verhaftet und ins Zuchthaus gesteckt haben. Doch das war ein Leichtes, der Fall ist sonnenklar; niemand hegt den geringsten Zweifel an Prölls Schuld. Beim jungen Schopp aber, da ist gar nichts eindeutig, da stochert die Polizei immer noch im Dunkeln herum. Und nun tauchen sie hier zu dritt auf. Dieser ältere, hochgewachsene Kerl soll es nun richten. Doch auch ihm misstrauen die Dorfbewohner, weil sie ausnahmslos allen Offiziellen misstrauen. Bei Pastor Misseler sind sie gewesen. Haben ihn wohl verhört, den alten, gebrechlichen Mann. Haben vielleicht gehofft, von ihm den Namen des Täters zu erfahren. Als ob der Pastor der Polizei einen Namen nennen würde. Selbst wenn er es könnte, Misseler wird schweigen. Weil er einer von ihnen ist. Weil er die Menschen liebt, so wie der Herrgott alle Menschen auf Erden liebt. Und nun hält ihr Wagen vor dem Haus der Siedemanns. Neugierig recken sich Hälse hinter Gardinen, die Polizisten betreten nun das Haus, in das völlig unerwartet so viel Leid eingekehrt ist.

In der Apotheke empfängt die Polizisten der angenehme Kräuter-Bohnerwachs-Geruch, eine Bodendiele knarzt leise, als sie sich dem Verkaufstresen nähern. Interessiert lässt Kaul seinen Blick über die gediegene Einrichtung schweifen, dann fixiert er Felix Siedemann, der eine ältere, ganz in Schwarz gekleidete Frau bedient. Nachdem sie die Apotheke verlassen hat, treten die drei Männer vor.

»Ich habe Ihren Kollegen bereits alles gesagt«, antwortet Felix mit einem müden Seufzen in der Stimme, nachdem Kaul ihn aufgefordert hat, noch einmal alles, und zwar jedes Detail seiner Erinnerung, zu den beiden Mordfällen zu berichten.

»Ich möchte es aber sehr gerne noch einmal von Ihnen persönlich hören. Vielleicht haben die Kollegen etwas überhört, oder Ihnen ist noch etwas eingefallen. Sehen Sie, wir wollen die ungeklärten Verbrechen hier im Dorf möglichst rasch aufklären. Das ist doch gewiss auch in Ihrem Interesse. Also, wie standen Sie zu den Opfern? Beginnen Sie bitte mit Fräulein Markwitz.«

Da sie nun alleine sind und die Mittagspause gleich beginnt, verschließt Felix die Eingangstür. Kauls forsches Auftreten missfällt ihm zwar, aber er erkennt, dass er nicht umhinkommen wird, sich zu fügen. Also nimmt er wieder seinen Platz hinter dem Tresen ein und beginnt zu reden. Immer wieder stellt Kaul Zwischenfragen, hakt nach, lässt Felix einen Satz wiederholen, bis er endlich zufrieden nickt und das kleine Notizbuch in seine Jackentasche steckt. Nachdem die Polizisten die Apotheke verlassen haben, steigt Felix nachdenklich hinauf in den ersten Stock, wo seine Mutter bereits mit dem Mittagsessen auf ihn wartet.

An diesem Montag befragen die Polizisten noch weitere Personen im Dorf. Bis zum frühen Abend haben sie mit Theodor Schopp, mit der Änne in ihrem Laden und mit Metha Markwitz in ihrer Nissenhütte gesprochen. Immer führt Kaul das Wort, immer, wenn ihm eine Aussage bedeutsam erscheint, schaut er seine Kollegen vielsagend an. Als der schwere, dunkle Wagen am Abend das Dorf verlässt, sitzt Johann Kaul im Fond und zieht in seinem Notizbuch einen dicken Strich unter den Namen Felix Siedemann.

Ein leuchtend goldgelber Horizont zeigt das Aufgehen der Sonne an. Wieder weicht eine Tropennacht einem weiteren Sommertag, der dem Dorf erneut große Hitze und keinen Regen bringen wird. Das erkennt Margarete Engels beim ersten Blick aus ihrem Fenster hinaus in den wolkenlosen Himmel. Dabei wäre der Regen so dringend notwendig. Weit öffnet sie die Fensterflügel, um jetzt, da noch wenige Insekten umherfliegen, ihre Küche zu lüften. Schläfrige Ruhe liegt über dem Dorf, es riecht nach Kuhdung und Malzkaffee, als die Engels sich aus dem Fenster beugt, um hinauf in den Morgenhimmel zu schauen. Trotzig sucht sie nach ersten Anzeichen für ein Sommergewitter, das vielleicht sogar einen ordentlichen Regenschauer über das trockene Land niedergehen lässt. Doch nicht die geringste Spur einer Wolke ist zu sehen. Weil ihr jedoch das Rheuma heute Morgen wieder besonders heftig zusetzt, weiß sie, dass es noch kommen wird, das Gewitter, und gleich nach dem Frühstück wird sie hinaus in den Hof gehen, um Schüsseln und Eimer unter die Traufe ihres Hühnerstalls zu stellen.

Noch einmal schaut sie die Dorfstraße hinauf, auf der sich zu so früher Stunde noch niemand sehen lässt, und ist schon im Begriff, hinüber zum Herd zu gehen, um sich Kaffeewasser aufzusetzen, als sie innehält. Vor ihrem Fenster liegt ein Schuh auf dem Trottoir. Überrascht beugt sie sich vor, es sind zwei Schuhe, in denen ein Mann steckt, der bäuchlings vor ihrem Haus auf dem Boden liegt. Die alte Nachbarskatze hockt flach auf den Boden geduckt neben dem Kopf des Mannes, der auf der unteren Stufe ihrer Eingangstreppe liegt. Als Margarete Engels einen zischenden Laut ausstößt, fährt das Tier erschrocken zusammen und läuft davon.

Noch ein wenig hüftsteif, steigt die alte Frau die Stufen vor ihrem Haus hinab. Lang ausgestreckt, mit angelegten Armen und dem Gesicht nach unten liegt der Mann da, als schliefe er. Die Sohlen seiner Schuhe sind abgelaufen, der Hosenboden ist speckig, und das grobe Baumwollhemd ist von unzähligen Schmutzflecken bedeckt. Graues, schütteres Haar klebt wirr am Kopf des Mannes, der auf der Treppenstufe aus grauem Lavastein liegt. In diesem Moment erkennt die Engels den Mann, es ist Heinrich Kabelke, und sie erkennt, dass er tot ist. Der eiserne Schuhkratzer, der seit ewigen Zeiten in die unterste Stufe ihrer Haustreppe eingelassen ist, hat sich in Kabelkes Gesicht hineingebohrt. Nur ein schmaler Streifen dunkelbraunes, schon getrocknetes Blut ist an seiner linken Körperseite entlanggeflossen, viel mehr Blut scheint unter seinem Körper auf das dunkle Trottoirpflaster gelaufen zu sein.

Bei schlechtem Wetter benutzt Margarete Engels den Schuhkratzer noch beinahe täglich, wenn sie in ihrem Garten hinter dem Haus nach dem Rechten gesehen hat oder über die matschigen Graswege um das Dorf herumgegangen ist, dann streift sie, bevor sie in ihr Haus zurückkehrt, den Dreck von ihren Schuhsohlen an der Oberkante des etwa fußbreiten Eisenschilds ab. Mühsam beugt die Engels sich zu dem Kopf des Toten hinab. Kabelke scheint ohne jede Gegenwehr, wie ein gefällter Baum, mit dem Gesicht voran in den rostigen Schuhkratzer gestürzt zu sein.

Mittlerweile hat sich die Sonne über den Horizont erhoben. Tiefschwarz glänzt jetzt das Pflaster des Trottoirs in der Morgensonne, auf dem die Leiche Heinrich Kabelkes vor dem Haus der alten Frau Engels liegt. Die steht immer noch erschüttert da, fassungslos schaut sie auf den leblosen Körper, auf den Kopf, in dem ihr Schuhkratzer beinahe vollständig verschwunden ist. Auf das Blut, das vorbei an dem schmutzigen Hemd und der eingenässten Hose gelaufen und längst getrocknet ist. Zu keiner Reaktion fähig, steht die Engels wie angewurzelt da, bis direkt hinter ihr ein spitzer Schrei ertönt und sie aus ihrer Erstarrung aufschrecken lässt. Es ist Frau Wolter, die sich dem Schauplatz genähert hat. Entsetzt schlägt sie die Hände vors Gesicht, dabei entgleitet ihr die volle Milchkanne, in der sie wie jeden Morgen schon in aller Herrgottsfrühe die Milch zum Frühstück für Pastor Misseler geholt hat. Mit einem dumpfen Knall schlägt die Kanne auf dem Boden auf, noch warme Milch spritzt an die nackten Fesseln der Frauen und versickert schließlich in den breiten Fugen des Pflasters.

»Um Himmels willen!«, kreischt die Wolter und bekreuzigt sich. Sie scheint nicht glauben zu können, was sie sieht, darum tritt sie einen Schritt näher heran an den Toten, beugt sich vor und betrachtet den deformierten Schädel Kabelkes aus der Nähe. Plötzlich versteht sie und prallt zurück, leichenblass, als hätte sie den leibhaftigen Satan erblickt, dreht sich um und schreit in alle Himmelsrichtung: »Hilfe, Hilfe, zu Hilfe!« Sie schreit, so laut sie kann, und vor den Häusern erscheinen die ersten Frauen.

Als auch sie registrieren, dass etwas Furchtbares geschehen sein muss, rufen sie laut nach ihren Männern, die sich vom Frühstückstisch erheben, die Ställe und die Werkstätten verlassen und nach draußen stürzen, um zu sehen, was geschehen ist. Alle zusammen kommen sie angelaufen, umringen die Wolter und die Engels, drängen sich an den Toten heran, bis einer sich löst, um hinüberzulaufen zu dem Laden, wo er die Änne aus dem Haus herausbrüllt, damit sie einen Krankenwagen ruft.

»Wer ist es?«, will Fanni Feinbein wissen. Mittlerweile ist das Gedränge um den am Boden liegenden Toten so groß, dass sie nichts erkennen kann.

»Kabelke«, raunt ihr jemand zu.

»Ist er tot?«

»Der ganze Kopf ist zermatscht, der tut keinen Muckser mehr.«

»Das musste ja so kommen! So ein verkommener Saufkopp.«

Fanni Feinbein tritt einen Schritt beiseite und blickt die anderen Zustimmung heischend an.

Doch niemand achtet auf sie, stattdessen erscheint Margarete Engels vor dem Pulk der Schaulustigen. Zornesröte steht ihr im Gesicht, unerschrocken geht sie auf die Feinbein zu und blafft sie an: »Wie kannst du so etwas sagen? So redet man nicht über Tote! Noch nicht einmal jetzt kannst du dein dummes Mundwerk im Zaum halten.«

»Was fällt dir ein! Du altes Waschweib hättest deine verdammte Treppe in Ordnung bringen sollen, dann wäre der liebe Herr Kabelke noch am Leben.«

»Halt den Mund! Was erlaubst du dir?«

Die Engels schreit, so laut sie kann, ihr offener Mund entblößt die wenigen schiefen Zähne, die ihr noch geblieben sind. Tatsächlich schweigt die Feinbein.

Wutentbrannt stehen sich die beiden Frauen gegenüber, bitterböse Blicke blitzen auf, bis Fanni Feinbein sich abwendet und mit einem hämischen Grinsen im Gesicht zu den Umstehenden hinüberflötet: »Die Alte ist nicht mehr bei Trost. Spielt sich auf als …«

»Du sollst dein Schandmaul halten!«, brüllt die Engels und steht der Feinbein jetzt Auge in Auge gegenüber.

»Pass nur ja auf, was du sagst, sonst erzähle ich der Polizei, wer am Abend, an dem der Martin erschlagen wurde, hier war«, schleudert Margarete Engels der

Feinbein ins Gesicht und deutet mit ausgestrecktem Arm hinüber zu dem kleinen Platz hinter der Begrenzungsmauer. »Dort haben sie sich getroffen, die Kerle, jeden Einzelnen habe ich erkannt, und ich möchte nicht wissen, wohin sie gemeinsam gegangen sind.«

Ein Raunen erhebt sich aus der Menge. Das Interesse an dem Toten ist in diesem Moment erloschen, alle wenden sie sich Margarete Engels zu.

Blitzschnell reagiert Fanni Feinbein, schon geht sie auf die alte Frau los. »Was soll das heißen, was habe ich damit zu tun?«

Drohend erhebt sie ihre Faust, will zuschlagen, doch da eilt Franz Kadenbach herbei und packt die Feinbein im letzten Augenblick am Handgelenk. »Warte!«, befiehlt er und deutet mit einem Kopfnicken auf den Krankenwagen, der mit hohem Tempo die Straße heruntergefahren kommt. Schon wenden sich alle wieder dem Toten zu, machen Platz für die Sanitäter, während Franz Kadenbach die Feinbein anknurrt: »Lass gut sein! Ist besser so.«

Die versucht sich aus der Umklammerung zu lösen, doch gegen Kadenbachs Kraft kommt sie nicht an. Mit roher Gewalt zerrt er sie fort, schiebt sie ein Stück das Trottoir hinauf und stößt sie von sich fort. »Verschwinde!«, ruft er ihr zu, »hast genug Unheil angerichtet.«

19. KAPITEL

Schopp sieht rot

In der folgenden Nacht zieht ein heftiges Gewitter auf. So laut wie die Einschläge schwerer Granatwerfer tönt der Donner über dem Dorf. Grelle Blitze zucken sekundenlang am dunklen Himmel, bis endlich ein kräftiger Regen einsetzt, der die Reste von Heinrich Kabelkes Blut vom Trottoir vor Margarete Engels' Haus in die Gosse hineinspült.

Das, was die Engels gestern gesagt hat, ist auch dem Theodor Schopp nicht verborgen geblieben. Er war in aller Herrgottsfrühe aufs Feld hinausgefahren, und als er sich zur Mittagszeit an den Küchentisch gesetzt hat, auf dem das dampfende Essen für ihn bereitstand, da hat es ihm seine Frau erzählt.

»Das hat die Engels gesagt?«

»Genau das. Fanni wollte ihr an die Gurgel springen, doch der Kadenbach hat sie daran gehindert.«

Mit offenem Mund hatte Schopp auf einer noch heißen Kartoffel herumgekaut. »Der Kadenbach, soso«, hat er sinniert. Am liebsten wäre er aufgesprungen, um den Kadenbach sofort zur Rede zu stellen, doch wegen des drohenden Gewitters hat er wieder raus aufs Feld gemusst. Bis zum späten Abend hat er gearbeitet, und dar-

um hat er erst heute die Zeit, sich um die Sache zu kümmern. Zuerst wollte er sich den Kadenbach vorknöpfen,
doch dann hat er sich anders entschieden.

Sofort nach dem Frühstück macht er sich auf den Weg
zu Hermann Feinbein. Der Kerl lungert den ganzen Tag
zu Hause herum. Ist angeblich zu krank, um einer geregelten Arbeit nachzugehen, darum ist Schopp sich sicher, ihn daheim anzutreffen. Feinbeins Haus liegt ein
gutes Stück die Straße hinunter, dort, wo die Straße hinter einer Kurve zum Dorfrand führt. Bei klarem Wetter
kann man von Feinbeins Haus die rauchenden Schorn-
steine der Fabriken in der Stadt erkennen. Das Haus
fällt auf in der Straße, fehlende Dachziegel sind mit an-
dersfarbigen ersetzt worden, das Fallrohr an der rechten
Traufe fehlt genauso wie einige Fensterläden, die Stelle,
an der das beschädigte Mauerwerk ausgebessert wurde,
ist noch unverputzt, und auf einen frischen Farbanstrich
wartet die Fassade seit Langem vergeblich. Von den hölzernen Fensterrahmen blättert der Lack ab, auf der ungepflegten Wiese vor dem Haus, in der das Unkraut nur
so sprießt, steht ein jämmerlicher Kübel, der im Sommer
mit jämmerlichem Grünzeugs bepflanzt ist.

Eine Klingel fehlt an Feinbeins Haus, darum pocht
Schopp energisch an die Türe. Es dauert ziemlich lange, bis endlich geöffnet wird, das Sonnenlicht fällt auf
die schmächtige Gestalt Hermann Feinbeins, der in
dem dämmrigen Hausflur erscheint. In seinen Ohren
stecken gelbliche Knäuel aus Watte, er verströmt den
herben Geruch von Kampfer. Feinbein trägt an diesem
sonnigen Tag eine dicke Strickweste. Mit seiner blas-
sen Haut, seinen blutunterlaufenen Augen wirkt er so

schwach und gebrechlich, als wäre er ein schwer kranker Mann.

Ohne auf den traurigen Anblick einzugehen, kommt Schopp zur Sache. »Was hat die Engels gemeint?«

»Morgen, Theo, ich verstehe nicht …«

»Wer hat sich unten auf dem Platz getroffen an jenem Abend? Du warst doch dabei! Wer noch?« Ungeduldig drängt Schopp sich nahe an Feinbein heran. Dessen nackte Füße stecken in ausgetretenen Filzpantoffeln, über der Strickweste trägt er breite Hosenträger, die eine ausgebeulte Hose auf der schmalen Hüfte halten. Auf Feinbeins unrasierten Wange klebt ein breites, schmutziges Pflaster. Sein schlechter Atem schlägt Schopp ins Gesicht.

Doch der ignoriert das, steht jetzt direkt vor Feinbein und wiederholt seine Frage: »Wer war bei dir? Und wohin seid ihr gegangen?«

»Ich weiß nicht, was du meinst, Theo …«

Die Ohrfeige trifft Feinbein mit solcher Wucht, dass sein Kopf gegen den Türrahmen zur Küche prallt. Von dort ertönt hysterisches Kreischen. Fanni Feinbein erscheint, sie will eingreifen, doch Theodor Schopp schlägt erneut zu. Diesmal landet seine Faust mitten in Feinbeins Gesicht. Blut spritzt aus der gebrochenen Nase, der Getroffene schreit auf wie ein gequältes Tier.

»Verschwinde!«, herrscht Schopp die Frau an, die wie angewurzelt stehen bleibt und sich die Hände vors Gesicht schlägt.

»Ich frage dich zum letzten Mal, Hermann, wer war bei dir?«

Mit weit aufgerissenen Augen starrt Feinbein auf seine Hand, die rot von seinem Blut ist.

»Los rede!«

Doch statt eine Antwort zu geben, stammelt Feinbein nur: »Meine Nase, meine Nase!«

Dann ist Schopp mit seiner Geduld am Ende. Wie ein Berserker prügelt er auf Feinbein ein, treibt ihn mit wuchtigen Schlägen und Tritten vor sich her, bis in die hinterste Ecke des Flurs, wo der wehrlose Mann an die Wand gedrängt zu Boden sinkt.

»Ich schlag dich tot, wenn du nicht redest!«, brüllt Schopp wie von Sinnen. Mit seinen schweren Stiefeln versetzt er dem am Boden Kauernden einen brutalen Tritt in die Seite. Schon will er zu einem weiteren Tritt ausholen, als Fanni ihn von hinten anspringt und ihre Fingernägel in Schopps Gesicht vergräbt. Der heult auf, dreht sich herum und schleudert die an ihm hängende Frau gegen die Wand. Ihr Schmerzensschrei dröhnt in Schopps Ohr, doch ihren Griff lockert sie nicht. Da dreht sich Schopp mit dem Rücken zur gegenüberliegenden Wand, dahin, wo der rahmenlose Spiegel über der zierlichen Flurkommode hängt. Mit aller Wucht wirft er sich rücklings gegen die Wand. Der Aufprall nimmt der Feinbein die Luft zum Atmen, scharfe Glassplitter bohren sich in ihr Schulterblatt, vom Schmerz ergriffen lässt sie von Schopp ab und sinkt auf die Kommode, deren Beine das Gewicht nicht zu tragen vermögen und unter Fanni zusammenbrechen. Hermann Feinbein liegt noch immer in der Ecke des Flurs. Die Bodenfliesen sind rot von seinem Blut, winselnd hält er sich die Seite.

Schwer atmend geht Schopp auf ihn zu. »Ich gebe dir eine Stunde, dann kommst du zu mir nach Hause und packst aus. Eine Stunde, hörst du mich? Eine Stunde, wenn du nicht erscheinst, rufe ich die Polizei, dann landest du im Zuchthaus bis ans Ende deiner Tage.«

Mit voller Wucht versetzt er Hermann noch einen letzten Tritt in die Seite, dann beugt er sich mit wutverzerrtem Gesicht zu ihm hinunter, presst ihm seinen Zeigefinger auf die gebrochene Nase und zischt: »Eine Stunde und keine Minute länger.«

Kaum fünfzehn Minuten sind vergangen, als Franz Kadenbach am Haus der Feinbeins erscheint. Er muss reden mit Hermann, das halbe Dorf hat gehört, was die Engels gestern herausposaunt hat. Sie müssen sich etwas einfallen lassen, eine glaubhafte Erklärung finden. Ihr Treffen zu leugnen, erscheint ihm sinnlos, dazu ist es zu spät, jetzt gilt es zusammenzuhalten und dafür zu sorgen, dass Hermanns Frau ihr Schandmaul hält. Als es auf sein Klopfen hin still bleibt im Haus, drückt er vorsichtig auf die Klinke, die Tür ist offen. Feinbein liegt in der hinteren Ecke des Flurs blutend auf dem Boden, seine Frau steht schwer atmend an das Treppengeländer gelehnt vor ihm. Auf ihrem Rücken ist die Kleidung von Blut durchtränkt.

»Franz, gut, dass du kommst«, stammelt Feinbein, »Schopp war hier, er hätte uns fast umgebracht.«

Kadenbach drängt sich an der Frau vorbei zu ihm hin, geht in die Knie und betrachtet Hermanns verquollenes Gesicht. »Hat er euch so zugerichtet?«

»Ja, er war hier, hat wissen wollen, mit wem wir uns getroffen haben am Abend, an dem wir uns den Dorftrottel vorgeknöpft haben.«

Kadenbach schluckt, so weit ist es also schon gekommen. »Hast du ihm etwas gesagt?«

»Nein, Franz, ich hab nichts verraten.« Hinter ihm jammert Fanni, auf wackeligen Füßen steht sie in gekrümmter Haltung da und klammert sich an das Treppengeländer.

»Du bist schuld«, zischt Kadenbach sie an, »hast dich mit der Engels gestritten, hast sie provoziert, du blöde Pute. Hättest dein Maul halten sollen, aber das hast du ja noch nie gekonnt. Eine reinhauen sollte man dir!«

Dann richtet er sich auf, schaut von ihrem blutigen Rücken zu der zerbrochenen Kommode und dem zerbrochenen Spiegel. Noch zögert er, vielleicht sollte er die beiden einfach sich selbst überlassen. Aber Feinbein hat gedroht, ihn zu verraten. Dann gibt er sich einen Ruck.

»Los, auf mit euch, alle beide, wascht euch das Blut ab und geht zum Hintereingang, dort wartet ihr auf mich. Ich hole meinen Wagen, und dann bringe ich euch zum Arzt. Passt auf, dass euch niemand sieht, und legt euch etwas um, ich will nicht, dass ihr mir das Auto versaut.«

Gemeinsam fahren sie eine ganze Weile schweigend und mit hohem Tempo über die Landstraße, bis sie in einer Kleinstadt vor den Toren Kölns vor einem neu errichteten Haus anhalten, in dem ein dem Kadenbach bekannter Arzt seine Praxis betreibt. Hier werden die Feinbeins als Notfall sofort in das Behandlungszimmer gelassen. Die Schnittwunde am Rücken erfordert vier Stiche, um sie zu schließen. Die gebrochene Nase wird gerichtet, Hermann Feinbein schreit so laut, dass die Wartenden draußen erschrocken aufblicken. Nachdem alle Verletzungen versorgt sind, zückt Kadenbach seine Geldbörse und drückt dem Arzt einige Geldscheine in die Hand. Er wird schweigen, niemand hat sie erkannt.

Nach anderthalb Stunden sind sie zurück im Dorf, er lässt die Feinbeins wieder am Hintereingang aus dem Wagen.

»Bleibt verdammt noch mal die nächste Zeit zu Hause. Es darf euch niemand so sehen!«, gibt er ihnen mit auf den Weg in ihr Haus; noch bevor sie es erreicht haben, ruft er ihnen nach: »Und noch etwas, Hermann, wenn du singst, bist du ein toter Mann!«

Dann braust Franz Kadenbach davon.

Nun sind sie also nur noch zu zweit, er und der Hermann. Hoffentlich hat er die Wahrheit gesagt und dem Schopp keine Namen genannt. Die ganze Sache könnte tatsächlich noch übel enden für ihn. Wenn Hermann redet, wenn er seine Drohung wahr macht, dann sind sie beide verloren. Dabei hatte er doch alles so gut arrangiert, Goswin Pröll sitzt wegen Mordverdachts an Ursula Markwitz in Untersuchungshaft, der Idiot hat die Leiche vermutlich selbst zu sich auf den Hof geschleppt. Niemals werden die Richter ihm glauben. Und wer sollte jemals auf den Gedanken kommen, ausgerechnet ihn und Hermann Feinbein des Totschlags an Martin Schopp zu bezichtigen? Ein paar Wochen noch, nur noch ein paar Wochen, und der ganze Rummel hätte sich gelegt. Und jetzt das!

Natürlich wird Theodor Schopp nicht zur Polizei gehen. Er will Rache, will den Mörder seines Sohnes vor ihm auf dem Boden knien sehen und um Gnade winseln hören. Die Polizei bringt solche Dreckskerle vor Gericht, wo sie einen Strafverteidiger an ihre Seite gestellt bekommen, der mildernde Umstände geltend macht und sich für eine Strafminderung ausspricht.

Schopp will Gleiches mit Gleichem vergelten. Auge um Auge. Von Anfang an hat er geahnt, dass der Mörder im Dorf zu finden sein muss. Und er hat gewusst, dass er geduldig sein muss. Alle Kerle waren wütend auf Martin, wie oft haben sie sich bei ihm über den Jungen beschwert! Jedes Mal hat er Martin geschlagen dafür, hat versucht, ihm seine Lust aus dem Leib zu prügeln, doch der Junge war wie besessen. Einmal ist er sogar zu einer Prostituierten mit ihm gefahren, so ein verkommenes Luder, die jeden ranlässt, doch als sie Martin gesehen hat, da hat sie das Geld auf den Boden geworfen und ist schreiend davongelaufen.

Der Feinbein also. Und der Kadenbach, dieser vornehme Herr. Es drängt ihn, zu Margarete Engels zu gehen. Es wäre ein Leichtes, sie dazu zu bringen, ihm zu sagen, was sie gesehen hat. Doch es wäre ein Fehler. Niemand darf von seinem Plan wissen.

Eine Stunde vergeht, ohne dass Feinbein bei ihm erscheint. Dieser Dreckskerl ist entweder zu feige, oder er glaubt, damit durchzukommen. Zehn Minuten wartet er noch, dann macht Schopp sich erneut auf den Weg. Nun hat sich Feinbein das, was jetzt folgt, selbst zuzuschreiben.

Die Haustür ist nicht verschlossen; ohne zu zögern, betritt Schopp den Flur, er ist zu allem entschlossen. Der Fußboden, die Wand über der zerbrochenen Kommode und das Treppengeländer sind blutverschmiert.

Laut ruft er Feinbeins Namen, doch er erhält keine Antwort. Überstürzt schaut er in jedes Zimmer, reißt alle Türen auf, in der Küche liegen blutverschmierte Tücher auf dem Boden. Zuletzt hastet er zur Hintertür, sie steht einen Spalt weit offen, auch hier entdeckt er Blutstropfen auf dem Boden. Er kommt zu spät, das Pack scheint das Haus überstürzt verlassen zu haben. Doch er wird wiederkommen, morgen und übermorgen, er weiß, die Feinbeins können ihm nicht entkommen.

Wie Franz Kadenbach ihnen aufgetragen hat, verlassen Hermann Feinbein und seine Frau das Haus nicht. Hinter zugezogenen Vorhängen verkriechen sie sich in ihrer Küche, wo Reste von Blut auf dem Fußboden zu dunkelbraunen Flecken getrocknet sind.

Ihre Vorratskammer ist gut gefüllt, davon können sie sich eine Zeit lang ernähren, nur um das Plumpsklo auf der Rückseite des Hauses aufzusuchen, schleichen sie sich hinaus. Stundenlang wimmert Feinbein wie ein kleines Kind wegen seiner schmerzenden Nase. Seiner Frau legt er frische Verbände an, ungeschickt zerrt er an den Mullbinden herum, unter denen sich die Wunde wegen seiner ungewaschenen Hände bereits entzündet hat. Wie verschreckte Hasen in ihrem Bau sitzen sie in ihrem Haus, bei jedem verdächtigen Geräusch in der Nähe zucken sie ängstlich zusammen und atmen erleichtert auf, wenn nicht die Haustür auffliegt und Schopp über sie herfällt. Denn sie beide wissen, ein zweites Mal werden sie den wütenden Attacken Schopps nicht standhalten können.

Die Stunden vergehen, ohne dass etwas geschieht. Doch dann, am Abend des folgenden Tages, kaum, dass sich die Dämmerung über das Dorf gelegt hat, ist er plötzlich da. Er findet sie in der Küche, wo sie gerade beim Abendbrot sitzen. Breitbrüstig und wild entschlossen steht er vor ihnen, und das Marmeladenglas zerspringt unter der Eisenstange, die Schopp wütend auf den Tisch schlägt. »Ich frage dich zum letzten Mal, Hermann, mit wem hast du dich an dem Abend auf dem Dorfplatz getroffen?«

Fannis Schreien verstummt, als Schopp ihr drohend die Stange unter die Nase hält. Lauernd behält er dabei Hermann Feinbein im Blick, der aufgesprungen ist und versucht, sich zur Tür zu bewegen, und dabei zu reden beginnt. »Von mir erfährst du nichts!«, stößt er hervor.

Der Schlag trifft ihn mit voller Wucht. Feinbein fällt zu Boden, seine Arme haben keine Chance gegen die Eisenstange. Er hört Schopp brüllen und Fanni kreischen, dann verliert er das Bewusstsein.

20. KAPITEL

Das Alibi

Währenddessen denkt Franz Kadenbach angestrengt darüber nach, was nun zu tun sei. Hat Margarete Engels schon geredet? Hat sie der Polizei erzählt, wen sie an jenem Abend auf dem Platz gesehen hat? Die Engels ist eine verschlossene Person, niemand, die ständig auf der Straße herumsteht und mit jedem, der ihr begegnet, tratscht. Kadenbach vertraut auf ihre Verschwiegenheit, es bleibt ihm ja gar nichts anderes übrig, er würde sich schließlich sofort zu erkennen geben, sollte er zu ihr hingehen und sie ausquetschen. Nein, um die Engels muss er sich zunächst nicht kümmern. Hermann Feinbein ist das Problem, das es zu lösen gilt. Soll er ihn fortschicken? Soll er ihm Geld geben, damit Feinbein mitsamt seinem Weibsstück weit weg in eine andere Gegend zieht? Franz Kadenbach weiß, er muss handeln.

Mit mürrischem Gesicht sitzt er in solcherlei Gedanken vertieft auf seinem Trecker. Es fällt ihm schwer, sich auf seine Arbeit zu konzentrieren, gerade biegt er mit dem Gespann auf den Feldweg ein, und um ein Haar hätte er die ausladenden Äste der alten Eiche am Wegrand gestreift. Vom Stamm des Baumes schaut die Narbe eines Granatsplittereinschlags wie eine feixende Grimasse zu ihm herüber.

Niemandem im Dorf fällt die Zurückgezogenheit der Feinbeins auf. Viel zu sehr sind alle mit dem tragischen Unfall des Säufers Kabelke beschäftigt. So etwas wünscht man selbst so einem verkommenen Kerl wie ihm nicht.

»Ich sage euch, es wird noch schlimmer«, wiederholt Sofia Henschenmacher ihre Weissagung im Laden der Änne.

»Hör doch auf mit dem blöden Gequatsche!« Anneliese Behnke verliert die Beherrschung, gerade hat sie eine große Konservendose Kondensmilch aus dem Regal genommen und knallt diese nun mit voller Wucht auf die Verkaufstheke, hinter der die Änne erschrocken zusammenzuckt, dann aber lospoltert: »Was fällt dir ein, Anneliese? Ich dulde keinen Streit in meinem Laden, wenn du dich nicht zu benehmen weißt, dann brauchst du demnächst gar nicht mehr herzukommen.«

Zornig sieht Änne die Behnke an, doch die lässt sich so leicht nicht einschüchtern, immer noch die Dose in der Hand haltend, fuchtelt sie nun drohend damit vor dem faltigen Gesicht der alten Henschenmacher herum. »Dieses ständige Gequatsche vom Krummen ist doch absurd! Glaubst du etwa, dein Waldgeist habe uns die Molkerei persönlich angezündet? Hä, glaubst du das? Weißt du, was ich glaube?«, fährt sie fort. »Ich glaube, da steckt ein Mensch aus Fleisch und Blut dahinter, einer aus dem Dorf, einer, der ganz genau gewusst hat, was er tut. Einer, der uns ruinieren wollte, der nun meinen Adolf auf dem Gewissen hat, und bei Gott, ich wünsche ihm, dass er schwer an seiner Schuld zu tragen hat. Aber vielleicht ist es ja sogar derjenige gewesen, der auch den Schopp erschlagen hat, und vielleicht hat er ja sogar auch die junge Markwitz gleich mit umgebracht? Wer weiß das schon? Vielleicht läuft ein Geisteskranker durch unser Dorf und sucht schon sein nächstes Opfer. Vielleicht sucht er gerade dich!« Mit der Dose in der Hand deutet Anneliese Behnke auf die Henschenmacher, die erschrocken zusammenzuckt. »Oder dich!«

Jetzt zielt die Dose auf die Änne, die ebenfalls zusammenfährt und abwehrend die Hände hochreißt. Die Angesprochenen schweigen. Eine Weile ist es still im Laden, bis die Behnke noch einmal die Konservendose auf die Theke knallt und sagt: »Also redet nicht solchen Unsinn, sondern sagt der Polizei, was ihr wisst, damit die den Täter finden und zur Rechenschaft ziehen kann.«

Die Polizei konzentriert sich derweil auf Felix Siedemann. Seit seinem letzten Besuch in der Apotheke glaubt Johann Kaul in ihm den Hauptverdächtigen für den Mord an Martin Schopp gefunden zu haben. Siedemann hat sich merkwürdig verhalten, war bemüht, seine Nervosität zu verbergen, doch Kaul hat bemerkt, dass etwas nicht stimmt mit ihm. Auch Siedemann hat sich über die Anzüglichkeiten Schopps beschwert, davon war natürlich auch seine Braut nicht verschont geblieben. Das Paar war frisch verliebt, sie wollten heiraten, da erträgt man es nicht, wenn der Dorftrottel sich vor seiner Braut entblößt und ihr nachstellt. Es könnte sein, dass Siedemann sie vor dem Unhold schützen wollte. Dass er ihn zur Rede stellen, ihn einschüchtern wollte und dass die Situation dabei aus dem Ruder gelaufen ist. So könnte es gewesen sein, allerdings will Kaul auch einen vorsätzlichen Angriff auf Schopp nicht ausschließen. Er hält Felix Siedemann durchaus zu einer solchen Tat fähig.

Und wie passt der Tod von Ursula Markwitz ins Bild? Ist sie wirklich von Goswin Pröll getötet worden? Hatte Ursulas Mutter nicht ausgesagt, dass Goswin Pröll ihr und ihrer Tochter ebenfalls nachgestellt hat? Hat vielleicht jemand Ursulas Leiche absichtlich in Prölls Hof abgelegt, um den Verdacht auf ihn zu lenken? So viele Fragen, auf die sie noch keine Antwort gefunden haben. Und das Herz des alten Siedemann hört ganz plötzlich auf zu schlagen, obwohl der Mann kerngesund war? Kaul findet, es gibt ziemlich viele Tote im Umfeld Felix Siedemanns. Doch noch fehlen ihm die Beweise, irgendetwas, damit er den Kerl noch einmal gründlich in die Mangel nehmen kann.

»Was meinen Sie, meine Herren? Denken Sie nach, was stimmt nicht an Felix Siedemann?«

Kaul sitzt auf dem Besucherstuhl im Büro der Kollegen, blaugrauer Rauch von drei Zigaretten verteilt sich in dem kleinen Raum, weshalb Kaul nun zum Fenster hinübergeht und es öffnet. Nachdem er einen tiefen Zug frischer Luft inhaliert hat, dreht er sich zu den Kollegen um und sagt: »Nun? Fällt uns gar nichts ein?«

»Ich bin mir nicht sicher«, beginnt der Jüngste unter ihnen, »aber ich glaube, wir haben Siedemann noch nicht nach einem Alibi für den Abend, an dem Martin Schopp getötet wurde, gefragt.«

»Was?! Das ist doch nicht möglich. Los, los, schauen Sie in den Akten nach, los, schauen Sie schon, wie konnte das nur passieren?«

Während Kaul noch spricht, springen die Kollegen schon auf und stürzen sich auf die Akten. Seiten werden hastig geblättert, Papier raschelt, bis der Erste von ihnen aufschaut und den Kopf schüttelt. Schließlich sagt jemand: »Nichts, dazu gibt es keinen Vermerk.«

Kurze Zeit später sitzen sie zu zweit im Dienstwagen, Johann Kaul hat den jüngsten Kollegen angewiesen, ihn zu begleiten. Als sie die ersten Häuser des Dorfes erreichen, sehen sie, wie zwei Sanitäter in langen, weißen Kitteln einen Mann auf einer Trage aus dem Haus hinüber zu einem Krankenwagen am Straßenrand bringen.

»Halten Sie an«, befiehlt Kaul seinem Kollegen, der den Wagen direkt neben dem Krankenwagen zum Stehen bringt. »Was ist hier geschehen?« Durch das offene Wagenfenster hält Kaul den Sanitätern seinen Dienstausweis entgegen.

»Der Mann wurde offensichtlich zusammengeschlagen. Er hat mehrere Kopfverletzungen und vermutlich ein paar Rippen gebrochen.«

»Wie ist sein Name?«

»Er heißt Hermann Feinbein, seine Frau ist noch im Haus, sie hat einen schweren Schock erlitten, wir müssen auch sie mitnehmen.«

Rasch kritzelt Kaul etwas in sein Notizbuch, dann hebt er zum Dank an die Sanitäter seine Hand an die Stirn und bedeutet seinem Kollegen weiterzufahren. »Los, zur Apotheke, nachher kommen wir noch einmal hierhin zurück und schauen uns ein wenig um im Haus.«

»Ich war spazieren.«

Felix Siedemanns Antwort auf die Frage, wo er an diesem besagten Dienstagabend war, kommt spontan. Er wirkt kein bisschen überrascht, es wirkt vielmehr so, als hätte er diese Frage erwartet, als hätte er sich darauf vorbereitet.

Kaul schaut von seinem Notizbuch auf. »Wo waren Sie spazieren? Waren Sie alleine oder in Begleitung unterwegs?

»Ich war alleine, bin hinauf zum Waldrand, wo ich ein wenig herumgelaufen bin und mich anschließend auf eine Bank gesetzt habe, um den Sonnenuntergang zu beobachten. Ich wollte alleine sein, die Ungewissheit über Ursulas Schicksal hat mich erdrückt. Ich brauchte die Weite und die Ruhe um mich herum.«

»Hat Sie jemand gesehen?«

»Ich weiß nicht, ich glaube nicht.«

Nachdem Kaul sein Notizbuch zugeklappt hat, schaut er Felix lange und mit ernstem Blick an.

Felix ist bemüht, dem Blick standzuhalten, steht in seinem blütenweißen Kittel inmitten der Apotheke, in der bereits seine Vorfahren das Zepter geschwungen haben. Scheinbar gelassen steht er regungslos da, in der sattsamen Gediegenheit aus holzvertäfelten Wänden, ochsenblutrot gemusterten Bodenfliesen und einem schweren Deckenleuchter aus blank poliertem Messing. Eine beinahe arrogant wirkende Selbstsicherheit ausstrahlend, oder ist es gar Überheblichkeit, die Kaul in diesem Augenblick in Felix' Miene zu erkennen glaubt?

Dann, nach endlos erscheinenden Sekunden sagt Kaul: »Herr Siedemann, ich muss Sie bitten, sich zu unserer Verfügung zu halten.«

Als der schwere, dunkle Wagen davonfährt, steht Hertha Siedemann am Fenster in der ersten Etage und schaut ihm nach. Dann geht sie hinunter in die Apotheke, sie muss wissen, was die Polizisten schon wieder in ihrem Haus zu suchen hatten.

Als Kaul und sein Kollege wieder am Haus der Feinbeins vorfahren, ist der Krankenwagen verschwunden. Obwohl es Kaul zurück zur Dienststelle drängt, nimmt er sich die Zeit, sich im Haus umzuschauen. Zu zweit bahnen sie sich einen Weg durch die immer noch herumstehenden Schaulustigen. Die Haustür ist offen. Im Flur finden sie nichts Verdächtiges, bis auf den Nagel in der Wand, an dem offensichtlich ein Spiegel oder ein Bild gehangen hat, der helle Fleck auf der vergilbten Tapete zeichnet die Form nach. Die Küche ist ziemlich verwüstet, hier scheint ein Kampf stattgefunden zu haben. Etliche Gegenstände liegen auf dem Boden herum, Glassplitter von der Deckenlampe, Küchengerätschaften, ein zerbrochener Stuhl liegt in der Ecke. Und überall klebt hier Blut. Der Ofen, der Küchenschrank, der Spülstein, alles ist mit Blut bespritzt. Hier hat jemand gewütet wie ein Besessener. Die Vorhänge sind halb von der Gardinenstange gerissen.

Kauls Kollege tut einen Blick nach draußen auf die Schaulustigen. »Vielleicht weiß jemand von denen etwas.« Mit seinem Daumen deutet er auf die Leute vor Feinbeins Haus.

»Gute Idee«, sagt Johann Kaul, »machen Sie noch rasch ein paar Fotos von der Schweinerei hier, ich gehe schon hinaus und fühle den Maulaffen ein wenig auf den Zahn.«

Als Kaul in der Eingangstür erscheint, schauen alle zu ihm hin. Ein knappes Dutzend Dörfler hat an diesem Vormittag nichts Besseres zu tun, als hier herumzustehen. Ihre Gespräche verstummen, und als Kaul sich ihnen nähert, weichen einige von ihnen zurück.

»Aber meine Herrschaften, bleiben Sie nur hier. Ich tue Ihnen nichts, ich habe nur ein paar Fragen an Sie. Kann mir jemand sagen, was hier vorgefallen ist?«

Betretenes Schweigen, niemand schaut mehr zu ihm herüber, zwei Männer schicken sich an zu gehen.

»Da drinnen muss es einen heftigen Kampf gegeben haben. Haben Sie etwas gehört? Vielleicht Schreie? Haben Sie gesehen, wie jemand das Haus verlassen hat?«

Immer noch bleiben die Leute stumm. Einige schütteln kaum wahrnehmbar ihren Kopf. Kauls Kollege kommt hinzu, und Kaul gibt ihm ein Zeichen, zum Auto zu gehen. Als sie im Wagen sitzen, schimpft er: »Hier werden wir nichts erfahren, sind alle wie verstockt in diesem Kaff! Aber das hat Zeit, zuerst müssen wir uns den jungen Siedemann schnappen, und dazu brauchen wir jetzt ganz dringend einen Haftbefehl.«

Er hat den Motor bereits gestartet und will losfahren, als eine Frau neben dem Wagen auftaucht und ihn durch das geöffnete Seitenfenster anspricht: »Ich habe niemanden gesehen, aber ich habe gehört, was der Feinbein genuschelt hat, als sie ihn auf der Trage zum Rettungswagen getragen haben.«

»Ach«, sagt Kaul und zückt sein Notizbuch, »was hat er denn gesagt?«

»Er hat gesagt … Ich habe es ganz genau verstanden, obwohl er genuschelt hat, wegen dem vielen Blut in seinem Mund, er hat gesagt: ›Hätt' ich mich doch niemals mit der Hexe eingelassen.‹«

Im Krankenhaus werden die Feinbeins untersucht. Hermann hat zwei Rippen gebrochen, mehrere Rippen sind geprellt, seine Milz ist gerissen, sein Kopf weist zwei tiefe Platzwunden auf. Außerdem hat er eine Fraktur der rechten Augenhöhle erlitten sowie drei Zähne im Oberkiefer verloren. Kopf und Thorax wurden offensichtlich durch massive Gewalteinwirkung verletzt, darum vermuten die Ärzte weitere innere Verletzungen. Sie entscheiden sich dazu, Hermann Feinbein ins künstliche Koma zu versetzen.

Der rechte Arm der Frau ist gebrochen. Auch sie weist Prellungen am ganzen Körper auf, auf ihrem Rücken finden die Ärzte eine Schnittverletzung, die laienhaft versorgt wurde und stark entzündet ist. Sie hat einen schweren Schock erlitten; als die Sanitäter sie in den Untersuchungsraum bringen, ist sie nicht bei Bewusstsein.

Am frühen Morgen des folgenden Tages schreitet Anton Pelucha durch den langgestreckten Flur des Gebäudetrakts, in dem die Untersuchungshäftlinge untergebracht sind. Laut hallen seine Schritte auf dem nackten Fußboden, vor jeder Zelle bleibt er stehen, schiebt die Klappe in der massiven Tür zur Seite und schaut hinein.

In Zelle 27 zeichnen sich die Schatten der Gitterstäbe im hellen Sonnenlicht auf dem hölzernen Fußboden ab. Pelucha ist ein erfahrener Mann, sofort ist ihm klar, dass hier etwas nicht stimmt. Die Häftlinge wirken aufgeregt, zwei stehen an die Wand gelehnt vor der Pritsche des letzten Neuzugangs, die anderen sitzen aufrecht auf ihren dünnen Matratzen und deuten auf den Mann, der rücklings auf seiner Pritsche liegt.

Die langgezogenen Pfiffe aus Peluchas Trillerpfeife tönen schrill über den Flur, und es dauert nicht lange, bis zwei weitere Wärter herbeigelaufen kommen. Zu dritt betreten sie die Zelle, der Gestank von verschwitzten Leibern und menschlichen Ausscheidungen empfängt sie, in der Ecke steht offen der halbvoll mit Fäkalien gefüllte Zinkkübel. Mit wenigen Schritten tritt Pelucha an den Neuzugang heran. Dessen Mund ist weit geöffnet, seine trüben Augen starren regungslos an die Decke.

»Der regt sich nicht mehr, ich glaube, der ist hin«, tut einer der Häftlinge kund, Pelucha will den Puls überprüfen, doch der Arm ist schon ganz kalt und steif.

Goswin Pröll ist tot, er ist in der Nacht an seinem Erbrochenen erstickt.

21. KAPITEL

Franz Kadenbach

Es ist der Tag, an dem Siegfried Treller noch vor dem Morgengrauen vom Gebrüll seiner trächtigen Kuh geweckt wird. Obwohl Treller in der Metallwarenfabrik in der Stadt eine gut bezahlte Arbeit gefunden hat, kann er sich nicht dazu entschließen, die kleine Landwirtschaft im Nebenerwerb aufzugeben. Jeden Morgen, bevor er mit seiner roten Isetta in die Fabrik fährt, geht er in den Stall, versorgt die vier Kühe und die drei Schweine, füttert den Kettenhund und die Hühner und lässt sich zum Frühstück die in der Pfanne gebratenen frischen Eier schmecken. Nun ist es also bei der Affra so weit. Es ist schon ihr drittes Kalb, Treller rechnet mit einer problemlosen Geburt noch vor der Zeit zum Aufbrechen.

Im Schein der von Spinnweben umhüllten Stalllampe erkennt Treller die Schwarzbunte an ihrem Platz, nervös wiegt sie den Kopf. Ihr Atem geht schwer, ihre Nüstern blähen sich weit auf. Mit einem tiefen, langgezogenen Muhen begrüßt sie ihn. Treller seift sich Hand und Arm ein und untersucht sie, das Kalb liegt richtig, es wird schnell gehen. Seine Frau kommt dazu und schaut ihn fragend an, Treller nickt ihr beruhigend zu, alles

wird gut werden. Als Erstes erscheinen die Vorderklau-
en, als wären sie aus Wachs, so schimmern sie unter der
von blassroten Adern durchzogenen Fruchtblase. Dann
die dünnen Beine, auf denen das Köpfchen ruht. Die
Fruchtblase platzt, es geht zügig voran, und schon nach
nur drei weiteren Wehen, fällt das Kalb weich in das frische Stroh. Sofort macht Affra sich daran, ihr Kalb zu
säubern. Sie leckt und massiert ihm den Rücken, matt
liegt es auf der Seite, sein Kopf versinkt im lockeren
Stroh, bis Siegfried Treller vor ihm niederkniet, um die
Atemwege vom Schleim zu befreien.

Plötzlich schreckt er zurück. Das Kalb hat eine schöne, weiße Blesse auf der Stirn, vier gleichlange Seiten
bilden eine perfekte Raute, doch dort, wo eigentlich die
Augen sein sollten, dort spannt sich nur schwarzes Fell
über den Kopf des Tieres. Keine Augenhöhlen, keine Li-
der, nur Fell, nasses, verklebtes, schwarzes Fell. Affra
hat ein augenloses Kalb geboren. Erschüttert springt er
auf, drängt die Kuh vom Kalb weg, das daliegt und sich
schüttelt, um seine langen Beine in eine bequeme Posi-
tion zu bringen.

Trellers Frau hat nun auch gemerkt, dass mit dem Tier
etwas nicht stimmt, vorsichtig mustert sie es eingehend,
bis auch sie es sieht und mit einem Aufschrei aus dem
Stall rennt. Treller fasst das Kalb an den Hinterläufen,
Affra brüllt auf, doch Treller schleift ihr Junges hinaus
auf den Hof, wo er es mit dem Vorschlaghammer tot-
schlägt. So ein Unglück, erst im vergangenen Jahr ist
ihm eine Kuh an einem Wasserkalb eingegangen – und
nun das! Während Treller sich beeilt, den Kadaver zu
vergraben, läuft seine Frau hinunter zur Kirche, um in

der Frühmesse um Gottes Schutz vor weiterem Unheil zu beten.

Am selben Tag, nur wenige Stunden später, steht ein dunkler Wagen mit laufendem Motor dicht vor dem massiven Gefängnistor in Aachen. Als es sich langsam öffnet, erscheint ein massiger Backsteinbau, in dem sich über vier Etagen kleine, quadratische Fenster aneinanderreihen. Alle Fensteröffnungen sind vergittert. Felix Siedemanns Blick verfinstert sich noch ein wenig mehr, die Fesseln schneiden ihm in die Handgelenke. Obwohl es wieder ein heller, warmer Sommertag ist, fühlt es sich an, als befände er sich nackt auf freiem Feld im eisigen Winter. Er lag noch in tiefem Schlaf, als heute Morgen in aller Herrgottsfrühe die Schelle an der Haustür schrillte. Kaum hatte er geöffnet, drangen vier uniformierte Polizisten ins Haus und umringten ihn. Johann Kaul hat sich vor ihm aufgebaut, ihm ein Schreiben unter die Nase gehalten und gesagt: »Ich verhafte Sie als dringend Tatverdächtigen im Mordfall Martin Schopp.«

Hinter ihm schließt sich scheppernd das schwere Eisentor, die Mauern und Gebäude ringsum sind so hoch, dass er im Fond des Wagens sitzend nicht mehr den strahlend blauen Himmel erblicken kann, zu dem er während der Fahrt hierhin mit von Tränen getrübtem Blick aufgeschaut hat. Eine erdrückende, schmutzig graue Enge umgibt ihn nun, sie droht ihm die Luft zum Atmen zu nehmen.

Dann stolpert er verängstigt hinter seinen Begleitern her, in einer kargen Wachstube nehmen sie ihm die Fesseln ab, mit noch tauben Fingern fischt er seine Habseligkeiten aus den Taschen, legt sie, wie ihm befohlen wird, auf den Tresen, hinter dem ein gelangweilter Uniformierter steht und die Sachen auf einem Formular auflistet. Nachdem er die Schnürsenkel und seinen ledernen Gürtel abgeliefert hat, erscheinen zwei weitere Uniformierte, die ihn in ihre Mitte nehmen und aus der Wachstube hinausführen. Insgesamt sieben vergitterte Türen durchschreiten sie, Felix zählt sie alle, und jedes Mal schließt einer seiner Begleiter die Türe mit einem der unzähligen Schlüssel an seinem Schlüsselbund vor ihnen geräuschvoll auf und hinter ihnen genauso geräuschvoll wieder zu. Nach jeder Tür fühlt Felix sich verlorener. Dann haben sie ihr Ziel erreicht. Mitten in einem langen Gang bleiben sie vor Zelle 27 stehen.

Der ältere der beiden Wärter schaut Felix neugierig an. »Woher kommst du noch mal?«, fragt er, und Felix nennt den Namen seines Dorfes. »Sieh mal einer an!«, sagt der Wärter, »das ist wirklich komisch, am selben Tag kommen mir zwei Galgenvögel aus dem gleichen Kaff unter. Ihr scheint ja ein ganz liebreizender Haufen dort zu sein.«

Dann lacht er heiser, so wie starke Raucher es tun, und schiebt Felix in die geöffnete Zelle hinein. Hinter ihm wird die schwere Holztür zugeschlagen, und vor ihm sind finstere Blicke aus fünf Augenpaaren auf ihn gerichtet.

Im Fenster neben der Eingangstür zur Apotheke hängt nun ein Pappschild, auf dem in krakeliger Schönschrift geschrieben steht: *Wegen Krankheit geschlossen.*

Dabei weiß das ganze Dorf längst, was am Morgen vorgefallen ist. Nicht nur von dem augenlosen Kalb in

Trellers Stall haben alle schon gehört, auch über die Verhaftung Felix Siedemanns sind sie informiert. Und wieder tönen die Auguren, wollen es schon immer gewusst haben. Der junge Siedemann sei ein Wolf im Schafspelz, verkünden sie, der zu den grässlichsten Taten fähig sei. Andere sind irritiert, sie wollen nicht glauben, dass die Polizei den jungen Siedemann des Mordes verdächtigt. Bis sie das Schild im Fenster der Apotheke gesehen haben. Es ist also wahr, der liebenswürdige Felix wurde abgeholt, man sagt, die Polizei verdächtige ihn, Martin Schopp erschlagen zu haben.

Theodor Schopp könnte zufrieden sein. Endlich scheint der Tod seines Jungen gesühnt zu werden. Welcher Vater, welche Mutter wollte nicht den Mörder seines eigenen Fleisch und Blut an den Pranger gestellt sehen? Doch Theodor Schopp ist nicht zufrieden. Eine solche Tat passt nicht zu Felix Siedemann, Felix ist ein anständiger, kultivierter Junge. So wie die Tat verübt wurde, steckt nach Schopps Meinung ein anderer Kerl dahinter. Ein grober Klotz, ein menschliches Ungeheuer, eine blutgierige Bestie. Der Täter hat Martin ohne Erbarmen wie einen Hund zu Tode geprügelt. Niemals wäre Felix Siedemann zu einem so schrecklichen Gewaltverbrechen fähig.

Und dann ist da ja noch die Sache mit der alten Engels.

Was sie der Feinbein entgegengeschleudert hat, haben alle gehört, die sich um Kabelkes Leiche versammelt hatten.

»Jeden Einzelnen habe ich erkannt, und ich möchte nicht wissen, wohin sie gemeinsam gegangen sind!«, hat Margarete Engels gebrüllt. Jeder noch so einfältige

Tölpel sollte in der Lage sein, sich seinen Reim darauf zu machen.

Heute Morgen hat die Engels von ihrem Küchenfenster aus beobachtet, was in der Apotheke der Siedemanns geschehen ist. So wie sie nahezu alles beobachtet, was in ihrer Nachbarschaft geschieht. Nichts bleibt ihr verborgen, denn Zeit zum Schauen steht ihr im Überfluss zur Verfügung. Wenn sie im Haus ist, blickt sie ständig aus dem Fenster, und wenn sie draußen ist, beobachtet sie aufmerksam, was um ihren Wohnplatz herum geschieht. Nun sitzt sie in ihrer Küche auf ihrem Aussichtsposten und schaut hinüber zu dem größten und schönsten Haus auf dem Marktplatz, dessen Gesimse aus weißem Marmor in der Morgensonne strahlen. Hermann ist gestorben und Felix verhaftet, denkt sie bei sich, nun ist Hertha ganz alleine in dem großen, schönen Haus. Sie erinnert sich daran, wie Hertha sich als junge Frau den Hermann geangelt hat. Vor dem Krieg galt Hermann als eine gute Partie im Dorf, die Zahl seiner Verehrerinnen war groß, doch als er nach Kriegsende zum ersten Mal wieder den sonntäglichen Gottesdienst besuchte, bei dem niemandem verborgen geblieben war, dass er bei der Schlacht an der Somme zum Krüppel geschossen worden war, da haben sich alle andere Kerle gesucht. Nur Hertha, der schien das nichts auszumachen. Die hat ihn so lange bezirzt, bis er angebissen hat. Und nun sitzt sie alleine in dem großen, schönen Haus. Unruhig wischt sich Margarethe Engels ihre feuchten Hände an der Schürze ab, sie ist nervös, ihr Gewissen quält sie. Soll sie der Polizei sagen, was sie gesehen hat?

Sie hätte es sofort sagen sollen, schon beim ersten Mal, als die Polizisten bei ihr waren und sie befragt haben. Schon damals hätte sie melden müssen, dass sie den Kadenbach, den Behnke, den Feinbein und den Kabelke an jenem Abend beobachtet hat, wie sie zusammengestanden sind, drüben an der Mauer, und dass ihr das Verhalten der Männer merkwürdig vorgekommen ist. Als die vier Männer losgezogen sind, da hat es für Margarethe Engels gleich so ausgesehen, als ob sie einem Plan folgen würden. Nun ist es zu spät. Felix Siedemann soll den jungen Schopp erschlagen haben! Der Junge ist unschuldig, das spürt sie, doch nun sitzt er im Gefängnis. Der arme Junge, und die mutmaßlichen Mörder laufen frei herum.

Immer noch reibt sie ihre Hände an ihren Oberschenkeln, spürt, wie sie trocken werden auf dem groben Leinen ihrer Arbeitsschürze. Plötzlich stutzt sie: Die mutmaßlichen Mörder laufen nicht in Freiheit herum, sie sind fast alle tot, schießt es ihr in den Kopf. Tot sind sie, der Behnke, der Kabelke – und der Feinbein liegt im Koma. Nur noch der Kadenbach ist übriggeblieben, und da begreift die Engels, dass sie Felix mit ihrer Aussage nicht mehr helfen kann. Denn der Kadenbach hat nichts mehr zu befürchten, er alleine ist noch übrig, er wird eine etwaige Anschuldigung rigoros leugnen. Die Polizei kann nichts machen, es sei denn, jemand hat die Tat beobachtet.

Nachdem ihr das Dilemma in seiner ganzen Tragik klar geworden ist, erhebt sich Margarete Engels müde von ihrem Küchenstuhl, geht hinüber zum Fenster und schaut hinaus. Sie kann den Blick nicht abwenden vom

Haus der Siedemanns. Sie ist schuld an Herthas Unglück, sie hat ihr den Sohn genommen. Unruhig läuft sie vor dem Fenster auf und ab, sie weiß nicht, wie sie sich verhalten soll, soll sie weiterhin schweigen? Oder soll sie zur Änne hinübergehen, um nach der Polizei zu telefonieren? In diesem Moment klopft es an ihre Haustür. Der fordernde Klang der wuchtigen Schläge lässt sie vor Schreck zusammenzucken, doch dann geht sie zur Tür und öffnet sie. Davor steht Theodor Schopp.

Am folgenden Sonntag blickt Pastor Misseler zu Beginn des Gottesdienstes mit besorgtem Blick auf seine Pfarrangehörigen. Ein weiterer Platz bleibt an diesem Tag in der kleinen Kirche frei. Das fällt sofort auf, denn jeder hat hier seinen festen Platz, die Männer rechts, die Frauen links. Die Plätze werden von den Eltern übernommen, an manchem Platz haben sogar die Großeltern bereits gesessen. Niemand würde ohne Grund seinen angestammten Platz aufgeben, und nun sieht Misseler, dass Adolf Behnkes Platz leer ist. Die Plätze von Hermann Siedemann und vom Kabelke bleiben ebenfalls leer, und nun fehlt auch noch Felix Siedemann in seiner Kirche.

Später steht Misseler oben auf der Kanzel und blinzelt in die hellen Sonnenstrahlen, die durch das farblose Fensterglas auf sein faltiges Gesicht fallen. Er erkennt die Männer und Frauen unten in den Bänken sitzend, ihre Mienen sind ernst und verschlossen. Manche lassen ihre Köpfe hängen, haben die Hände in ihrem Schoß zusammengelegt, scheinen in ein stilles Gebet versunken zu sein. Misseler tut einen stillen Seufzer und erhebt dann seine Stimme zu einer seiner endlos langen Predigten. Er beginnt verhalten, in ruhigem Ton, um sich allmählich zu steigern, bis seine Stimme laut von den nackten Wänden widerhallt.

»Gott liebt uns!«, ruft Misseler den Pfarrangehörigen zu.

»Er hat uns auserkoren als sein Volk, wir müssen ihm vertrauen, denn nur er wird uns auf den rechten Weg führen!«

Wie immer lässt er nach solch gewichtigen Worten eine kleine Kunstpause eintreten. Von den Frauenbänken her schallt ein lauter Knall zu ihm herauf, als ob jemand mit seinen Schuhen gegen die hölzerne Kirchenbank stößt.

Dann vernimmt er eine Stimme: »Hören Sie doch endlich auf!«

Wie ein scharfes Schwert durchschneiden die Worte den kurzen Moment der Stille. Misseler sieht, wie sich Sofia Henschenmacher von ihrem Platz erhebt, alle starren die Alte an, die jetzt ihren Arm ausstreckt und zum Heiland am Kreuz im Chorraum hinüberzeigt. »Der Herrgott spuckt uns allen mitten ins Gesicht!«, fährt sie unerschrocken fort, »und Sie predigen von seiner Liebe zu uns! Hören Sie doch endlich auf mit diesem Unsinn.«

Dann drängt sie sich polternd an den neben ihr sitzenden Frauen vorbei und verlässt unter erstaunten Blicken und empörtem Geraune, ohne sich zu bekreuzigen, das Gotteshaus.

Nur mit Mühe gelingt es dem Pastor, seine Fassung zu bewahren. Bis zum Ende des Gottesdienstes wirkt er angestrengt, seine Bewegungen sind fahrig, und später verlässt er die Kirche durch den Nebeneingang im

Chorraum, ohne sich von den Pfarrangehörigen zu verabschieden.

Sofia Henschenmacher erwartet die Kirchgänger draußen auf dem Platz. Mit gekreuzten Armen blickt sie jeden, der sich ihr nähert, wild entschlossen an. Sie ist nicht davongelaufen, sie weiß sich zu verteidigen. Viele gehen grußlos an ihr vorüber, andere sprechen sie an.

»Das musste gesagt werden!«, erwidert sie standhaft, »schaut euch doch um im Dorf, woran erkennt ihr denn die Liebe des Herrn zu uns? Woran? Sagt es mir.«

Anneliese Behnke winkt ab und geht kopfschüttelnd weiter, doch Metha Markwitz baut sich vor der Henschenmacher auf.

»Wer hat dir etwas getan?« Ihre Augen schimmern glasig, und ihr Atem riecht schon zu dieser frühen Stunde nach Alkohol. »Mir hat man das Schlimmste angetan, mir hat man mein Kind genommen! Ich leide wie ein Hund und suche Trost bei unserem Herrn, was fällt dir also ein, so mit dem Pastor zu reden?«

»Du suchst den Trost doch ganz woanders, Metha, das wissen wir alle. Aber das ist nur allzu verständlich, denn du hast erfahren, dass du ihn beim Herrgott nicht finden wirst, deinen Trost. Der Herrgott hat sich nämlich von uns abgewendet, und ich sage euch, es wird noch sehr viel schlimmer für uns alle werden!«

Das letzte Wort ist noch nicht ausgesprochen, da stürzt sich Metha Markwitz schon auf die Alte und zerrt an ihr herum. »Wo ich meinen Trost finde, hat dich nicht zu interessieren, du Hexe.«

Blitzschnell eilen einige Männer herbei, um die streitenden Frauen zu trennen, doch im Nu entsteht ein regelrechter Tumult im Schatten der Dorfkirche. Knöpfe springen von den Blusen, Frisuren lösen sich auf. So weit ist es nun also schon gekommen, denkt Franz Kadenbach bei sich, während er einige Schritte Abstand zu dem entstandenen Pulk hält. Zu sehr ist er in seinen Gedanken versunken, als dass er sich auch noch mit zwei keifenden Weibern beschäftigen möchte.

Währenddessen sieht niemand Theodor Schopp herannahen. Er ist nach dem Gottesdienst sofort nach Hause gegangen, nun kehrt er auf den Kirchenvorplatz zurück. Trotz der sommerlichen Hitze trägt er einen graubraunen Popeline-Mantel, der bis unter die Knie reicht. Niemand beachtet ihn, und niemand bemerkt den stahlschwarzen Gewehrlauf, der unter dem Mantelsaum hervorlugt. Mit ruhigem Schritt geht Schopp bis dicht vor den auf den Tumult fixierten Franz Kadenbach zu, dann bleibt er stehen, nimmt den Karabiner 43 in Anschlag und ruft den Kadenbach an. Zwei rasch aufeinanderfolgende Schüsse zerfetzen dessen Gesicht, Blut spritzt auf die in der Nähe stehenden Menschen, die weiße Schleife im blonden Haar eines kleinen Mädchens verfärbt sich tiefrot. Während der letzte Schuss noch verhallt, scheint die Welt einen Atemzug lang stillzustehen. Alle auf dem Platz verharren regungslos, kein Laut ertönt, doch dann bricht plötzlich ein wildes Durcheinander los. Frauen und Kinder beginnen zu schreien, Menschen rennen von Panik ergriffen davon.

Franz Kadenbach liegt rücklings auf dem Kies, wo zuvor sein Gesicht war, ist jetzt nur noch eine blutige, unförmige Masse.

Regungslos steht Theodor Schopp da, niemand bedrängt ihn, während er auf den Toten herabstarrt, bis er sich plötzlich die Gewehrmündung unter das Kinn drückt und mit der freien Hand versucht, den Abzug zu betätigen. Seine Fingerspitzen haben den Hahn fast erreicht, als Siegfried Treller herbeispringt und ihn zu Boden reißt. Im gleichen Moment entlädt sich mit lautem Krachen ein Schuss in das Geäst der Linde über ihnen, herzförmige, sattgrüne Blätter regnen auf die am Boden liegende Leiche Franz Kadenbachs herab.

Als die Polizei eintrifft, lässt Schopp sich widerstandslos verhaften. Ein Tuch verhüllt unterdessen die Leiche Kadenbachs, die Schaulustigen hat man zurückgedrängt, bis hinter eine provisorische Absperrung, hinter der sie nun alle stehen und immer noch ziemlich erschüttert verfolgen, was auf dem Platz geschieht. Niemand geht nach Hause an diesem Sonntagmittag, niemand geht in die Wirtschaft, die Frauen haben das Mittagsmahl vom Herd genommen und warmgestellt.

Kurz nach der Polizei erscheinen zwei Reporter der Lokalzeitung. Sie drängeln sich nach vorne bis dicht vor die Leiche, fotografieren, wie diese nun in einen Zinksarg gelegt und in den schwarzen Kombi des Bestatters geschoben wird. Ihre Fragen werden von den Dörflern ausführlich beantwortet, heute will jeder seinem Entsetzen, seiner Wut über das, was sich in der letzten Zeit im Dorf ereignet hat, Ausdruck verleihen. Die Polizei versucht, die lästigen Pressefritzen zu vertreiben, doch die haben offensichtlich längst alles, was sie brauchen, um einen reißerischen Artikel zu schreiben.

Mann auf offener Straße erschossen. Wieder ein Toter im Skandaldorf, wird das Blatt am nächsten Morgen titeln. Ein Foto der vom Stoff verhüllten Leiche unter dem Lindenbaum und eines, allerdings ein unscharfes, von Theodor Schopp im Fond des Polizeiwagens sitzend, werden den Artikel vortrefflich abrunden. Auch die Polizei bekommt Antworten auf ihre Fragen. Es sind der Informationen sogar so viele, dass Kaul beschließt, einige Dörfler in sein Büro zu bestellen. Nicht nur über den Kadenbach und den Schopp lassen die Leute sich aus, auch über Felix Siedemann und Goswin Pröll, über das, was die Engels herausposaunt hat, über Ursula Markwitz und über Martin Schopp reden sie. Nachdem Kaul und seine Kollegen mehr als eine ganze Stunde lang ihre Notizbücher vollgekritzelt haben, ziehen sie sich zur Beratung in die Kühle der Kirche zurück.

Immer noch hängt der schwere Geruch von Weihrauch in der Luft, Kaul setzt sich erschöpft auf eine der hinteren Bänke. Ihm ist klar, dass sie plötzlich wieder ganz am Anfang stehen. Nichts scheint mehr sicher, alles, aber wirklich jedes Detail muss neu beleuchtet werden. Müde betrachtet er das Notizbuch in seiner Hand, dann zündet er sich hier in der Kirche eine Zigarette an, tritt hinaus auf den Platz, blinzelt in die hoch am Himmel stehende Sonne und bläst den Rauch hinauf in einen wolkenlosen, tiefblauen Himmel.

22. KAPITEL

Krankenbesuch

Metha Markwitz schämt sich. Am Nachmittag sitzt sie auf der Bank hinter ihrer Nissenhütte und schaut hinüber zu dem Buschwerk, in dem der Holunder bereits verblüht ist und die noch grünen Beeren allmählich die Dolden füllen. Frischer Malzkaffee dampft in ihrer Tasse, während sie eine Zigarette anzündet und den ersten tiefen Zug nach einem kurzen Mittagsschlaf tut. Sie hätte die Henschenmacher nicht beachten dürfen, hätte an ihr vorübergehen sollen, so wie andere auch. Sie schämt sich dafür, die alte Frau attackiert zu haben, und sie befürchtet, allmählich den letzten Rest ihrer Selbstkontrolle zu verlieren. Es ist einer der wenigen klaren Momente, seit man ihr Ursula genommen hat. Ursula! Gemeinsam standen sie an der Schwelle zu einem besseren Leben. Doch nun ist sie immer noch hier, Metha schaut zu der leer stehenden Nissenhütte hinüber, die mehr und mehr verfällt, in der die Ratten fett und furchtlos sogar am helllichten Tag ihr Unwesen treiben. Es werden immer mehr, auf der nahe liegenden Schutthalde finden sie in den Abfällen der Dorfbewohner Nahrung im Überfluss, und schon mehr als einmal hat Metha eine von ihnen aus ihrer Hütte vertreiben müssen. Von Schutt und Ratten umgeben lebt sie hier in dieser erbärmlichen Behausung, in Blickweite zu Prölls Haus, in dessen Hof Ursulas Leiche gefunden wurde. Verreckt ist er, der Pröll, im Gefängnis verreckt in einer Gemeinschaftszelle. Niemand hat ihm geholfen, die anderen Häftlinge haben ihn sterben lassen, wodurch er seiner gerechten Strafe entgangen ist. Wie sehr hatte sie gehofft, ihren Seelenfrieden wiederfinden zu können, sobald das Scheusal verurteilt wäre. Auf den Tag, an dem man ihr die erlösende Nachricht überbringen sollte, dass Pröll als überführter Mörder bis an sein Lebensende im Zuchthaus verschwinden würde, auf diesen Tag hatte sich ihre ganze Hoffnung gerichtet. An diesem Tag, so hatte sie geglaubt, würde die eiserne Manschette, die ihr das Herz zu zerdrücken droht, sich lösen, und sie würde wieder befreit aufatmen können. Jetzt ist Pröll tot, und sie ist dabei, vollkommen den Halt zu verlieren. Sie hatte schon getrunken, heute Morgen, noch bevor sie zum Gottesdienst gegangen war, hatte sie getrunken. An jedem Tag trinkt sie schon in der Frühe das erste Glas, und wenn die Flasche zur Neige geht, überkommt sie jedes Mal eine panische Angst, weshalb sie gleich hinüberläuft in Ännes Laden, um Nachschub zu besorgen. Doch nun schämt sie sich für ihr Verhalten auf dem Kirchplatz. Alle haben es gesehen, und niemand hat auf den Schopp geachtet, der sich wegen ihrem Streit mit der alten Henschenmacher unbemerkt an den Kadenbach heranschleichen und ihn kaltblütig erschießen konnte.

Mit einem Schluck stürzt sie den Rest Malzkaffee herunter. Sie wird aufhören zu trinken, sie darf nicht vor die Hunde gehen. Nicht nach allem, was sie durchgemacht haben. Sie muss stark bleiben, für Ursula. Wie würde Ursula sich schämen, könnte sie ihre Mutter jetzt sehen. Ab sofort ist Schluss mit dem Alkohol. Oder vielleicht doch besser ab Morgen, heute braucht sie noch einen letzten Schluck, sie schüttet den Rest Malzkaffee aus der Tasse und gießt von dem billigen Weinbrand hinein, der auf der Kommode gleich neben der Hintertür steht. Nein, dieses Mal trinkt sie nicht gleich aus der Flasche, und schon dieser klitzekleine Triumph im Kampf gegen den Suff erfüllt sie mit Stolz. Sie weiß, morgen wird sie aufhören zu trinken.

Hertha Siedemann trinkt Tee. In ihrem schwarzen Kleid sitzt sie im Rattansessel und nippt an ihrem Nachmittagstee. Ein schattiger Platz in ihrem Garten ist ihr immer noch der liebste an diesen heißen Sommertagen, auch wenn sie nun alleine hier sitzt. Hermann ist tot und Felix im Gefängnis. Im großen Kirschbaum streiten sich die Stare um die letzten überreifen Früchte, gedankenverloren beobachtet Hertha das Treiben, bis sie abschweift zu dem Morgen, an dem Felix verhaftet wurde. Seit die Polizei ihn mitgenommen hat, lebt sie in größter Sorge um ihren Jungen. Dieser Kaul ist ein hartnäckiger Mensch, er scheint sich in die Idee, in Felix den Mörder des Dorftrottels gefunden zu haben, verrannt zu haben. Nun sitzt Felix im Gefängnis, vermutlich unter lauter Schwerverbrechern, denen er nichts entgegenzusetzen hat. Wenn sich das alles nur recht bald aufklären ließe, womöglich handelt es sich hier um ein simples Missverständnis. Noch am Tag der Verhaftung ist sie zu Doktor Klüster gefahren, doch der Anwalt hat sie vertröstet.

Man müsse die Anklageschrift abwarten, hat er gesagt. Sollte es jedoch zur Verhandlung kommen, werde er natürlich die Verteidigung übernehmen. Dann hat er versucht, sie beruhigen, hat gesagt, sie solle nach Hause gehen und sich nicht so viele Sorgen machen. Dieser unmögliche Kerl sitzt entspannt in seinem bequemen Ledersessel und rät ihr, sich nicht zu sorgen. Hertha Siedemann will sich nicht beruhigen, sie will wissen, wie es ihrem Jungen geht. Entschlossen stellt sie die zierliche Teetasse zurück auf den kleinen Gartentisch und geht ins Haus, um sich auf die Fahrt nach Aachen vorzubereiten, die sie sich für den morgigen Tag vorgenommen hat. Sie will Felix im Gefängnis aufsuchen, will ihn sehen, will seine Stimme hören.

Pünktlich fährt der Zug am nächsten Tag in den Aachener Hauptbahnhof ein. Von dort macht sie sich zu Fuß auf den Weg zum Gefängnis, sie wagt es nicht, ein Taxi zu benutzen, sie möchte nicht, dass irgendjemand den Grund ihres Besuchs in der Stadt erfährt. Über die Wilhelmstraße gelangt sie zum Adalbertsteinweg, plötzlich liegt der massive Bau dunkel und abweisend vor ihr. Ein wenig außer Atem bleibt Hertha Siedemann in einiger Entfernung stehen, sie ist es nicht gewöhnt, bei dieser Hitze lange Wegstrecken zu Fuß zurückzulegen. Keuchend kramt sie in ihrer Handtasche herum, findet ein Taschentuch und trocknet damit ihr Gesicht. Ein kleiner Spritzer Kölnisch Wasser verteilt auf Stirn und Nacken bringt ihr ein wenig Erfrischung.

So gestärkt geht sie weiter, bis sie hinter der schmutzigen Glasscheibe im Torwärterhaus einen uniformierten Mann erkennt. Als sie näher kommt, erhebt sich der Mann von seinem Stuhl, beugt sich vor und öffnet das kleine Fensterchen. »Sie wünschen?«, fragt er mit freundlichem Unterton, seine Krawatte baumelt knapp über dem Butterbrot, das er vor sich abgelegt hat.

»Ich möchte zu meinem Sohn«, antwortet Hertha mit leiser Stimme, »er sitzt hier ein.« Scheu sieht sie sich um, niemand ist in der Nähe.

»Haben Sie eine Besuchserlaubnis?«

»Eine Besuchserlaubnis? Ja brauche ich die denn?«

Jetzt lässt sich der Mann wieder auf seinen Stuhl fallen, seine Hand greift nach dem Butterbrot. »Ohne Erlaubnis ist es nicht gestattet, die Gefangenen zu besuchen. Es tut mir leid, ich kann Sie nicht einlassen.«

Damit hat Hertha nicht gerechnet. Verwirrt schaut sie den Mann an, der beherzt in sein Brot beißt.

»Es wäre doch nur für einen kurzen Moment«, stammelt sie, »ich habe extra den weiten Weg auf mich genommen. Ich kann doch jetzt nicht wieder gehen, ohne meinen Sohn gesehen zu haben.«

Der Mann kaut mit vollen Backen. »Wie gesagt, es tut mir leid. Besorgen Sie sich eine Besuchserlaubnis, und dann kommen Sie wieder.« Während er das sagt, steht er auf und schließt das Fensterchen wieder zu. Es gibt nichts weiter zu sagen, schon sitzt er wieder an seinem Platz und schlägt mit einer ausladenden Bewegung die Zeitung auf seinem Schreibtisch auf.

Tief gekränkt will Hertha an die Scheibe klopfen und dem ungehobelten Kerl gründlich die Meinung sagen, doch sie unterlässt es. Sie will den Mann nicht verärgern, denn sie wird wiederkommen, wenn sie sich diese verdammte Erlaubnis besorgt hat.

Zornig zieht sie ab, den ganzen weiten Weg hat sie umsonst gemacht! Bis zum Abend hält ihre schlechte Laune an. Wieder zu Hause, wärmt sie den Rest Essen vom Vortag auf und schlingt ihn ohne Appetit herunter. Nach dem Mahl wirft sie das Besteck zu dem schmutzigen Geschirr vom Morgen in den Spülstein, dass es nur so scheppert.

Am kommenden Sonntag bricht sie zu einer weiteren Ausfahrt auf, sie will Hermann Feinbein im Krankenhaus besuchen. Dazu benötigt sie keine Besuchserlaubnis, an jedem Sonntagnachmittag haben Angehörige und Freunde Gelegenheit, die Kranken zu besuchen. So viele Ausfahrten hat sie schon lange nicht mehr unternommen. Am frühen Nachmittag macht sie sich müde und abgespannt auf den Weg zum Bahnsteig, um von dort die Straßenbahn hinaus in die Stadt zu nehmen. Das Dorf liegt wie ausgestorben in schläfriger Sonntagsruhe, die Sonne brennt heiß auf ihr schwarzes Kleid, als sie als einziger Fahrgast in die Bahn steigt.

Wie anders empfängt sie doch die Stadt. Autos brausen an der Haltestelle vorbei, Hertha muss warten, bis sie in raschem Schritt hinüber zur anderen Straßenseite gelangen kann. Vor der Milchbar sitzen Männer in kurzärmeligen Hemden und Frauen in luftigen Sommerkleidern im Schatten großer Sonnenschirme und schlürfen Bananenmilch aus Cocktailgläsern. Leicht bekleidete Menschen flanieren durch den Park, den Hertha auf ihrem Weg zum Krankenhaus durchqueren muss. Doch sie hat keinen Blick für all das entspannte Treiben in flirrender Hitze, mit verbissenem Gesicht schreitet sie voran, dem Krankenhaus zu. Hinter dem schweren Eingangsportal empfängt sie der durchdringende Geruch von Chloroform. Schwestern vom Orden der Franziskanerinnen eilen in ihrem grauen Habit geschäftig umher, feine Schweißperlen stehen ihnen auf der Stirn, gekräuselte Haarsträhnen lugen unter den Schleiern hervor. Eine der Schwestern weist ihr freundlich den Weg zur Männerstation.

Da Hertha nicht weiß, in welchem Zimmer Hermann Feinbein liegt, fragt sie eine Schwester dort nach der Nummer.

Prüfend schaut die Hertha an, dann will sie wissen: »Sind Sie mit Herrn Feinbein verwandt?«

»Nein, nicht verwandt, wir sind Nachbarn. Wir kennen uns seit vielen Jahren, auch seine Frau kenne ich sehr gut, sie liegt ja zurzeit auch hier im Spital.«

»Frau Feinbein wurde gestern bereits entlassen.«

Erstaunt horcht Hertha auf, das wusste sie nicht. Es geht ihr also wieder besser, da wird sie möglichst bald auch Fanni aufsuchen, um mit ihr zu reden.

»Aber Herr Feinbein ist doch gewiss noch hier? Oder wurde er etwa ebenfalls schon entlassen?«, will Hertha wissen.

Die Schwester scheint zu zögern, dann gibt sie sich einen Ruck und sagt: »Es tut mir leid, Herr Feinbein ist heute Morgen in der Frühe verstorben.«

Dann schickt sie sich an, weiter ihrer Arbeit nachzugehen, sie ist schon im nächsten Zimmer verschwunden, als Hertha immer noch wie versteinert dasteht und ihr nachschaut.

Fanni Feinbein müht sich, mit ihrer linken Hand eine Scheibe Brot vom frischen Laib zu schneiden. Um ihn zu fixieren, drückt sie den rechten Arm darauf, doch das Brot ist weich und das Messer schon lange nicht mehr richtig scharf. Angewinkelt in einem dicken Gipsverband wird ihr rechter Arm von einer breiten Armschlinge gehalten. Leise vor sich hin schimpfend gelingt es ihr, eine ziemlich unförmige Scheibe vom Brot zu schneiden, dann versucht sie, rote Marmelade darauf zu verstreichen. Ihre Bewegungen sind unkoordiniert, wie soll sie nur alleine zurechtkommen, solange sie noch diesen verdammten Gipsverband tragen muss? Der mit Marmelade eingesaute Griff des Messers gleitet ihr aus der Hand, klirrend fällt es zu Boden, von wo es Fanni nun unter wütendem Geschimpfe aufheben will, als es an ihrer Haustür klopft.

Immer noch zeternd, öffnet sie die Tür. Ohne einen Blick auf den Besucher zu tun, lutscht sie schmatzend die Marmelade von ihren Fingern, doch es ist zu spät, auch die Klinke ist jetzt vollgeschmiert.

»'n Abend, darf ich reinkommen?«, grüßt Hertha Siedemann.

Fanni Feinbein ist bass erstaunt, verharrt kurz, gibt dann aber mit mürrischem Blick den Weg frei. »Was willst du hier?«, fragt sie, ohne Hertha weiter als in den Flur eintreten zu lassen.

»Mein Beileid.« Hertha streckt ihre Hand aus, die Fanni jedoch nicht ergreift. Stattdessen schaut sie ihre Besucherin nur noch abweisender an.

»Ich habe es im Krankenhaus erfahren.«

Fanni Feinbein schweigt. Sie will nicht reden mit dieser Person, die Stille in dem im Halbdunkel liegenden Flur ist greifbar. Dann gibt sie sich einen Ruck. »Dein

Beileid kannst du dir sparen! Was bei uns passiert, geht dich nichts an.« Ihr verletzter Arm schmerzt, mit leidender Miene fasst sie sich mit der linken Hand an den Gipsverband.

Hertha registriert es und macht einen Schritt auf Fanni zu. »Hast du Schmerzen?«, will sie wissen und gibt sich besorgt.

»Lass mich in Ruhe«, zischt Fanni, »nicht genug, dass wir von einem Unglück ins nächste stolpern, jetzt hab ich auch noch die Scherereien mit der Beerdigung am Hals!«, jammert sie.

Hertha Siedemann nickt nur stumm.

»Oder willst du dafür Sorge tragen, dass Hermann unter die Erde kommt?«, fahrt Fanni jetzt angriffslustig fort.

»Ich?«, antwortet Hertha, »wie käme ich dazu? Schließlich war er dein Mann.«

»Mein Mann! Pah! Ein ausgemachter Hallodri war er, das weißt du so gut wie ich. Wenn das alles war, was du mir sagen wolltest, dann kannst du jetzt wieder gehen.«

Schon will sie wieder die Tür öffnen, doch Hertha versperrt ihr den Weg. »Zuerst sagst du mir, was die alte Engels gemeint hat, als du dich mit ihr über den toten Kabelke hinweg gestritten hast. Was weiß sie über den Abend, an dem Martin Schopp totgeschlagen wurde?«

»Da musst du sie schon selber fragen. Ich sage nichts! Hab noch zu keinem was gesagt, und so wird es auch bleiben. Und jetzt verschwinde aus meinem Haus, du Teufelin! Kommst hier her, faselst von Beileid und willst mich doch nur aushorchen! Los, verschwinde, bevor ich um Hilfe schreie.« Schon hat sie die Türe weit aufgerissen, steht jetzt auf dem Treppenabsatz und schaut hinaus auf die Straße.

Hertha merkt, dass es zwecklos ist, weiter auf die vor Wut schnaufende Fanni einzureden. Darum stolziert sie mit erhobenem Kopf auf sie zu, bleibt dicht vor ihr stehen und raunt ihr ins Gesicht: »Pass nur ja auf, was du tust, Weib, oder …!«

»Was oder? Wer soll dir denn jetzt noch helfen? Du bist ganz alleine, niemand wird dir mehr helfen. Verschwinde in dein beschissenes Haus und lass dich nie wieder bei mir sehen.«

Hertha Siedemann verzieht keine Miene, bis sich ein hämisches Grinsen auf ihrem Gesicht ausbreitet. Es braucht nur einen kurzen, kräftigen Stoß, um Fanni von dem Treppensockel zu schubsen. Starr vor Schreck fällt die rücklings in den verwilderten Vorgarten. Mitten hinein in die kniehohen Brennnesseln. Ohne sich noch einmal umzudrehen, geht Hertha fort, erst als sie ein ganzes Stück weit entfernt ist, hört sie das Wehklagen Fanni Feinbeins hinter sich.

23. KAPITEL

Im Kartoffelkeller

Drei Wochen später zeigen sich Landschaft und Dorf bereits im altvertrauten Kleid des Spätsommers. Für einen kurzen Moment setzt die Betriebsamkeit der vergangenen Wochen auf den Feldern aus. Alles Getreide ist eingeholt, nur den Rüben und Kartoffeln fehlen noch einige Wochen Reifezeit. In behäbiger Ruhe liegen diese Felder noch als grüne Rechtecke in der weiten, nun ockerfarbenen Feldflur. Auf der Suche nach den letzten Resten an Getreidekörnern wuseln hungrige Nager zwischen den Stoppeln umher. In diesem Jahr hat es länger als sonst gedauert, bis das Korn gemäht war. Für die Felder der Kadenbachs und der Schopps mussten Bauern gefunden werden, die bereit waren, neben ihren eigenen Feldern auch diese zu bearbeiten. Die zusätzliche Arbeit haben sie sich freilich gut bezahlen lassen, Kadenbachs Witwe spricht von Wucherpreisen, und Frau Schopp droht sogar damit, Klage vor Gericht einzureichen. Das Gras auf den Feldwegen ist nun gänzlich verdorrt, nur hier und da hält krautiger Rainfarn der immer noch anhaltenden Hitze stand, ihre Blütenkörbe leuchten weithin sichtbar als gelbe Farbkleckse in der Landschaft.

Unten im Dorf färben sich die Blätter der Kastanien-
bäume bereits braun, allabendlich bläst der auffrischende Südwind feine Staubwolken durch die menschen-
leeren Straßen. Es könnte ein Spätsommer sein, wie ihn
das Dorf schon so unendlich viele Male gesehen hat.
Lähmende Hitze weicht belebender Kühle, endlos lange
Tage, angefüllt mit nie endender Arbeit, weichen kürze-
ren, geruhsameren Tagen. Betriebsamkeit weicht Müßiggang. Doch in diesem Jahr ist es anders. Die Freude
auf den bevorstehenden Winter mit seinen Stunden des
Innehaltens und Ausruhens, in denen man neue Kräfte
sammelt, will sich in diesem Jahr nicht einstellen. Die
Ereignisse der jüngsten Zeit haben das Dorf verändert,
es scheint, als wäre die Welt aus den Fugen geraten.
Verunsichert sitzen seine Bewohner hinter sauber ge-
putzten Fenstern und beobachten voller Sorge, was um
sie herum geschieht. Welcher Schrecken ereilt sie als
Nächstes? Wem darf man trauen? Niemals hätte man
dem Schopp eine solche Tat zugetraut. Nicht die Vor-
freude auf das Nippen am Kelch des winterlichen Mü-
ßiggangs breitet sich aus im Dorf, sondern große Aufregung und Nervosität.

Von seiner Kanzel aus blickt Pastor Misseler in zor-
nige Gesichter. Seit Sofia Henschenmacher ihn in seiner eigenen Kirche angegriffen hat, fasst er sich kurz.
Der Gottesdienst dauert jetzt kaum mehr als eine halbe Stunde, doch niemand stellt ihn deswegen zur Rede.

Im Stall der Trellers hat Affra aufgehört, nach ihrem
Kalb zu brüllen, bald wird Siegfried Treller sie wieder
dem Stier zuführen. Dass er Theodor Schopp vor dem
Suizid bewahrt hat, bedeutet ihm nichts. Manchmal be-

reut er sein beherztes Einschreiten sogar. So einer hatte den Tod verdient, Auge um Auge. Schopps Ignoranz gegenüber den Beschwerden der Dorfbewohner über Martin, die verübelt er ihm bis heute. Warum sollte man einen derart arroganten Kerl beschützen?

Und nun sitzt der Alte im Gefängnis, so wie Felix Siedemann auch, und Siegfried Treller wundert sich darüber, welch merkwürdige Wege das Leben zuweilen für die Menschen bereithält.

Bei jedem Besuch in ihrem Laden bemerkt die Änne, dass Metha Markwitz getrunken hat. Sie sieht es in ihrem Gesicht, und sie riecht es. Trotzdem holt sie, ohne zu zögern, das Gewünschte hervor, billigen Weinbrand und Zigaretten. Anfangs hat sie noch versucht, ihr ins Gewissen zu reden. Hat sie angeschrien, sie solle sich nicht kaputtmachen. Doch Metha hat zurückgeschrien. Änne solle sich um ihren eigenen Kram kümmern, hat sie gebrüllt, andernfalls werde sie diesen Ramschladen nie wieder betreten. Seitdem redet die Änne nicht mehr auf sie ein, routiniert zählt sie die Münzen in ihre Geldlade und sieht der Markwitz nach, die gerade wieder mit einer Flasche Weinbrand ihren Laden verlässt. Soll das hochnäsige Weib doch weiter trinken, soll sie sich doch zu Grunde richten. Änne wird sich jedenfalls nicht noch einmal in ihrem eigenen Laden zurechtweisen lassen! Geräuschvoll knallt sie die Lade zurück ins Fach und geht hinüber in die Küche, um ihr Mittagsmahl zu bereiten.

Unterdessen hat Metha schon ein Stück Weg zurückgelegt. Wie immer geht sie ohne Aufenthalt durch das Dorf, hinaus zu ihrer Nissenhütte. Nur noch nach Hause will sie jetzt, schnurstracks. Mit den Dorfbewohnern möchte sie endgültig nichts mehr zu schaffen haben, hat nie hierhin gehört, und am liebsten würde sie schon morgen wieder zurück nach Gumbinnen gehen.

Immer noch kerzengerade geht sie ihrer Wege, bis sie vor dem Haus von Margarete Engels stutzt. Wie aus der Ferne glaubt sie ein Rufen zu vernehmen. Metha bleibt stehen und lauscht, nur das Geräusch eines Autos dringt von der Straße vor dem Dorf zu ihr herüber, sonst bleibt es still. Schon will sie weitergehen, als sie es wieder hört, diesmal ganz deutlich.

»Haallo!«

Irritiert schaut sie sich um, doch niemand ist zu sehen. Im Haus der Engels steht ein Fenster einen Spaltbreit offen, Metha stellt sich auf die Zehenspitzen und ruft laut hinein: »Frau Engels, sind Sie hier drin?« Sie bekommt keine Antwort. Noch einmal schaut sie, woher das Rufen kommen könnte, sie hat es doch deutlich vernommen. Macht sich hier jemand über sie lustig? Oder sind das schon die ersten Auswirkungen ihres Alkoholkonsums? Das Bellen eines Hundes, irgendwo ganz in der Nähe, reißt sie aus ihren Gedanken, dann lässt sie es gut sein und geht weiter. Sie ist schon zu weit weg, um das erneute Rufen zu hören.

»Hallo, Hilfe!«, dringt es aus dem Keller des Hauses.

Margarethe Engels' Haus ist steinalt. Wie alt, vermag sie nicht zu sagen, ihr Großvater wurde bereits hier geboren, und er war gewiss nicht der erste Engels, dem das Haus später gehörte. Alle im Dorf kennen es als das *Engels Huus*, und heute, da Margarethe die achtzig auch schon fast erreicht hat, lebt sie alleine darin. Sie wird wohl die letzte Engels hier sein, unverheiratet und kinderlos, wie sie ist.

Im Erdgeschoss befinden sich die Küche, eine Wohnstube und eine kleine Kammer, in der früher einmal der Knecht untergebracht war. Eine steile Treppe führt hinauf unters Dach zu drei etwa gleich großen Mansardenzimmern – ganze Generationen von Engels wurden hier oben gezeugt und sind hier aufgewachsen. Die Ausstattung des Hauses stammt noch gänzlich aus der Zeit nach dem großen Krieg, als es den Engels einige Jahre lang etwas besser ging. Nur einige wenige moderne Elektrogeräte wie der Herd und der Kühlschrank in der Küche und die Miele-Wäscheschleuder in der Kammer, die heute als Waschküche dient, sind seitdem hinzugekommen. Gleich unter der steilen Treppe befindet sich der mit weiß lackierten Brettern verkleidete Abgang in den Keller. Die leicht windschiefe Tür ist stets mit einem rostigen Türhaken verschlossen, an diesem Tag steht sie weit offen und gibt den Blick frei auf eine hölzerne Stiege. Weil die Stufen so schmal sind, steigen alle Engels seit jeher rückwärts diese Stiege hinab. Unten angekommen, steht man auf festem Lehmboden, es riecht modrig. Hochgewachsenen Menschen ist es nicht möglich, hier unten aufrecht zu stehen, so niedrig ist die Decke, die immerhin schon aus Beton gegossen ist. Links befindet sich der Vorratskeller, in dem unzählige Einweckgläser in staubigen Stellagen eingelagert sind. Die Mehrzahl der Gläser ist leer, mehrere Dutzend sind jedoch mit eingewecktem Obst und Gemüse befüllt. In einem der Gläser hat sich graugrüner Schimmelpilz auf dem Apfelkompott ausgebreitet.

Rechts gelangt man in den Kartoffelkeller. In einer riesigen, von einem Vorfahr Margarete Engels' gezimmerten Holzkiste lagert der Vorrat für ein ganzes Jahr. Hier mischt sich zu dem feuchtmodrigen Geruch auch noch der süßliche Geruch von Fäulnis, in die mittlerweile einige der Knollen übergegangen sind. Jetzt, kurz vor der neuen Ernte, treiben lange, elfenbeinweiße Triebe aus dem restlichen Kartoffelvorrat. Das offene Kellerloch hinaus auf die Straße ist mit einem mit Stroh gefüllten Sack verstopft. Das soll im Winter die Kälte und das ganze Jahr hindurch den Lichteinfall verhindern, Kartoffeln mögen es nicht, wenn sie zu viel Helligkeit abbekommen.

Die Kartoffelkiste steht auf vier Eckpfosten, die etwa einen halben Meter hoch sind. Der Boden ist schräg nach vorne geneigt, vorne ragt er, wie eine ausgezogene Lade, ein Stück vor. Darauf hockt Margarete Engels. Ihre Arme sind mit einer Hanfschnur an das Gatter der Kiste gefesselt. Nur ihre Zehenspitzen berühren den Lehmboden, das vordere Brett des Kistenbodens, das verhindert, dass die Kartoffeln aus der Kiste herauskullern, quetscht die hinteren Blutbahnen in ihren Beinen ab. Wie fette, bläulich schimmernde Würste sehen die bereits aus. Ihre aufgequollenen Füße schmerzen in ihren ausgetretenen Hausschuhen. Das feuchte Haar klebt wie graue Wasseralgen an ihrem verschwitzten Kopf, in ihren Mundwinkeln hat sich gelber Speichel gesammelt.

»Morgen komme ich zurück, und dann will ich von dir hören, mit wem Hermann Feinbein zusammen war!«, hat Hertha Siedemann ihr ins Gesicht geraunt, dann ist sie aus dem Keller verschwunden und hat Margarete Engels in dieser misslichen Lage zurückgelassen. Das war gestern Vormittag. Wie eine Furie war Hertha in das Haus gestürmt, hat sie bedrängt, ihr zu sagen, was an dem Abend, an dem Martin Schopp starb, geschehen ist. Gekreischt hat sie wie eine Verrückte. Es gehe um Leben und Tod, hat sie geschrien, es gehe darum, ihren Felix vor dem Zuchthaus zu retten, und die Einzige, die jetzt noch helfen könne, sei sie.

Margarete Engels war völlig überrascht zurückgewichen. »Ich kann dir kein bisschen helfen, ich habe doch gar nicht gesehen, wohin sie gegangen sind«, hat sie gestammelt. Ängstlich war sie in den Flur ausgewichen, hat versucht, die Haustüre zu erreichen, um sich hinaus auf die Straße zu retten. Doch Hertha war schneller, hat sie am Arm gepackt und herumgezerrt.

»Dann sage mir wenigstens, wer dabei war!«, hat sie gebrüllt. Doch Margarete Engels hatte sich geschworen, mit niemandem mehr über diesen Abend zu reden. Dass sie dem Schopp die Namen genannt hat, bereut sie zutiefst, seitdem sie gesehen hat, wie eiskalt der daraufhin den Kadenbach erschossen hat. Nie wieder würde sie die Namen der vier aussprechen, sie hatte genug Unheil angerichtet.

»Ich weiß doch nichts, was willst du von mir?«, hat sie gelogen, »ich kann mich kaum erinnern.« Inständig hat sie gehofft, Hertha würde von ihr ablassen. Doch die hat sie stattdessen gepackt und entschlossen die Stiege hinab in den Keller bugsiert. Dort hat Hertha sie vor sich her gestoßen, bis hin zur Kartoffelkiste. Die Schnüre, mit denen schon unzählige Kartoffelsäcke zugebunden waren, die in den vergangenen Jahren hier heruntergetragen wurden, kamen Hertha gerade recht. Als wären sie genau für diesen Zweck dort aufbewahrt worden, hingen sie an der Holzkiste, Hertha ergriff sie und fesselte Margarete Engels damit an die Latten der Kiste. Da war der Engels die Gefahr, in der sie sich befand, immer noch nicht bewusst. »Lass mich los, du tust mir weh«, hat sie gejammert, aber weiterhin die Namen für sich behalten.

Ziemlich genau zwölf Stunden sind seitdem vergangen, inzwischen fühlt sich Margarete Engels mehr tot als lebendig. Jetzt hänge ich hier, wie unser Herrgott am Kreuz gehangen hat, war es ihr, nachdem sie alleine in ihrem Keller zurückgeblieben war, durch den Kopf gegangen. Dann hatte sie plötzlich Panik überkommen. Wie toll geworden hat sie an den Fesseln gezerrt und versucht, mit den Füßen den Boden zu erreichen, damit sie aufstehen und das Blut in ihre Beine zurückfließen lassen könnte. Doch eine Frau in ihrem Alter ist zu einer solchen Beweglichkeit nicht mehr fähig, mit rasendem Herzen hat sie sich schon bald völlig erschöpft ihrem Schicksal ergeben.

Jetzt ist ihr Mund ausgetrocknet, das Schlucken fällt ihr schwer. Ihre Hände sind taub, ihre Beine und Füße völlig gefühllos. »Will mich Hertha hier unten etwa verrecken lassen?«, fragt sie sich schon seit einer Weile. Wieder verfällt sie in Panik. Sie will nicht sterben, nicht so! Sie wird Hertha die Namen nennen, dazu ist sie nun entschlossen, und bei diesem Gedanken blitzt tatsächlich ein klitzekleines Licht der Schadenfreude in ihr auf. Sie muss Hertha jedoch zuvor dazu bringen, die Fesseln durchzuschneiden, daran muss sie denken, wenn

Hertha gleich zurückkommt. Erst muss sie von dieser Tortour befreit sein, dann wird sie ihr die Beteiligten nennen. Den Behnke, den Kabelke, den Kadenbach und den Feinbein wird sie nennen, die jetzt alle tot sind! Ihr Atem geht flach, ihr Blick ist getrübt, wie im Nebel liegt der Kellergang vor ihr, schwach erleuchtet vom Tageslicht, das durch die geöffnete Kellertür im Flur bis hinunter in ihr Verlies herabscheint. Ein kleiner Funken Hoffnung keimt in ihr auf. Sie muss nur noch einmal die Namen nennen, dann endlich wird sie von ihren Qualen befreit werden, und Hertha wird nichts mehr anfangen können mit ihrem Wissen.

24. KAPITEL

Der Deal

Voller Abscheu starrt Hertha Siedemann auf das Stück Papier. Seit gestern Vormittag liegt das Schreiben unberührt auf ihrem Tisch. Als der Postbote den Brief zustellte, hat Hertha ihn sofort aufgerissen und gelesen, gleich zweimal hintereinander, als hätte sie den Inhalt nicht gleich verstanden. Es ist ein Schreiben von Doktor Klüster, sie hat es erwartet und gleichzeitig gewünscht, dass es sie nie erreichen würde. Nun ist es also amtlich: Gegen Felix wird Anklage erhoben!

Angewidert, als hätte sie eine schwärende Wunde vor sich, deren Gestank ihr die Luft zum Atmen raubt, so schaut sie minutenlang auf das Papier. Die Übelkeit, die sie gestern beim Lesen befallen hat, hält immer noch an. Auch das leichte Zittern ist wieder da. Der Rotweinfleck, den sie gestern Abend auf das Papier gemacht hat, ist getrocknet, genau auf der Stelle, in der beschrieben steht, was Felix zur Last gelegt wird: *heimtückischer Mord.*

Wie geplant wird Doktor Klüster die Verteidigung übernehmen. Der Prozesstermin wird in Kürze festgelegt.

Vor ihrem geistigen Auge sieht sie einen Richter in schwarzer Robe sich von seinem Stuhl erheben, um mit donnernder Stimme das Urteil zu verkünden: »Felix Siedemann, ich verurteile Sie wegen heimtückischen Mordes an Martin Schopp zu lebenslangem Freiheitsentzug!«

Ihr Felix, ein heimtückischer Mörder! Ihr Felix, ihr Ein und Alles! Ihr Puls rast, ihr Atem ist flach. Doch noch gibt sie nicht auf. Sie wird kämpfen, so wie sie immer gekämpft hat. Entschlossen richtet sie sich auf, atmet tiefer jetzt, langsam ein und langsam wieder aus. Vielleicht ein letztes Mal noch in ihrem Leben muss sie stark sein, muss nun zu Ende bringen, was sie begonnen hat.

Das Haus von Margarete Engels erreicht sie über die Graswege. Durch das quietschende Gartentörchen gelangt sie auf das Grundstück. Niemand sieht, wie sie durch den Hintereingang das Haus betritt. Die Engels sieht schrecklich aus. Mit hängendem Kopf hockt sie regungslos auf der Kartoffelkiste. Zunächst erschrickt Hertha, glaubt, die Engels sei tot, doch dann beugt sie sich zu ihrem Gesicht hinab und vernimmt ein leises Röcheln. Als die Engels sie wahrnimmt, steigt ein tiefes Grunzen aus ihrem trockenen Schlund, undefinierbare Laute, wirres Zeug, bis Hertha versteht: »Wasser.«

In der Küche findet sie ein schmutziges Glas im Spülstein, füllt es bis zum Rand mit Wasser und hält es, wieder im Keller, der Engels unter die Nase. Weil die nicht reagiert, greift Hertha in die verschwitzten Haare und hebt den Kopf an. »Los, trink und rede, sonst lass ich dich hier vor die Hunde gehen!«

Margarete Engels nippt an dem Glas, verschluckt sich, prustet und hustet, doch dann läuft das kühle Wasser durch ihre Kehle. Als das Glas leer ist, holt Hertha ein zweites, auch das trinkt die Engels bis zur Neige aus. Dann nimmt Hertha eine staubige Munitionskiste, die von der Wehrmacht damals zurückgelassen worden ist, und hockt sich direkt vor ihrer Gefangenen darauf. »Also, ich warte.«

Es bereitet Margarete Engels Mühe, ihren Kopf hochzuhalten. Doch es gelingt ihr, aus halb geschlossenen Augen blinzelt sie Hertha an. »Bind mich los, bitte Hertha, ich kann nicht mehr.«

Auch das Sprechen bereitet ihr Mühe. Doch Hertha rührt sich nicht, mit verschränkten Armen bleibt sie auf der Kiste hocken, ihr Blick zeigt nicht die geringste Spur von Mitleid. Stattdessen wiederholt sie mit drohender Stimme: »Ich warte!«

Margarete Engels beginnt zu wimmern. Sie kann nicht mehr, es geht dem Ende zu, das spürt sie, doch diesen allerletzten Triumph will sie noch erleben. »Und du bindest mich los, wenn ich es dir sage?«, stammelt sie.

Statt eine Antwort zu geben, tritt Hertha der Engels gegen das geschwollene Bein. Die scheint keinen Schmerz mehr zu spüren, völlig erschöpft lässt sie stattdessen ihren Kopf zurück auf ihre Brust fallen. Dann beginnt sie zu reden, so laut sie noch vermag. Ihre Sprache klingt wie die eines fremden Wesens, unartikuliert und stockend, doch Hertha versteht jedes Wort: »Adolf Behnke, Heinrich Kabelke, Franz Kadenbach, Hermann Feinbein.« Zu mehr ist die Engels nicht in der Lage. Nur verschwommen, wie hinter einem durchsichtigen Vorhang, sieht sie, wie Hertha Siedemann aufspringt, die

Munitionskiste gegen die Wand schleudert und fluchend den Keller verlässt.

Alle tot! Immer noch außer sich vor Wut und Enttäuschung sperrt Hertha Siedemann die Haustür auf und steigt hinauf in ihre Wohnung. Alle, die etwas mit dem Tod des jungen Schopp zu tun haben, und davon ist sie mittlerweile felsenfest überzeugt, sind tot. Alle auf eigentümliche Weise ums Leben gekommen. Die Geschichte wird immer mysteriöser. Im Grunde ist es ihr völlig gleichgültig, wer Martin Schopp totgeschlagen hat, irgendwann musste es ja dazu kommen. Wenn nur nicht ausgerechnet ihr Felix für diese Tat zur Rechenschaft gezogen würde. *Heimtückischer Mord.* Der Brief liegt immer noch auf dem Tisch, wenn sie nicht sehr bald irgendetwas zur Entlastung ihres Sohnes auftreibt, dann ... Sie will den Gedanken gar nicht bis zum Ende denken.

Unruhig geht sie auf und ab. Dieser verdammte Kaul wird alles daransetzen, Felix zu überführen. Angestrengt denkt sie nach, ihr muss etwas einfallen. Wenn es doch nur einen Entlastungszeugen geben würde, jemand, der Felix gesehen hat. Oder sollte sie jemanden bestechen, damit er bezeugt, Felix an jenem Abend oben am Waldrand gesehen zu haben? Wieder geht ihr Blick zu dem Brief.

Plötzlich hält sie inne. Wie einen hellen Sonnenstrahl, der aus einem von Regenwolken verhangenen Himmel aufblitzt, so sieht sie die rettende Idee vor sich. Regungslos bleibt sie stehen, direkt neben dem Tisch, auf dem der Brief liegt wie das Schwert des Scharfrichters. Bereit, ihren Felix zu töten. Ihr Kopf schmerzt, ihr Puls rast, doch sie muss stark sein, es ist die einzige Chance, die ihr noch bleibt, ihr allerletztes Ass im Ärmel, das ist ihr in diesem Moment glasklar.

Am frühen Nachmittag steht sie wieder vor dem Haus der Feinbeins. Sie fühlt sich unendlich müde, immer noch schmerzt ihr Kopf. Die vergangenen Tage haben sie das letzte Quäntchen an Kraft gekostet, eine so große Anstrengung ist sie nicht gewöhnt, doch sie wird sich zusammenreißen. Behutsam drückt sie die Klinke herab und stellt erleichtert fest, dass die Türe offen ist.

Fanni Feinbein liegt schlafend auf dem zerschlissenen Sofa im Wohnzimmer. Angewidert schaut Hertha sich um, die Armut der Feinbeins springt sie aus allen Ecken an. Leise schleicht sie sich an die Schlafende heran, dann packt sie sie bei den Schultern und rüttelt sie wach. Fanni schreckt auf und will schreien, doch Hertha drückt sie mit aller Kraft zurück auf das Sofa und presst ihr eine Hand auf den weit geöffneten Mund.

»Pschscht«, macht sie, ihr Zeigefinger verschließt ihre Lippen. »Bleib ganz ruhig, dann passiert dir nichts.« Hertha spürt, wie Fannis Druck langsam nachlässt. Vorsichtig nimmt sie ihre Hand zurück, der Mund schließt sich, doch die Augen bleiben weit aufgerissen. »Ich bin zurückgekommen, um dir einen Vorschlag zu machen.«

»Mit dir rede ich kein Wort mehr, Teufelin, verschwinde, sonst schreie ich!« Schwerfällig hebt Fanni Feinbein ihren Oberkörper an, stützt ihn auf den gesunden linken Arm ab, ihr Gesicht verrät, dass sie immer noch Schmerzen hat.

Mit einer raschen Bewegung zieht Hertha einen Stuhl zu sich heran, setzt sich darauf und beginnt zu reden:

»Ich gehe erst dann wieder, wenn du mir gesagt hast, was ich wissen will.«

»Gar nichts werde ich dir sagen.«

Hertha spürt, dass Fanni Angst vor ihr hat, diese schwache, ausgemergelte Frau hat ihr nichts entgegenzusetzen. Hertha hat alles unter Kontrolle. Noch ein wenig näher rückt sie mit ihrem Stuhl heran, dann deutet sie ein freundliches Lächeln an und fährt in versöhnlichem Ton fort: »Hör zu, ich biete dir ein Geschäft an, du redest, und ich gebe dir Geld.«

Über den immer noch weit geöffneten Augen heben sich zwei dünne Brauen. »Was willst du wissen?«

»Ich gebe dir Geld, wenn du mir sagst, was du über den besagten Abend weißt. Ich weiß jetzt, wer mit deinem Mann zusammen war, und ich habe eine Vermutung, was die vier getan haben, aber leider sind die Kerle nun alle tot, und du bist die Einzige, die vermutlich weiß, was damals geschehen ist.«

»Ich? Ich war doch gar nicht dabei!«

»Gewiss hat Hermann dir alles erzählt, geschwätzig, wie er war. Oder etwa nicht?«

»Wie viel Geld bekomme ich?«

»Ich gebe dir einhundert Mark.« Das Gesicht der Feinbein hellt sich kurz auf, doch dann sagt sie: »Ich will eintausend!«

»Dreihundert, keinen Pfennig mehr, einhundert jetzt, und den Rest, wenn du deine Zeugenaussage bei der Polizei gemacht hast.«

In Gedanken versunken beißt sich die Feinbein auf die Unterlippe. Sie hat angebissen, die dumme Pute, denkt Hertha. Rasch zieht sie einen Hundert-Mark-

Schein aus ihrer Tasche und legt ihn vor der Feinbein auf den Tisch.

»Die Polizei wird mir irgendetwas anhängen«, sagt Fanni mehr zu sich selbst als an Hertha gerichtet.

»Unsinn, du machst deine Aussage, sonst nichts.« Gleich ist sie so weit, jubiliert Hertha innerlich, wie leicht die Menschen sich doch mit Geld beeinflussen lassen.

»Ich will fünfhundert.«

»Vierhundert, Fanni, und das ist mein letztes Angebot.« Hertha zieht einen weiteren Hundert-Mark-Schein aus ihrer Tasche und legt ihn zu dem anderen. »Sollte es doch zu Schwierigkeiten kommen, wird dir unser Anwalt selbstverständlich zur Seite stehen«, flötet sie noch, da sind die Geldscheine auch schon in der Tasche von Fannis Kittelschürze verschwunden.

Hertha wechselt hinüber in einen Sessel, der Bezug ist zwar schmuddelig, doch ihr Rücken schmerzt unerträglich auf dem harten Stuhl. »Gut so, Fanni. Und jetzt erzähl mal.«

Gerade will Hertha sich bequem in dem Sessel sitzend zurücklehnen, als sie sieht, wie die Feinbein sich vom Sofa erhebt und sich vor ihr aufbaut. »Das hast du dir ja fein ausgedacht, aber hier und jetzt wirst du gar nichts von mir erfahren. Mit dir rede ich nur unter Zeugen, du durchtriebenes Weibsstück. Komm heute Abend zur alten Henschenmacher, dann werde ich sagen, was ich weiß. Und wage es nicht, in Begleitung dort aufzutauchen.« Damit verlässt sie das Wohnzimmer.

Hertha sieht ihr verblüfft nach, so einen Auftritt hätte sie Fanni nicht zugetraut. Doch sie hat keine Wahl,

Hertha erhebt sich aus dem Sessel und geht nach Hause. Das Wichtigste ist doch, die dumme Pute redet endlich, denkt sie bei sich. Soll sie ihren Willen bekommen, und niemand wird sich jemals dafür interessieren, ob eine senile Greisin dabei anwesend ist.

25. KAPITEL

Gewitter

Viel zu früh macht Hertha Siedemann sich auf den Weg hinauf zum Haus von Sofia Henschenmacher. Am Nachmittag hatte sie sich hingelegt, hatte versucht, ein wenig zu schlafen, doch trotz ihrer großen Erschöpfung war sie hellwach geblieben. Unruhig wie ein Aufzieh-Äffchen, das unablässig seine Trommel schlagen muss, so hatte sie auf dem Kanapee gelegen und sich von einer auf die andere Seite gedreht. Quälend langsam war die Zeit vergangen, nun hält sie es nicht mehr aus, sie geht hinüber zur Henschenmacher, wo sie endlich, wie sie hofft, erfahren wird, wer den Mord am jungen Schopp begangen hat.

Am Abend dieses schwülwarmen Spätsommertages bilden sich am Himmel erste blassgraue Gewitterwolken, doch Hertha hat keinen Blick für das Wetter, ihre ganze Konzentration ist auf Fanni Feinbein und deren Aussage gerichtet. Es dauert eine Weile, bis ihr die Henschenmacher auf ihr Klopfen hin die Tür öffnet. Mit unberührtem Geschichtsausdruck und einem knappen »'n Abend« gibt sie den Weg frei in ihre Wohnküche, deutet hinüber zum Küchentisch, an dem Hertha grußlos Platz nimmt. Sie beobachtet, wie Sofia Henschenmacher sich, ohne weiter Notiz von ihr zu nehmen, am Herd zu schaffen macht.

»Tee?«, fragt sie über ihre Schulter, ohne Hertha dabei anschauen. Eine Antwort will sie gar nicht hören, mit zwei Tassen, randvoll gefüllt mit stark gesüßtem Kräutertee, schlurft sie heran und setzt sich Hertha gegenüber an den Tisch. Schweigend nippen sie an dem heißen Getränk. Herthas Anspannung ist greifbar, über den Tassenrand hinweg schaut sie sich mit rastlosem Blick um im Raum. Fast alles darin muss mindestens so alt wie die Henschenmacher selbst sein. Die Möbel, der Herd, der Spülstein, die verblichene Wachstischdecke, der abgelaufene Dielenfußboden, die dutzendfach lackierte Tür hinüber ins Schlafzimmer, die weit offen steht, mit dem kleinen Weihwasserkesselchen gleich daneben an der Wand über dem Lichtschalter. Das Holz der beiden Fenster ist grau und verwittert, große Stücke Fensterkitt fehlen an mehreren Stellen. Hertha sieht hinaus, erkennt, dass sich der Himmel unterdessen weiter verfinstert hat, und plötzlich zucken grelle Blitze auf. Ein mächtiger Donnerschlag lässt sie vor Schreck zusammenfahren, heißer Tee schwappt aus der Tasse und verbrennt ihre mit den Jahren dünn gewordene Haut.

Auch Sofia Henschenmacher fährt vor Schreck zusammen, doch dann steht sie auf, geht zum Fenster und schaut hinaus. Böiger Wind treibt sintflutartigen Regen durch das plötzlich im Dämmerlicht daliegende Dorf. Die Henschenmacher will sich abwenden und hinüber zum Lichtschalter gehen, als sie erneut vor Schreck zusammenzuckt. Als stünde der Leibhaftige selbst vor ihrem Haus, so erscheint eine Grimasse im dichten Regen vor ihrem Fenster. Mit einem spitzen Aufschrei weicht sie zurück und erkennt im selben Moment Fanni Feinbein, die kurz an die Scheibe klopft und gleich wieder verschwindet.

Wasser tropft von Fannis Regenmantel am Wandhaken herab, auf dem Fußboden bildet sich eine kleine Pfütze. Mit dem Tuch, dass die Henschenmacher ihr gegeben hat, trocknet sie ihre klatschnassen Haare, dann setzt sie sich an den Tisch und nimmt wie zu ihrer Beruhigung die für sie bestimmte Tasse mit heißem Tee in beide Hände.

Eine Weile spricht niemand, draußen zucken grelle Blitze, begleitet von lautem Donnerhall. Dann bricht Hertha Siedemann das Schweigen. »Also, Fanni, es ist alles so, wie du verlangt hast, worauf wartest du noch? Fang endlich an, ich möchte nicht die ganze Nacht hier verbringen.«

Nervös rutscht Fanni auf ihrem Stuhl hin und her, schaut Sofia Henschenmacher unsicher an, bis sie die Tasse abstellt und sagt: »Einen Schnaps, hast du vielleicht einen Schnaps für mich?«

Gleich drei Gläser befüllt die Henschenmacher mit ihrem im vergangenen Jahr aufgesetzten Schlehenlikör. Auch Hertha trinkt in einem Zug, sie will zur Sache kommen, darum setzt sie ihr leeres Glas geräuschvoll ab und fordert Fanni noch einmal auf: »Also jetzt!«

»Ja, es stimmt«, beginnt Fanni mit brüchiger Stimme, »Hermann war dabei, aber er hat den Schopp nicht totgeschlagen!«

Hertha merkt auf, ein feines Grinsen zeigt sich in ihrem aschfahlen Gesicht.

»Sie waren zu viert, er hat mir alles haarklein erzählt. Hermann hat sich mit den anderen an jenem Abend auf dem Platz getroffen, sie wollten den Schopp suchen, um ihm eine Abreibung zu verpassen. Dabei ging es aber nicht nur um die verschwundene Markwitz, sie wollten ihm ein für alle Mal klarmachen, dass sie keine weiteren Belästigungen von uns Frauen dulden werden. Der Kadenbach war der Anführer, der hat sie heißgemacht. Sie haben lange suchen müssen, bis sie den Schopp dann endlich vor der Scheune angetroffen haben. Das Schwein hat sich gleich in die Hose gepisst vor Angst, weil sie gedroht haben, ihm wehzutun, wenn er nicht sagt, was er mit der Markwitz gemacht hat. Er hat aber nur gestammelt und blöd gegrunzt, bis der Kabelke angefangen hat, mit einem Holzscheit auf ihn einzuschlagen, so lange, bis der Dorftrottel sich nicht mehr gerührt hat. Dann sind sie alle vier davongelaufen, sie haben doch nicht gewusst, dass er tot war.«

Wortlos füllt Sofia Henschenmacher die Gläser noch ein zweites Mal, doch sie trinkt alleine, Hertha scheint nur auf Fanni konzentriert zu sein.

»Rede weiter«, befiehlt Hertha, und Fanni fährt fort: »Dabei war das alles ganz umsonst, weil ja kurz darauf der Kadenbach die tote Markwitz in seinem Schuppen gefunden hat. Das muss man sich mal vorstellen! Da verdächtigt der Kadenbach den Dorftrottel, und das Flittchen liegt tot in seinem eigenen Schuppen. Um alle Spuren zu verwischen, hat er die Leiche dann auf der Müllkippe abgelegt, direkt vorm Haus vom Pröll. Wie die dann in seinen Hof gekommen ist, weiß ich nicht, vielleicht hat dieser kranke Mensch sie sogar selbst dahingeschleppt.« An dieser Stelle lacht sie leise auf.

»Der Kadenbach, der Behnke, der Kabelke und Hermann haben dem Schopp also aufgelauert und ihn totgeschlagen«, fasst Hertha noch einmal zusammen.

»Nein, der Kabelke alleine hat ihn erschlagen, das hat Hermann mir geschworen!«

»Und jetzt sind sie eigenartigerweise alle tot«, fällt Hertha Fanni ins Wort. »Was weißt du darüber?«

»Und ich bekomme das restliche Geld wirklich?«

»Sobald du deine Aussage bei der Polizei gemacht hast, bekommst du es! Also, warum starben die vier so kurz hintereinander?«

Fanni Feinbein windet sich, sie scheint mit sich zu ringen, dann sagt sie: »Adolf Behnke war ein Feigling. Als die Polizei im Dorf aufgetaucht ist, hat er es mit der Angst bekommen und gedroht, alles zu erzählen. Das konnten die anderen nicht zulassen, darum hat der Kadenbach zu Hermann gesagt, er solle dem Behnke ein wenig drohen. Es konnte doch niemand ahnen, dass der Idiot in seine brennende Molkerei hineinläuft. Es war ein Unfall, ein schlimmer Unfall, Hermann wollte doch niemanden umbringen.«

»Was ist mit Heinrich Kabelke geschehen?«

»Kabelke war ein Säufer. Zum Schluss wurde es zu gefährlich, je mehr der gesoffen hat, umso mehr hat er geredet. Hermann wollte ihn in der Nacht nach Hause bringen und ihm bei der Gelegenheit eindringlich ins Gewissen reden, dass er sein gefährliches Maul halten solle. Aber Kabelke hat angefangen, Hermann zu beschimpfen, er sei ein Feigling, hätte sich schon immer vor jeder Verantwortung gedrückt. Es kam zu einem Gerangel, bei dem der Kabelke unglücklich auf die Treppe vom *Engels Huus* gestürzt ist.« Fanni Feinbein greift nach ihrem zweiten Glas Schlehenlikör und trinkt in einem Zug. Dann sitzt sie regungslos da und starrt auf das Muster der Wachstischdecke, während draußen immer noch ein heftiges Gewitter tobt. Nur das Prasseln des Regens auf die Fensterscheiben durchdringt die Stille in Sofia Henschenmachers Küche.

Da machen diese Trottel gemeinsam Jagd auf den jungen Schopp und bringen sich danach gegenseitig um, Hertha weiß nicht, was sie von der Sache halten soll. Wenn doch wenigstens einer von ihnen überlebt hätte. Nun bleibt ihr nur Fannis Aussage, und gerade kommen ihr Zweifel, ob die vor Gericht genügen wird, um Felix freizusprechen.

»Und was ist mit Hermann geschehen?«, fragt sie jetzt, vielleicht bekommt sie doch noch etwas Besseres zu hören.

»Theodor Schopp hat uns in unserem Haus überfallen. Er wollte wissen, mit wem Hermann sich an jenem Abend getroffen hat. Doch wir haben nichts verraten. Vor Wut hat er uns brutal zusammengeschlagen, dann hat er gedroht wiederzukommen. Was er ja auch getan hat. Beim zweiten Überfall wusste er schon, mit wem Hermann sich getroffen hatte, das kann er nur von der alten Engels erfahren haben, sie war ja die Einzige, die die vier zusammen gesehen hatte. Wir waren noch von seinem ersten Überfall geschwächt, deshalb konnte Hermann sich nicht wehren gegen den wütenden Schopp. Er hat Hermann so brutal gefoltert, dass der später daran

256

gestorben ist. Ja, der Schopp hat Hermann umgebracht, das kann ich bezeugen, so wie er auch den Kadenbach eiskalt vor aller Augen erschossen hat. Er ist ein Mörder, der für den Rest seines Lebens hinter Gitter gehört.«

Voller Abscheu schaut Fanni die beiden Frauen an. Nun hat sie alles gesagt, was sie weiß. Es ist ihr nicht leichtgefallen, das merkt man der schmächtigen Fanni deutlich an. Auf ihren nackten Armen bildet sich eine Gänsehaut, sie scheint zu frieren, weshalb Sofia Henschenmacher aufsteht, um ihr eine Decke zu holen.

»Ich möchte jetzt lieber gehen«, sagt Fanni erschöpft, »wann bekomme ich das restliche Geld, Hertha?«

»Das bekommst du, wenn du bei der Polizei warst, Fanni, so wie wir es vereinbart haben. Am besten fahren wir gleich morgen in die Stadt, wir sollten keinen Tag länger warten.«

»Ja, Hertha, gleich morgen, ich will das alles jetzt hinter mich bringen«, stimmt Fanni zu und erhebt sich von ihrem Stuhl, als Kommissar Kaul in der offenen Tür erscheint.

»Ich fürchte, daraus wird nichts werden, meine Damen. Frau Feinbein, ich muss Sie bitten, mit uns auf das Kommissariat zu kommen.« Hinter ihm erscheint ein Kollege im Türrahmen, mit großen Schritten kommt er näher und bleibt neben der zur Eissäule erstarrten Feinbein stehen, jederzeit bereit, sie an einem Fluchtversuch zu hindern. Auch Hertha springt auf, und etwas langsamer kommt die Henschenmacher ebenfalls neben ihrem Stuhl zum Stehen.

»Bleiben Sie alle ruhig, es wird Ihnen nichts geschehen. Wir haben genug gehört.«

Kommissar Kaul bedeutet den Frauen, sich wieder hinzusetzen, doch in diesem Moment scheint Fanni ihren Schreck überwunden zu haben.

»Was wird hier gespielt?«, schreit sie und greif Hertha an. »Du hast mich reingelegt, du Luder, du treibst ein abgekartetes Spiel mit mir ...«

»DU wolltest doch nur hier reden, Fanni. Es war deine Idee, ich habe nicht gewusst, dass die Polizei auch hier sein wird. Das musst du mir glauben.« Hertha zeigt sich genauso überrascht wie Fanni.

Nur die Henschenmacher bleibt ruhig. Vermutlich hat sie die Polizei gerufen und hinter der Tür in ihrem Schlafzimmer versteckt. Zerstört diese verrückte Alte hier gerade Herthas letzte Hoffnung auf einen Freispruch für Felix? Oder ist es gut so, wie es gekommen ist? Hertha ist verwirrt, sie muss klar im Kopf bleiben. Während sie angestrengt nachdenkt, sieht sie, wie Fanni Feinbein versucht, die Haustüre zu erreichen. Doch die Polizisten sind schneller, von rechts und links packen sie Fanni und halten sie fest.

»Sie sollten so lange hierbleiben, bis wir Frau Siedemann noch ein paar Fragen gestellt haben. Danach kümmern wir uns um Sie.« Die Männer drücken Fanni zurück auf ihren Stuhl.

»Um mich?«, brüllt Fanni los und wehrt sich mit all ihrer Kraft. »Was soll das heißen, Sie kümmern sich um mich?«

Mit seinen Bärenkräften hindert Kaul Fanni am Aufstehen, doch die gebärdet sich nur noch toller.

»Wollen Sie mir etwa irgendetwas anhängen?« Von blinder Wut gepackt, tritt Fanni um sich. Setzt ihren ge-

sunden Arm ein, um sich loszureißen aus Kauls Umklammerung, doch der ist stärker. Schließlich rastet sie
komplett aus. Sie spuckt und tritt nach den Männern,
windet sich wie eine Besessene, bis einer ihrer Tritte
ein Tischbein trifft, Tassen und Gläser auf den Boden
befördert und die Flasche Likör umfallen lässt. »Wenn
ich wegen dir in den Knast gehen muss, dann nehm ich
dich mit, das schwöre ich dir, du Teufelin«, schleudert
sie Hertha wutentbrannt entgegen.

Die hat sich ein Stück weit in Sicherheit gebracht, hat
die Henschenmacher mitgezogen, aus sicherer Entfernung schauen die beiden dem Gerangel zu.

»Jetzt beruhigen Sie sich mal!«, befiehlt Kaul. Der
Griff der Polizisten lässt Fannis Kräfte schwinden, langsam spürt Kaul, wie ihre Gegenwehr nachlässt. Dann
hockt sie schwer atmend auf ihrem Stuhl, ihr Gesicht
ist puterrot angelaufen, mit dem Ärmel wischt sie sich
Rotz und Speichel von den Wangen.

»Lasst mich los«, sagt sie schließlich, »dann erzähle
ich euch das andere auch noch.«

»Was soll das heißen, das andere?«, fragt Kaul und
nickt seinem Kollegen zu. Gleichzeitig richten sie sich
auf und lassen vorsichtig von Fanni ab.

»Sie haben doch bereits alles gesagt, oder gibt es noch
weitere Opfer?«

»Ja, die gibt es«, sagt Fanni mit einem verächtlichen
Blick hinüber zu Hertha. »Da ist immer noch die junge
Markwitz, und ich weiß auch, wer die auf dem Gewissen
hat.« Mit ausgestrecktem Arm zeigt sie jetzt auf Hertha.

Was dann geschieht, dauert nur wenige Sekunden.
Blitzschnell greift Hertha die Flasche vom Tisch und

schlägt sie gegen den Rand des Spülsteins. Den zerbrochenen Flaschenhals wie ein Messer führend, rammt sie
ihn im selben Augenblick in Fannis Brust. Die Wucht ist
so groß, dass Fanni vom Stuhl kippt und Hertha gleich
mit auf den Boden befördert. Beide Frauen liegen wie
zwei Ringer übereinander, als die Polizisten herbei-
springen und sie auseinanderzerren.

Sofia Henschenmacher steht wie erstarrt daneben,
mit weit aufgerissenem Mund ringt sie um Luft, während der Schein eines weiteren Blitzschlags sich auf ihrem bleichen Gesicht spiegelt.

26. KAPITEL

Früher Winter

Weit hallen die Rufe über das verschneite Land. Die Krähen sitzen hoch oben in den Pappeln, unten stapft Sofia Henschenmacher in ihren alten, abgetragenen Wintermantel gehüllt durch den knirschenden Neuschnee. Ihre Körperhaltung ist die eines alten Menschen. Vornübergebeugt, mit gesenktem Kopf, macht sie kleine, unsichere Schritte auf ihrem Weg vom Dorf hinüber zu den Nissenhütten.

Der Winter kam früh in diesem Jahr, nach einem endlos erscheinenden, heißen Sommer ist er plötzlich, fast übergangslos da. Seit Wochen schon herrscht beißende Kälte, eisiger Ostwind treibt trockenen Schnee über die verlassene Feldflur vor sich her, an Böschungen und Wegrändern haben sich bizarr geschwungene Verwehungen gebildet. Sooft es ihnen möglich ist, bleiben die Menschen in diesen Wochen zu Hause. Nur um vor ihren Häusern nach dem Rechten zu sehen, gehen sie hinaus, nehmen Besen und Schneeschaufel zur Hand, um wieder und wieder die schnurgerade freigeschaufelten Zugänge zum Haus vom Neuschnee zu befreien. Grobe Fußmatten neben sauberen Aufnehmern vor den Eingangstüren nötigen den Besucher, vor dem Betreten des Hauses seine Schuhe zu reinigen.

Sofia Henschenmachers Füße sind unterdessen schon ganz taub von der Kälte geworden. Ihre Schuhe sind alt und ungefüttert, die dicken Wollsocken kratzen auf ihrer Haut, doch ihre Füße zu wärmen, vermögen sie nicht. Seit dem Vorfall in ihrem Haus, bei dem Hertha die Feinbein mit der zerbrochenen Flasche fast umgebracht hätte, ist sie nicht mehr richtig zu Kräften gekommen. Lange hat sie gebraucht, um das Erlebte zu verwinden, nur ganz allmählich gelingt es ihr, ihr Leben wieder völlig ohne fremde Hilfe zu führen. Ins Kloster in der Stadt wollte man sie schicken, wo sie von Ordensschwestern versorgt werden sollte, doch dagegen hat sie sich letztlich erfolgreich zur Wehr gesetzt. Vorsichtig schlurft sie jetzt über den unbefestigten Weg zu Methas Hütte hin, nur noch ein paar Schritte, dann hat sie die Tür erreicht.

Fanni Feinbeins Verletzungen waren beträchtlich, aber nicht lebensgefährlich. Ganz knapp hat die zerbrochene Flasche das Herz und die Lunge verfehlt, weshalb die Ärzte vermuteten, sie müsse eine ganze Armada von Schutzengeln gehabt haben. Nachdem Fanni sich einigermaßen von der erneuten Operation erholt hatte, hat sie der Polizei freimütig erzählt, was sie über den Fall Ursula Markwitz weiß:

Hermann hat sie zu jeder Zeit über alles informiert, sie beide waren ein Team, er hat getan, was von ihm verlangt wurde, und sie hat ihn gedrängt, die Sache zu Ende zu bringen, wenn er wieder einmal von seinen dummen Gewissensbissen geplagt wurde.

Erst nach dem zweiten Klopfen öffnet Metha Markwitz die Tür. Sie öffnet sich nach außen, Metha verzichtet darauf, den Schnee vor ihrer Hütte beiseite zu schaufeln, darum bildet sich nun ein glatt geschobener Viertelkreis im frischen Schnee vor ihrer Tür. Zwar hat Metha es mittlerweile tatsächlich geschafft, dem Alkohol zu entsagen, doch ein Bemühen darum, wieder als anerkanntes Mitglied der Dorfgemeinschaft zu gelten, kommt für sie nicht mehr infrage. Seit dem Tag, an dem Franz Kadenbach nach dem Gottesdienst erschossen wurde, hat Metha die kleine Kirche nicht wieder betreten. So gehörte sie auch nicht zu denjenigen, die an jenem stürmischen Sonntag im Oktober Zeugen des plötzlichen Todes von Pastor Misseler wurden. Während draußen die letzten welken Blätter von den Zweigen des Lindenbaumes geweht wurden, bestieg er wie gewohnt die Kanzel. Seine Bewegungen waren noch schwerfälliger, sein Keuchen noch lauter geworden in jüngster Zeit, und als er oben hinter der goldverzierten Brüstung erschien, war er mit lautem Gepolter zusammengebrochen. Der eiligst herbeigerufene Arzt konnte nicht mehr helfen, Konrad Misseler ist im Alter von zweiundachtzig Jahren einem Herzinfarkt erlegen. Auch den Laden der Änne sucht Metha nicht mehr auf. Sie kommt sehr gut ohne das alles zurecht, auch ihre Spaziergänge, die sie selbst jetzt, bei dieser Kälte unternimmt, führen sie niemals mehr hinunter ins Dorf, sondern ausschließlich hinauf in die Felder und in den Wald. Allein Sofia Henschenmacher ist ihr als Bezugsperson geblieben, die sitzt ihr nun mit von der Kälte gerötetem Gesicht gegenüber, frischer Bohnenkaffee

dampft in ihren Tassen, und zwei große Stücke Streuselkuchen liegen auf den Tellern vor ihnen.

Margarete Engels hat den Überfall auf sie nicht überlebt. Erst am nächsten Tag, als Hertha verhört wurde,
haben die Polizisten erfahren, dass sie immer noch gefesselt in ihrem Keller hockte. Sofort hat man zwei Kollegen hinausgeschickt, dort angekommen, stand der
Wagen des Arztes bereits mit laufendem Motor und ge-
öffneter Fahrertür vor dem Haus, die Polizisten fanden
ihn im Keller neben der in verkrampfter Haltung in ihren Fesseln hängenden Engels. Sie kamen zu spät, Margarethe Engels war seit etwa zwölf Stunden tot.

Der Streuselkuchen schmeckt nach Geborgenheit. Er
ist noch warm, der Duft von Äpfeln und Zimt liegt in
der Luft, der heiße Kaffee belebt Sofia Henschenmachers müden Geist. Schweigend sitzen die Frauen sich
gegenüber und genießen den Moment. Diese gelegent-
lichen Treffen bedeuten ihnen sehr viel, sie spenden ihnen Trost und auch ein wenig Zuversicht, denn sie beide sind, unabhängig voneinander, zu der Überzeugung
gelangt, dass das Leben ihnen einen versöhnlichen Abschied schulde. Das darf noch nicht alles gewesen sein,
ein bisschen Freude, nur ein kleines bisschen Glückse-
ligkeit möchten sie am Ende ihrer Tage noch erleben.
Das ist ihr gemeinsamer Wunsch, ohne jemals darüber
gesprochen zu haben.

Im Herd bollert ein wärmendes Feuer, langsam weicht
der Schmerz aus Sofia Henschenmachers kalten Füßen
und lässt sie ihre taub gewordenen Zehen wieder spüren. Metha und sie sind sich wieder nähergekommen in
diesem Herbst, sie, die sie die Außenseiter sind im Dorf.

Die verrückte Alte und die unnahbare Zugereiste, zwei verletzte Seelen, zwei verwandte Seelen. Über ihre Suche nach dem Krummen im nächtlichen Wald haben sie nicht wieder gesprochen, sie wollen nach vorne blicken, nur noch nach vorne.

Sehr schnell hat Hertha Siedemann in den Verhören durch die Polizei ihr Schweigen gebrochen. Kommissar Kaul hat ihr geradeheraus zu verstehen gegeben, dass er, sollte sie nicht endlich mit der Wahrheit über den Tod der Ursula Markwitz herausrücken, dafür sorgen werde, dass sowohl sie als auch ihr Sohn zu langjährigen, vielleicht sogar lebenslangen Haftstrafen verurteilt würden. Nur kurz hat sie ihn trotzig angesehen, hat mit zusammengepresstem Mund dagesessen und gezögert. Doch als er davon zu sprechen begann, dass Felix schon jetzt nur noch ein Schatten seiner selbst sei, dass er entsetzlich leide unter den Haftbedingungen, da ist sie zornig geworden, hat gebrüllt: »Hör auf, du Bastard, du lügst mich an!«

Doch Kaul hat nur grinsend den Kopf geschüttelt, und sie hat gespürt, dass er die Wahrheit sagt. Je länger sein Grinsen anhielt, umso mehr war der Zorn aus ihrem Gesicht gewichen. Schließlich hat sie die Augen verdreht und nach einem tiefen Seufzer zu reden begonnen.

Hermann Feinbein und sie waren ein Paar. Sie war seine große Liebe, schon in der Volksschule hat er sie bewundert, und später, als sie als Haushaltshilfe und er als Knecht auf dem gleichen Gut im Nachbardorf gearbeitet haben, da haben sie begonnen zu poussieren. Nach einer Weile hat Hermann gefragt, ob sie ihn heiraten wolle, doch Hertha hat ihn abgewiesen. Danach war er ihr eine Zeit lang aus dem Weg gegangen, doch als er sah, dass sie keinen anderen hatte, da fasste er neuen Mut und hat es noch einmal versucht. So vergingen einige Jahre, er hat nie nachgelassen, um sie zu werben, bis dann der reiche Apothekersohn Hermann Siedemann aus dem Krieg zurück ins Dorf gekehrt ist. Obwohl er ein Krüppel war, hat sie ihn sich geangelt, und Siedemann hat geglaubt, das Kind, das sie erwartete, sei sein eigenes. Sehr bald schon nach der Hochzeit hat Hertha begonnen, sich wieder mit Feinbein zu treffen. Zuerst war er dagegen, doch dann hat er zugestimmt. Sie wurde seine Geliebte, obwohl er Fanni geheiratet hatte, die hässlich und dumm war; dumm genug jedenfalls, ihm den Haushalt zu führen, und abgestumpft genug, sein Verhältnis mit Hertha zu tolerieren. Das Geld, dass die ihm zusteckte, nahm Fanni sehr gerne und ohne jeden Skrupel an, schließlich war Feinbein zeitlebens ein armer Schlucker geblieben.

Schnell wurde Hertha das ständige Gekeife ihrer Schwiegereltern zu viel. Unverhohlen machten sie Hermann Vorwürfe wegen seiner Liebe zu ihr, schalten ihn einen Dummkopf, der sich auf einen Bauerntrampel eingelassen habe. Doch Hermann blieb standhaft, versuchte, die Vorhaltungen seiner Eltern zu ignorieren, und liebte Felix wie sein eigenes Kind. Schließlich begann Hertha damit, Zyankali unter das Essen für ihre Schwiegermutter zu mischen. Damit sie nichts merken sollte, nahm sie nur geringste Dosen. Zuerst hatte sie geglaubt, das Gift könne der Alten nichts anhaben, doch schließlich hatte sie doch Erfolg. Der alte Drachen lag eines Morgens tot im Bett, niemand hat jemals an einem natürlichen Tod gezweifelt. Ihr Schwiegervater war danach ein gebrochener Mann. Er aß kaum noch etwas, verlor rasch an Gewicht und Lebenskraft, und als Hertha eines Tages für gehörigen kalten Durchzug im Zimmer sorgte, während der Alte seinen Mittagsschlaf hielt, da erkrankte er gleich an einer Lungenentzündung, gegen die sich sein geschwächter Körper nicht mehr zu wehren wusste. Damit war der Weg frei, sie, Hertha Siedemann, würde nun ungestört dafür Sorge tragen, dass ihr Sohn Felix von nun an das gute Leben führen sollte, das ihr bisher versagt geblieben war.

Mit ernstem Gesicht schaute Kaul zu der sich gleichmäßig drehenden Spule in dem Tonbandgerät auf seinem Schreibtisch hinüber, dann stellte er es ab. Er brauchte eine Pause, eine Zigarette war jetzt das Richtige, um das Gehörte zu verarbeiten. Hier war ihnen ja ein ganz dicker Fisch ins Netz gegangen. Irgendetwas sagte ihm, dass von dieser Frau noch mehr zu erwarten war, die Geschichte war noch nicht zu Ende. Nach dem letzten Zug hat er das Tonbandgerät wieder eingeschaltet und Hertha aufgefordert fortzufahren.

Eine ganze Reihe von Jahren lief alles so, wie Hertha es sich vorgestellt hatte, bis Felix dann eine Liaison mit dieser Ursula Markwitz einging. Hertha war außer sich! So einem dahergelaufenen Flittchen sollte es nicht gelingen, ihren Felix zu bekommen! Eine aus der Stadt, eine aus reichem Haus sollte es sein. Eine, die einen vermögenden und einflussreichen Mann, wie Felix es bald sein würde, auch verdient hatte.

Sie musste handeln, und dazu benötigte sie die Hilfe Hermann Feinbeins. Zusammen planten sie, Ursula zu entführen und sie nach einer Weile gegen das Versprechen, Felix nie wiederzusehen, freizulassen. Feinbein wusste von dem einsamen Schuppen inmitten der Felder, zu dem der Kadenbach nur noch ganz selten fuhr. Nachdem er Ursula dorthin gebracht und angekettet hatte, hat er dem versoffenen Kabelke Geld gegeben, damit er nach ihr sehen und sie versorgen sollte. Doch dieser Bastard ist dann einfach nicht mehr zu ihr gegangen. Es war ihm zu lästig, oder er hat es vergessen, die Gründe haben sie nie erfahren, und als Feinbein selbst nachsehen wollte, da ist ihm der Kadenbach zuvorgekommen und hat die Leiche fortgeschafft. Er hat geschworen, sie auf der Müllhalde abgelegt zu haben; wie sie später in Prölls Hof gelangt ist, konnten sie sich nicht erklären. Hertha war es sowieso egal, und am Ende konnte die Leiche an keinem besseren Platz gefunden werden als vor der Haustüre dieses Schweins. Doch nun war noch einmal alles anders gekommen, aber Hertha war bereit, die Konsequenzen für ihr Handeln zu tragen. Für sie war einzig und alleine wichtig, dass Felix nun freikäme und nicht für die Schuld anderer Leute büßen sollte.

»Sie sehen, Herr Kommissar, Felix ist unschuldig. Er wird doch jetzt ganz sicher aus der Haft entlassen werden?«, hat Hertha Kaul zum Schluss ihrer Aussage gefragt, doch statt eine Antwort zu geben, hat der den Raum nur wortlos verlassen.

Unterdessen ist die Dämmerung hereingebrochen. Ein sternenklarer, schwarzblauer Himmel spannt sich weit über das verschneite Land. Nachdem sie gegessen und getrunken haben, reinigen sie zusammen das Geschirr, sitzen eine Weile still nebeneinander auf dem Sofa neben dem Ofen, in den Metha noch einen Scheit Holz gelegt hat.

Dann bricht Metha das Schweigen. »Ich werde noch einmal nach Gumbinnen fahren«, sagt sie, und die Henschemacher schaut sie an und lässt ihr Strickzeug auf ihren Schoß sinken.

»Wenn Felix ein wenig zur Ruhe gekommen ist, werde ich ihn fragen, ob er mit mir nach Gumbinnen fahren will. Ich möchte ihm zeigen, wo mein Zuhause ist und wo Ursulas Zuhause gewesen wäre. Es würde mir viel bedeuten, ihn an meiner Seite zu haben. Ich weiß, dass er das verstehen wird, er ist ein guter Junge.«

Verstohlen wischt Metha sich die Tränen aus den Augen. Vielleicht bleibe ich auch dort, denkt sie bei sich, in Gumbinnen zu sterben wäre nicht das schlechteste Ende für eine Markwitz, und neben meinem Grab soll eine Birke gepflanzt werden.

Pünktlich hält der Bus an der Haltestelle in der Dorfmitte, schräg gegenüber dem Platz, an dem früher der kleine Bahnsteig für die Straßenbahn war. Zusammen mit einer Handvoll anderer Kinder steigt Ursula Siedemann hier aus. In den Sommerferien hat sie ihren zwölften Geburtstag gefeiert, jetzt besucht sie die sechste Klasse des Gymnasiums Sankt Angela in der Stadt. Sie ist eine gute Schülerin, ihre Eltern sind stolz auf sie, ihre Mutter sagt, sie solle fleißig lernen, damit sie später einmal die Apotheke übernehmen könne. An der Straßenecke verabschiedet sie sich von Ilona, die die gleiche Schule besucht, aber schon in die siebte Klasse geht. Ursula Siedemann überquert den Marktplatz und betritt ihr Zuhause wie an jedem Tag durch die Apotheke. Sie mag den Geruch und die helle, saubere Ausstrahlung der Einrichtung. Ein moderner Verkaufsraum hinter einer historischen Fassade, so hat es ihr Vater Felix Siedemann genannt, als sie den Umbau geplant haben. Jetzt liegt ein dicker, braun-orangefarben gemusterter Teppichboden auf den alten Fußbodendielen. Die Arzneimittel sind in raumhohen, hellen Schränken mit roten Kunststoffgriffen untergebracht. Auf dem Verkaufstresen liegen Glasplatten, durch die man die Ware, die in den oberen Schubladen verstaut ist, betrachten kann. Das frische Grün von fast mannshohen Zimmerpflanzen und die bunten Farben der Werbeaufsteller für Hustenpastillen und Vitaminsäfte verleihen dem Raum bei aller Strenge einen freundlichen Charakter.

Ursulas Eltern, Felix und Brigitte Siedemann, haben die Apotheke, nachdem sie drei Jahre lang geschlossen war, im gleichen Jahr wiedereröffnet, in dem Ursula geboren wurde. Zwei Jahre später kam ihr Bruder Klaus auf die Welt. Freundlich lächelnd winkt Ursula ihrem Vater zu, der gerade eine Kundin bedient, und geht durch die Tür hinter dem Verkaufstresen in das angrenzende kleine Büro. Dort sitzt ihre Mutter am Schreibtisch, eine rasche Umarmung, ein flüchtiger Kuss auf die Wange, dann steigt Ursula die Treppe hinauf in die Wohnung.

Oben steht Tante Metha in der Küche am Herd, sie kocht für die Familie, kümmert sich um den Haushalt und hat eine eigene kleine Mansardenwohnung unter dem Dach, in der Ursula und Klaus jederzeit willkommen sind, wenn die Tante mal nicht arbeitet. Heute wird sie Königsberger Klopse mit Salzkartoffeln und Erbsen und Möhren auf den Tisch bringen, Ursulas Leibgericht.

Es ist Metha Markwitz nicht gelungen, noch einmal nach Gumbinnen zu fahren, und so zehrt sie jetzt von ihren Erinnerungen. Oft schon hat sie den Kindern, während sie alle drei aneinandergeschmiegt in Methas großem Bett gelegen haben, von diesem Ort erzählt. Von den Birken und den tiefen Wäldern, in denen es Heidelbeeren und Steinpilze im Überfluss gab. Vom Fluss Pissa, wobei die Kinder immer kicherten, wenn die Tante diesen Namen nannte. Von kristallklaren Seen und kleinen Bächen, in denen sie als Kind Krebse gefangen hat. Vielleicht haben diese Erzählungen Ursulas Liebe zur Natur geweckt, aber auch ihr Vater geht sehr oft mit seinen Kindern hinauf in den Wald, nennt die Namen der Bäume und Pflanzen dort und zeigt ihnen, wo auch hier die Steinpilze zu finden sind. Manchmal sind sie nach ihren Ausflügen in den Wald zu der steinalten Frau Henschenmacher gegangen, die ihnen dann geholfen hat, einen ihnen unbekannten Pilz zu bestimmen. Immer noch spürt Ursula die knochige Hand, mit der die Alte ihr sanft über den Kopf gestrichen und ihr dabei ein freundliches, zahnloses Lächeln geschenkt hat.

Im vergangenen Jahr ist die alte Frau gestorben, alle sind sie zur Beerdigung gegangen, und Tante Metha hat sehr geweint an diesem Tag.

Nach dem Mittagessen erledigt Ursula ihre Hausaufgaben. Niemand muss sie dazu anhalten, sie ist ein gut erzogenes Kind. Später isst sie ein Stück vom Heidelbeerkuchen, den Tante Metha gebacken hat, dann zieht es sie hinaus auf die Straße, wo sie sich fast jeden Tag mit Ilona trifft.

»Du siehst lustig aus«, begrüßt Ilona sie und lacht, »hast dich wohl nicht gewaschen, das ganze Gesicht ist verschmiert.«

»Ach, das ist vom Kuchen«, antwortet Ursula, streckt ihre blaue Zunge heraus und lacht auch, während sie in ihre Hand spuckt und versucht, sich das Gesicht zu reinigen.

Auf dem Platz vor der Kirche, unter der alten Linde drehen sie einige Runden auf dem bunt gestrichenen

Kinderkarussell, bis ihnen schlecht wird. Dann setzen sie sich auf die Mauer und lassen ihre Beine baumeln, vom Lindenbaum segeln die ersten reifen Fruchtstängel wie kleine rotierende Propeller auf sie herab.

»Tante Metha hat einen Heidelbeerkuchen gebacken«, erzählt Ursula, »wollen wir hinauf in den Wald gehen und schauen, ob wir noch welche finden?«

Für kleine Ausflüge in den Wald, um Beeren oder andere Früchte zu sammeln, ist Ursula Siedemann immer zu haben. Doch Ilona winkt ab, sie will nicht, der Weg hinauf in den Wald ist ihr zu weit. »Dann lass uns wenigstens bis zum Dorfrand gehen, bis zu den Obstbäumen, die Birnen sind doch schon reif, und sie schmecken so gut.« Ursula drängelt und zieht ihre Freundin am Handgelenk hinter sich her. Da willigt Ilona ein, und gleichzeitig beginnen die Mädchen zu laufen. Weg vom Platz laufen sie, über die Dorfstraße, die zu beiden Seiten breite Bürgersteige hat, bis sie abbiegen in die Straße, die geradewegs hinauf zum Waldrand führt. Dort oben, gleich hinter den letzten Häusern, stehen noch einige Obstbäume. Äpfel, Pflaumen-, und ein paar Birnbäume, die mit der Zeit alle schon ziemlich krumm geworden sind, aber immer noch herrlich süße Früchte tragen. Das Dorf hat sich immer weiter ausgedehnt in den vergangenen Jahren. Neue Häuser stehen nun rechts und links entlang der heute asphaltierten Straße. Rechteckige Bungalows mit Flachdächern, Fertighäuser, in denen Fensterrahmen aus Aluminium in der schon tiefer stehenden Nachmittagssonne blinken. Die akkurat angelegten Vorgärten von Jägerzäunen umgeben, darin tummeln sich bunte Gartenzwerge und Rehkitze aus Keramik. Vogelhäuser auf Gestellen aus Knüppelholz sind vor den Küchenfenstern platziert, damit die Hausfrau ein wenig Ablenkung bei der Küchenarbeit findet. Hier und da parkt ein Wagen in der Einfahrt – ein grüner VW, ein blauer Opel und ein roter Ford Taunus.

Hinter dem letzten Bungalow, auf einem völlig verwilderten Grundstück, steht ein altes, verlassenes Haus. Fenster und Türen fehlen. Hinter hohen Brennnesseln klafft ein großes Loch in der Hauswand, darüber hat sich ein langer Riss im Mauerwerk gebildet. Die Dacheindeckung ist an mehreren Stellen beschädigt. An einen eingeschlagenen Holzpflock ist ein gelbes Schild genagelt: *Betreten der Baustelle verboten.*

Die Bewohner der Bungalows beschweren sich seit Jahren über die Bauruine in ihrer Nachbarschaft. Sie beklagen sich über lichtscheues Gesindel, dass sich nachts hier herumtreibt, und über die fetten Ratten, die ohne Scheu am helllichten Tag bis auf ihre Grundstücke und sogar in ihre Häuser hineingelaufen kommen.

Bald nachdem die Freundinnen die Bebauungsgrenze passiert haben, sind sie bei den Obstbäumen angelangt. Sie gehören Leuten aus dem Dorf, die jetzt, da die Früchte reif sind, hier heraufkommen und ernten. Auf Karren und Handwagen fahren sie dann das Obst in Eimern und Wannen verstaut zu sich nach Hause, wo es eingekocht und zum Verzehr im Winter gelagert wird. Für einige Bäume scheint sich jedoch schon niemand mehr zuständig zu fühlen, sie sind sich selbst überlassen. Äste und junge Triebe wuchern wild durcheinander, kranke Äste brechen ab, reißen Wunden, die den Baum weiter schwächen, bis er dann vollkommen zugrunde geht. Einen solchen Birnbaum steuern Ursula und Ilona nun an, hier trauen sie sich, zwei reife, prall in der Sonne glänzende Früchte zu pflücken, ohne dass jemand angerannt kommt und mit ihnen schimpft.

Durch das kniehohe, schon gelb gewordene Gras stapfen sie hinüber zu der alten Bank am Rand der Wiese und setzen sich darauf. Ihre Füße baumeln ein Stück über dem Boden, gleichzeitig reiben sie die Früchte an ihren Kleidern blank, gleichzeitig beißen sie hinein, und beinahe gleichzeitig wischen sie sich mit der Hand den Saft vom Kinn.

Ursula kaut mit vollem Mund, bringt ein undeutliches »zuckersüß« hervor, bevor sie erneut zubeißt. Dann sitzen sie schweigend und essen. Ihre Blicke gehen weit über die vor ihnen liegende Landschaft, in der allmählich das Grün des Sommers vom Gelb und Braun und Purpurrot des Herbstes abgelöst wird. Etwas weiter unten stehen schwarzbunte Kühe auf einer abgegrasten Weide und rufen nach ihrem Bauern, damit er kommt und sie holt, um sie im Stall zu melken.

»In dem kaputten Haus hat ein böser Mann gewohnt«, sagt Ilona in die Stille hinein und deutet mit ihrem saftverschmierten Kinn hinüber zum Pröll-Haus. »Er hat Frauen totgemacht.«

Ursula zeigt keine Reaktion. Im hohen Bogen wirft sie den abgeknabberten Rest ihrer Birne in das welke Gras und leckt sich jeden einzelnen Finger ihrer rechten Hand ab.

»Tante Metha sagt, in Gumbinnen waren die Birnen grün und fest, nicht so matschig wie die gelben Dinger hier.«

»Der böse Mann hat auch die Tochter von Tante Metha totgemacht.« Ilona beugt sich vor und schaut Ursula prüfend ins Gesicht. »Wusstest du das?«

»Das ist nicht wahr, der Mann hat gar keine Frauen totgemacht.«

»Doch, hat er wohl, meine Mama hat's mir erzählt. Er war ein Scheusal.«

Ursulas schweigt. Wie beiläufig reibt sie ihre Finger am Stoff ihres Kleides trocken. Unten an der Weide fährt ein Mann auf dem Fahrrad vor. Schwerfällig steigt er ab, lehnt es an einen Zaunpfahl und geht hinüber zum Gatter der Weide. Mit einem einzigen Handgriff öffnet er es, und sofort drängen acht Kühe hinaus auf den staubigen Feldweg, über den sie mit prall gefüllten Eutern so wie an jedem Abend hinunter ins Dorf trotten. Hinter der letzten fährt der Bauer auf seinem Fahrrad, den Haselnussstecken hat er geschultert, er braucht die Tiere nicht zu treiben, sie kennen den Weg.

»Wenn ich groß bin«, sagt Ursula, »dann fahre ich nach Gumbinnen.«

Jetzt wirft auch Ilona das Gerippe ihrer Birne ins Gras. »Was willst du denn da? Das ist doch bestimmt ganz weit weg«, antwortet sie und blinzelt Ursula gegen die tief stehende Sonne an.

»Ich will sehen, ob die Birken dort wirklich schöner und die Birnen tatsächlich grün sind.«

Mit einem Satz springt Ursula von der Bank, Ilona tut es ihr gleich, schweigend gehen sie nebeneinander her der Sonne entgegen hinab ins Dorf.

ENDE

Klaus Vater

BERGSTRASSE

Hardcover, 168 Seiten
davon 20 Bildseiten
ISBN 978-3-95441-509-0
15,00 EURO

Eine Kindheit in der Nachkriegs-Eifel

Die Bergstraße in Mechernich mit ihren über 600 Metern Länge ist ein Mythos geworden; also eine Mischung aus tatsächlich Geschehenem und später durch Hörensagen Hinzugefügtem. Als die gleichförmigen Häuserreihen in der zweiten Hälfte des neunzehnten Jahrhunderts entstanden, wollte man verhindern, dass Elendsquartiere entstehen.

4500 Menschen arbeiteten im und für das Blei. Die Männer glitten in die Erde, um den Rohstoff hervorzuholen oder schufteten an den Hochöfen. Die Frauen arbeiteten ebenso hart. Sie hielten das zusammen, was Familie hieß, oft unter sehr schweren Bedingungen. Die Kinder brachten Leben auf die Straßen. Ein Idyll war das zwar nicht, aber einigermaßen leben konnte man.

Da mitten hinein führen die Erinnerungen von Klaus Vater: Die Bergstraße und das Leben in und auf der Straße aus der Sicht eines Kindes. Es ist keine alltägliche Geschichte. Was sie hier lesen werden, ist Teil der Aufarbeitung eines Mythos'.

EDITION EYFALIA

EDITION EYFALIA

KBV

Ulrike Bliefert

DIE SAMARITERIN

Klappenbroschur,
296 Seiten
ISBN 978-3-95441-435-2
15,00 EURO

Sie pflegt. Sie hilft. Doch sie kann auch anders …

In einem alten Forsthaus am Rande der Eifel verzichtet die Krankenschwester Susanne Kleinschmitt auf ein eigenes Leben. Sie pflegt ihre Mutter – eine bösartige Frau, unter deren Tyrannei sie seit ihrer Kindheit leidet. Susanne ist die sprichwörtliche Samariterin, selbstlos, still, unsicher.

Doch dann, ebenfalls aus dem Wunsch heraus zu helfen, beginnt sie einen Briefwechsel mit dem Häftling Andreas Vogel, der in der JVA Diez einsitzt. Den Briefen folgen schon bald Besuche, aus Zuneigung wird schließlich Liebe. Vogel könnte bei günstiger psychologischer Beurteilung vielleicht schon bald die Freiheit wiedererlangen.

Es hat den Anschein, dass sich Susannes Leben ganz unerwartet zum Positiven verändert. Ist dies die Chance auf das Glück, das Menschen wie sie niemals für sich zu beanspruchen wagen? Doch dann tut sich plötzlich ein Abgrund auf, als sie etwas herausfindet, das sie niemals hätte entdecken dürfen …

Ein äußerst raffiniert gewobener Thriller um Manipulation, Selbstzweifel und die Suche nach der Schuld.

KRIMINALROMAN

Carola Clasen

LEICHENSTILLE

Taschenbuch, 256 Seiten
ISBN 978-3-95441-520-5
12,00 EURO

Die Exkommissarin und der Enkeltrick
Sonja Sengers zwölfter Fall

Sonja Senger erhält einen ungewöhnlichen Telefonanruf: ein
Junge, der sich als ihr Enkel ausgibt, braucht dringend Geld.
Die pensionierte Kommissarin, ein Leben lang ledig und kinder-
los, lässt sich auf das Spiel ein. Sie bestellt ihn in ihr Forsthaus
am Ende der Stromleitung in Wolfgarten und baut behutsam
Vertrauen zu ihm auf. Wie nicht anders zu erwarten, agiert der
Junge nicht allein, sondern ist Mitglied einer Gang.

Unterdessen wird Sonjas Nachfolgerin Frieda Stein von der
Kripo Euskirchen mit dem Mord an einer Frau konfrontiert,
die an einem Malkurs in Blankenheim teilgenommen hat. Noch
während Frieda und ihre Kollegen die Hintergründe der Tat
rekonstruieren, geschieht ein weiterer Mord: Eine Frau, die ein
Heilfasten-Seminar in Heimbach besuchte. Und bei diesen beiden Toten wird es nicht bleiben.

»Die Crime-Lady unter den Eifelkrimiautoren«
(Trierischer Volksfreund)

KRIMINALROMAN

KBV